Benji Bruntel
en het wapen van Sulsar

Karin Erkens

Tekst en illustraties: Karin Erkens

Een uitgave van de : De Letternar

ISBN: 978-90-8888-007-0

voor Benjamin

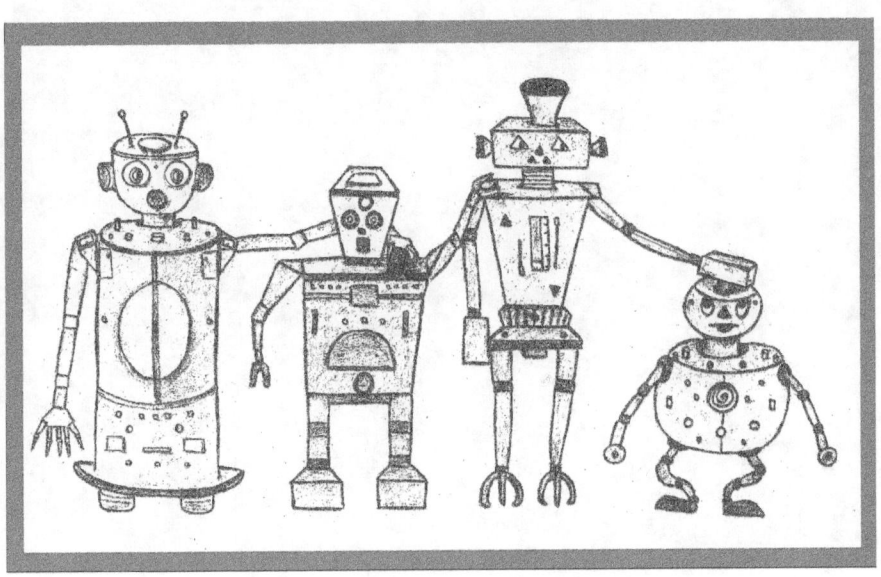

INHOUD

Nachtelijk bezoek bij de familie Guldenaar

De jongen rent als een bezetene weg van de brandende boom. Met een luid gekraak komt een vlammende tak pal voor zijn voeten terecht. Angstig kijkt hij om zich heen en rent dan naar links, waar een rijtje huizen staat. Er staan mensen voor het raam en er worden deuren geopend. Mensen, sommigen alleen in pyjama en ochtendjas, komen de straat op en lopen naar het vuur. De jongen kijkt achterom. De hevige vlammen likken gulzig aan de kale takken. Hij heeft een vreemde blik in zijn ogen; een mengeling van woede, angst, spijt en verdriet. Hij kijkt naar de mensen, die van alle kanten komen toestromen om de brand te zien en rent verder, de hoek van de straat om. Pas aan het eind van de straat blijft hij staan en snuift de scherpe brandlucht op. Hij opent zijn vuist, waarin een verfomfaaid papiertje verstopt zit. Het is een platte-grondje met straten en huizen. Ook staat er een grasveld op, waar een grote, groene boom middenin een speeltuin staat. Dat is de boom die nu in lichterlaaie staat. Bij één van de huizen staat een rode stip. Daar moet hij zijn. Hij moet nu weer een straathoek om, naar rechts. Kleine voortuintjes vrolijken de huizen op; het vierde huis is het huis met de rode stip. Hij bereikt het huis en blijft staan. Natte, blonde plukken zitten op zijn voorhoofd geplakt en zijn snelle ademhaling vormt kleine wolkjes. Hij richt zijn blik naar boven. Een begane grond, een tussenverdieping met een klein balkon en een zolderverdieping met een dakkapel. Zijn blik glijdt naar beneden. Een tuintje met een rijtje dennenboompjes in potten, allemaal versierd met kleine gouden balletjes. Een tuimelraam staat wijd open. Hij stapt over het lage hekje dat het tuintje omringt en loopt er op af. In de verte klinkt het geluid van steeds dichterbij komende sirenes.
Op de eerste verdieping liggen een man en een vrouw in bed. Deze mensen houden van frisse lucht, want het boven-licht van de balkondeur staat open. Het geluid van de brand-weersirenes klinkt hard en de man wordt hiervan wakker. Sven Guldenaar richt zich op en luistert waar de brandweer

naar toe gaat. Het indringende geluid stopt abrupt.

'Dat is hier dichtbij,' denkt hij en hij zwaait zijn benen uit bed. Hij opent de balkondeur en ziet een rookpluim

'Dat is bij de huizen hierachter,' constateert hij.

Hij trekt zijn ochtendjas aan en doet zijn grote voeten in versleten sloffen. Net als hij de kamer uit wil lopen, bedenkt hij dat hij zijn camera mee wil nemen. Na een kleine zoektocht in de slaapkamer, realiseert hij zich dat de camera in zijn werkkamer op de zolderverdieping ligt. Hij loopt naar boven. Sven is - zeker nu zijn nachtrust is verstoord - soms net een verstrooide professor. Hij is zeker intelligent, want hij kan prachtige en ingewikkelde dingen bedenken. Het is alleen zo dat hij nogal vaak de dagelijkse dingen vergeet. Hij is bovendien tamelijk slordig. Nadat hij zijn camera, achter een berg boeken, ontdekt, loopt hij naar beneden. Hij hoort zijn vrouw lichtjes kreunen en loopt zo zachtjes mogelijk de trap af, om haar niet wakker te maken. Halverwege de tweede trap, loopt hij terug naar de slaapkamer, want zijn bril ligt daar nog. Daar hoort hij in ieder geval te liggen.

Sven zoekt tevergeefs en mompelt dan: 'Natuurlijk, dat is waar ook. Ik heb hem gisteravond op de eettafel gelegd.'

De jongen kijkt naar het raam. De kier is te klein voor een volwassene, maar groot genoeg voor een kind. Hij glipt lenig door de kier, komt op de vensterbank terecht en raakt een plantenpot. Deze valt met een plof op de zachte vloerbedekking. Een tel later staat de jongen in de woonkamer. Een straatlantaarn werpt een plas van licht op het tapijt en laat bontgekleurde versieringen op een groot gevaarte glinsteren. Met grote ogen kijkt de jongen ernaar. Zowaar, dat is een grote boom; zomaar midden in de kamer. Het is hem niet bekend dat bomen ook in huizen groeien. Op zijn teentjes loopt hij naar de boom. De boom hangt boordevol met glimmende decoraties en kransjes aan een rood lintje. De jongen steekt zijn neus in de lucht en ruikt aan de kransjes. Dat ruikt heerlijk. Hij neemt er een en 'scrunsj, scrunsj, scrunsj,' klinkt het in de stille kamer. Dat smaakt naar meer. Hongerig neemt hij er nog eentje en nog eentje. Totdat er geen kransje meer in de boom zit. Net wil hij aan het laatste kransje knabbelen als hij ergens gekraak hoort. Angstig kijkt hij rond, op zoek naar een plek om zich te kunnen verstoppen. Plotseling wordt de deur open gedaan en het licht aangeknipt. Op hetzelfde moment springt de jongen achter de boom. Hij hoort een stem iets zeggen. Hij hoort voetstappen de boom naderen en zijn hart bonkt van angst. Het volgende moment wordt hij stevig bij zijn arm beet gepakt en overeind getrokken door een man. Angstig kijkt de jongen hem aan. De man is groot en stevig met een iets kromme neus en ogen die onder boos getrokken borstelige wenkbrauwen niet veel goeds voorspellen. De man begint te schreeuwen. De jongen verstaat er niets van.

'Bennnnnnnnnnnnnnnn,' stamelt de jongen en dan: 'jiiiiiiiiiiiiiiiiiiiiiiiiiiiiiiiiiiiiiiii.'

Zijn stem klinkt hoog en zangerig en de laatste letter spreekt hij overdreven lang uit. De man zegt iets terug en de jongen haalt niet begrijpend zijn schouders op. Een vrouw verschijnt in de deuropening en ook zij brabbelt het vreemde taaltje. Ze kijkt de jongen aan met opgetrokken wenkbrauwen en haar blonde, ongekamde bos haar gaat zachtjes op en neer wanneer ze praat. De jongen begrijpt dat hij de taal snel moet leren. De vrouw kijkt boos naar haar man en vervolgens vriendelijk naar de knul. Met twinkelende lichtjes in haar grijsblauwe ogen kijkt ze de jongen aan. De man heeft zijn strakke greep losgelaten. Hij houdt hem nog wel vast. De vrouw loopt naar hem toe en zegt weer iets onverstaanbaars. Ze wil een kransje van een van de takken plukken en komt tot de ontdekking dat er geen meer in zit. De man en vrouw zeggen iets tegen elkaar en de man laat hem los. De jongen heeft het laatste kransje nog in zijn hand en begint ervan te eten. Nu wordt de man boos en begint hard te schreeuwen. De vrouw schreeuwt terug en de jongen staat precies tussen de ruziemakers. Ze blijven schreeuwen terwijl hij van het kransje smult. Als hij op de laatste kruimels van de lekkernij kauwt, houden ze pas op.

De jongen ontspant zich enigszins en zegt, of beter zingt, weer: 'Bennnnnnnnnnnnnnnnnnnjiiiiiiiiiiiiiiiiiiiiiiiii.'
'Ben…ji…?' vraagt de vrouw.
Ze kijken hem vreemd aan. Hij draagt andere kleren dan hen. De man heeft een gestreepte pyjama met een geruite ochtendjas aan. De vrouw draagt een wijd, roze hemd. Met felle blauwe letters staat er een tekst op: 'Snurk jij of snurk ik.' De jongen draagt een strak groen pak dat van rubber gemaakt lijkt. De pijpen van de broek eindigen bij zijn

knieën, de mouwen van het bovenstuk houden op bij zijn ellebogen. Verder staat hij op blote voeten. Om zijn hals hangt een lange band, met daaraan een groene, ronde koffer.

De man kijkt hem van top tot teen aan en weer zegt de jongen iets: 'Sullllllllllllllllllllllll sarrrrrrrrrrrrrrrr.' .

De man haalt zijn schouders op en loopt weg. 'Krak,' klinkt het onder zijn pantoffel. De vloer ligt bezaaid met rode lintjes en kruimeltjes van de kransjes. Met een diepe zucht bukt de vrouw zich en raapt ze op. De man komt terug met een stapeltje kleren en duwt het bundeltje in de handen van de jongen. Verlegen kijkt de jongen naar de kleren die hij aangeboden krijgt. Hij heeft werkelijk geen idee waar die voor dienen, een vreemde broek en een hemd van blauwe stof en veel knoopjes. Hij blijft ernaar staren. De vrouw probeert hem met gebaren uit te leggen hoe hij zijn kleding uit moet trekken en het hemd en de broek aan moet doen. Ze duwt hem achter de boom. Hij begrijpt wel wat hij moet doen en niet veel later komt hij tevoorschijn, met een veel te grote pyjama aan. Het zit nog achterstevoren ook. De vrouw helpt hem met het opnieuw uit- en aankleden. Eenmaal aangekleed en wel, bekijken de mensen hem tevreden, alsof hij net iets bijzonders heeft gepresteerd. De man neemt hem mee naar boven en brengt hem naar een kleine kamer, op de eerste verdieping. Zijn koffer! Hij is zijn koffer vergeten. Hij heeft hem tijdens het uitkleden op de grond gelegd. Dat is een ramp. Als hij de trap af wil lopen, wordt hij door de man tegen gehouden. Hij hoort de stem van de vrouw en tot zijn grote opluchting staat ze op de gang met het koffertje. Snel loopt hij de trap af, strekt zijn armen uit en grist het koffertje uit haar hand. Even kijkt ze geschrokken. Dan lacht ze hem vol begrip toe.

Nadat de twee mensen de kamer hebben verlaten, gaat hij op het bed liggen. Deze mensen zijn inderdaad aardig en het eten uit de boom is erg lekker. Wel vreemd dat deze mensen uit een boom eten die in hun huis staat. De boosheid van de man kan hij wel begrijpen. Hij heeft de hele oogst opgegeten. Het zijn dan ook zulke lekkere vruchten; zo zoet, zo knapperig.

Niet sappig zoals een stuk fruit behoort te zijn, maar droog en korrelig; een sensatie. Hij beseft dat hij wel vlot de taal moet leren, anders kan hij niet uitleggen waarvoor hij komt. Hij voelt aan de stof van de pyjama die hij aan heeft, glimlacht flauwtjes en stapt uit bed. Hij pakt zijn eigen kledingstuk en vouwt dit zo strak mogelijk op. Hij opent zijn koffertje, pakt en dun zwart mapje en vouwt dit open. Vervolgens legt hij zijn kledingstuk ertussen en klapt het mapje dicht. Het pak wordt geperst tot een klein pakketje, zo plat als een niet gevulde portemonnee. Hij stopt het minimale kledingstuk in een daarvoor bestemd vakje en bekijkt de inhoud van de koffer met gepeins. Hij vindt het spijtig dat hij het schijfje met de broodnodige aanwijzingen van zijn vader kwijt is geraakt. Vervolgens pakt hij een halfrond apparaatje. Als het goed is heeft Dips alles opgeslagen, want hij heeft de kop ingesteld toen hij zich achter de boom omkleedde. In de koffer zitten allerlei soorten apparaten keurig in vakjes en kleine doosjes. Hij pakt twee stalen beweegbare buizen met handgrepen, een bolletje met grote ogen en oren, een rond lijf en rupsbandjes voor de onderkant. Met een klik drukt hij de buisjes aan de zijkanten van het lijfje. Ook het hoofd en de rupsbandjes worden bevestigd. Er ontstaat zowaar een robotje. Hij drukt een knopje in en luistert goed. De stemmen van de man en de vrouw klinken luid en duidelijk en hij geeft de robot de opdracht om het te vertalen in zijn taal en weer in de mensentaal. De jongen rommelt nog wat in de koffer en opent een doosje. Daarin zit een groene draad met aan de ene kant een splitsing met twee zwarte dopjes en aan de andere kant een piepklein groen plugje. Hij plugt dit in de linkerschouder van het robotje en stopt de zwarte dopjes in zijn oren. Hij zakt achterover in het zachte kussen en lijkt nu pas te voelen hoe moe hij is. Met een glimlach valt hij in een diepe slaap.

'TRING, TRING, TRING!' brult de wekker en de jongen schrikt wakker. Hij probeert de wekker af te zetten. Dat lukt hem niet en hij is dan ook blij als de herrie vanzelf stopt. Als het goed is, heeft de woordenstroom door de dopjes vannacht hem al enige kennis laten maken met de taal. Nu komt het erop aan niet al te veel op te vallen, zodat hij de tijd krijgt om de taal onder de knie te krijgen en de mensen zijn boodschap over te brengen.

Er wordt aan de deur geklopt en zonder het antwoord af te wachten opent de vrouw de deur. Ze heeft een bundel kleding in haar hand. Bijna in zijn maat. Met enige moeite trekt hij de kleren aan en loopt de trap af. In de woonkamer ruikt hij een geur die hij niet kent; een doordringende geur van gebakken etenswaar. Hij hoort het klinkende geluid van schuivend serviesgoed op de achtergrond. Zijn blik valt op de grote boom, die een overheersende plek in de kamer inneemt, en bekijkt hem van piek tot voet. Vol verbazing kijkt hij naar de top, waar een glanzende gouden piek met twee gevleugelde figuurtjes bijna tot het plafond reiken. Zijn blik glijdt langzaam naar beneden, waar een rood kleed, bedekt met pakjes, de voet. De pakjes waren er de vorige nacht nog niet. Voorzichtig tilt hij het kleed, met pakjes en al, op en gluurt eronder. Hij vindt het raar dat de boom niet in de aarde staat en dat de wortels vervangen zijn door een stalen voet.

'Zo, zo, met kunstmatige wortels houden de mensen de boom in leven. Waar zouden ze het water en de voeding dan in gieten?' denkt hij.

Als hij wil bestuderen waar de opening voor het toedienen van de voeding zou moeten zitten, valt zijn oog ineens op een amulet. Hij herkent dit. Het is de versiering die op de borstzak van zijn pak moet zitten. Een klein, blinkend amulet met een afbeelding van het familiewapen. Het kan aan een halssnoer worden gehangen of op een kledingstuk worden bevestigd. Het is er natuurlijk af gevallen bij het uitkleden. Dat hij dit niet eerder heeft gemerkt. Hij is blij dat hij het amulet heeft gevonden en stopt het in zijn broekzak. Hij wil net opstaan als hij wordt opgeschrikt door een schraap geluid uit een schorre keel. Hij kijkt opzij en ziet een paar pantoffels, behorende bij de man.

Hij kijkt de jongen vriendelijk aan, steekt zijn hand uit en zegt op vriendelijke toon: 'Goedemorgen, kleine gast. Kom, er staat een lekker ontbijt klaar.'

De jongen begrijpt het doel van de uitgestoken hand niet en krabbelt zelf overeind. De man wijst naar het achterste deel van de woonkamer, waar een tafel gezellig gedekt staat. Er staan allemaal lekkernijen klaar en de jongen ziet een schaal met gebakken vlees en iets geels staan, waarbij een onbekende geur in zijn neusgaten kringelt. Er is voor vier personen gedekt. De man neemt plaats en wijst naar een stoel tegenover hem. De jongen aarzelt.

De man maakt een uitnodigend gebaar en zegt: 'Ga lekker zitten en tast toe. Er staat gebakken bacon en ei, lekker brood, hagelslag en daar komt de sinaasappelsap.'

De vrouw brengt een kan met oranje vloeistof naar de tafel en knikt hem vriendelijk toe. Er komt ook een jongen de kamer binnen. Net als zijn ouders loopt hij nog in zijn nachtkleding, een groene, strakke pyjama met een motief van felgekleurde driehoeken. Hij heeft donkerbruine krullen en een lichtbruine huid en lijkt helemaal niet op zijn ouders. De jongen kijkt de onverwachte bezoeker met grote, donkerbruine ogen aan.

'Pap, wie is dat?' vraagt hij. 'Waarom heeft hij mijn kleren aan? Hij heeft mijn trui nog achterstevoren aan ook!'

'Dat is een jongen die vannacht op visite kwam,' zegt zijn vader. 'Hij noemt zich Benji, als ik het goed heb verstaan. Hij kan de taal echter niet spreken. Hij had geen kleding bij zich, dus mams heeft iets van jou gepakt. Je draagt het toch niet meer. Ga naast hem zitten.'

'Ik kijk wel uit,' zegt de jongen en hij gaat naast zijn vader zitten. 'Die kleren draag ik nog wel!'

Vijandig staart hij Benji aan. De vrouw komt uit de keuken met een tulband in plastic verpakt.

'Je mag hem open maken, Benji,' zegt de vrouw.

'Ja, maak open, jongen,' zegt de man. 'Voor mij bakt ze geen tulband, dus ze moet je wel een heel lieve jongen vinden.'

Hij kan ze nu een heel klein beetje verstaan, al klinkt het vreemd in zijn oren. Ha, ze noemen hem Benji; dat is de goede naam. Benji plukt aan het plastic, draait de tulband om

14

en haalt zijn schouders op. Hij vindt het een vreemde verpakking. De man zucht en neemt de tulband van hem over. 'We zetten hem gewoon op tafel en nemen allemaal een stukje,' zegt hij, terwijl hij het plastic eraf trekt.

Hij kijkt zijn zoon aan, die steeds bozer naar de gast gaat kijken en zegt: 'Antonio lust ook wel een lekker stukje.'

Als de man de tulband aansnijdt, zet Benji grote ogen op. Hij snuift de heerlijke geur op en kijkt verheugd als hij een plakje op zijn bord krijgt. Snel neemt hij een flinke hap van de heerlijke cake. Wat een lekker eten hebben deze mensen. Hij vindt het vreemd dat Antonio zijn bordje met het heerlijke spul wegduwt. Binnen een mum van tijd is zijn stukje op en kijkt hij de man vragend aan.

'Wil je nog een plakje, Benji?' vraagt de man vriendelijk en zonder het antwoord af te wachten, geeft hij Benji nog een stuk.

Hij eet het stukje snel op en kijkt de man verlangend aan.

De man kijkt naar Antonio en vraagt: 'Lust je dat niet, Antonio? Mag Benji jouw stukje dan?'

Antonio's ogen worden nog bozer en hij trekt een pruillip en zegt niets. Vader schuift Antonio's bordje naar Benji, die meteen zijn tanden in het plakje zet.

'Hij is volgens mij dol op zoetigheid,' zegt de vrouw. 'Zo jongens, nu gaan we naar de boom. Tijd voor de cadeautjes.'

Benji gaat naast de vrouw op de zachte bank zitten. Antonio zit in een stoel en kijkt naar de boom. Zijn blik wordt donker.

'Mams, waar zijn de kransjes?' vraagt Antonio.

'Die zijn op, lieverd,' zegt ze. Ze durft niet te zeggen dat Benji ze allemaal heeft opgegeten en zegt daarom: 'Je vader en ik hadden gisteravond zo'n trek, dat we alle kransjes hebben opgegeten.'

Dat valt niet in goede aarde bij Antonio en hij begint boos met zijn voeten te stampen.

'Hoe kunnen jullie dat nou doen? Alles opeten! Wat flauw!'

Boos rent hij de trap op en ze horen zijn kamerdeur dichtknallen. De vrouw zucht diep en gaat eveneens naar boven. Benji zit op de bank en merkt dat de man hem vanuit de tegenover gelegen luie stoel voortdurend aanstaart. Daar wil hij zich niets van aantrekken, al brengt dit hem in verlegenheid. Hij richt zijn blik op de boom en vraagt zich af waarom de mensen een boom in huis hebben en hoe een boom zonder buitenlucht er zo mooi bij kan staan. Hij vraagt zich ook af waarom er versieringen in de boom hangen. Een gestommel en gemompel op de trap kondigt aan dat Antonio en de vrouw weer naar beneden komen. De pakjespret kan beginnen.

De vrouw geeft een pakje aan haar man en zegt: 'Sorry, Benji, de Kerstman heeft geen cadeautjes voor jou gebracht, want hij wist niet dat je bij ons op visite was.'

De man vindt in zijn pakje een horloge en geeft een pakje aan Antonio. Hij pakt blij het pakje uit en kijkt Benji aan. Er zit een kleine auto in. Hij zoekt een pakje voor zijn moeder uit. Ze kijkt verheugd op bij het uitpakken; parfum. Nu is de beurt weer aan de man. Een stropdas. Voor Antonio een computerspel en voor de vrouw een boek. Met grote ogen kijkt Benji naar de mensen. Het is duidelijk dat hij dit niet kent. Hij herkent de voorwerpen niet en vindt het allemaal vreemd.

Een stapel zakdoeken, weer een boek, een ketting, een vulpen, nog een computerspel, een doos kaarsen, een fles wijn, een map viltstiften en een doos bonbons later, kijkt de vrouw Benji aan en zegt: 'Je spreekt nauwelijks en we weten niet waar je vandaan komt. Soms lijkt het wel of je helemaal niet van hier komt, al zie je er wel zo uit. Ik zou willen dat je kan praten.'

Benji kijkt haar brutaal aan en er ontsnapt uit zijn mond het woord: 'pratennnnnnnnnnnnnnnnnnnnnnnn!'

De mond van de vrouw valt open en ze zegt: 'Hij kan praten.'

'Hij praat je alleen na,' zegt haar man droogjes.

'Net een papagaai,' zegt Antonio.

'Benji, ik heet Rosemarie, noem me maar Roos,' zegt de vrouw, wijzend naar zichzelf. Ze wijst naar haar man: 'Hij heet Sven. Dat is Antonio. We hebben Antonio geadopteerd. Begrijp je dat? Wij zijn Antonio, Roos en Sven Guldenaar.'

'Guldenaarrrrrrrrr,' herhaalt Benji.

'Gaan we nu doen wat we gisteren hebben afgesproken, Roos?' vraagt Sven. 'Die jongen is mogelijk weggelopen of verdwaald. Waarschijnlijk zijn de ouders hier ergens op vakantie en zoeken ze hem. We moeten nu wel iets doen.'

'Je hebt gelijk,' zegt Roos. 'Ik zal zo direct naar het politiebureau bellen.'

Benji volgt haar handelingen nauwkeurig.

'Bah, een antwoordapparaat,' zegt Roos aan de telefoon. Ze spreekt in en zegt dat het spoed is.

'Laten we even afwachten,' zegt Sven. 'Ze bellen heus wel terug.'

Zo verloopt de eerste kerstdag uiterst vreemd. Roos laat Benji zijn kamer nog een keer zien en legt alles uit. Er staat een apparaat, dat ze tv noemen. In de woonkamer staat er net zo een, alleen een tikkeltje groter.

'Je kunt daar veel zenders op ontvangen,' vertelt Roos. Ze zet de tv aan en drukt op de knop van de afstandsbediening en telkens verschijnen er nieuwe beelden. Ze laat het beeld staan op een zender waar een brand wordt geblust in een boom. Een vrouwenstem zegt:

'Nu het lokale nieuws in het kort. In de Reestraat stond vannacht een boom in brand, die de rust van de buurt verstoorde. De brandweer rukte uit. Na een uur was de brand bestreden.'

'Hé,' zegt Roos hardop, 'dat is vlakbij. Sven werd vannacht wakker van de sirenes en wilde naar de brand gaan kijken. Toen zag hij jou in de kamer staan. Je begrijpt er natuurlijk niets van wat ik zeg.'

Benji verstaat het woord brand wel. Dat heeft hij geleerd via de oordopjes. Hij begrijpt ook over welke plek ze het heeft. Hij is de oorzaak van de brand en dat weet niemand. Ze gaan weer naar beneden. Benji volgt nieuwsgierig alle handelingen van het gezin. Roos bakt nieuwe kerstkransjes, want dat heeft ze Antonio beloofd. Nu begrijpt Benji dat dit geen vruchten in de boom zijn. Het is iets dat de mensen koekjes noemen en zelf maken. Antonio heeft zich teruggetrokken op zijn kamer en wil niemand zien. Hij heeft de pest erin dat die nieuwkomer zoveel aandacht krijgt, al weet hij dat dit tijdelijk is. Nog even, dan komt de politie hem wel ophalen. Het telefoontje van de politie blijft echter uit. Roos braadt een overheerlijk stuk vlees, kookt spruitjes en aardappels en Benji kijkt vol verwondering op haar vingers. Hij lust het niet. De appelmoes en het ijstoetje gaan er wel in. Dat vindt hij heerlijk, want dat is zoet.

'Zou het een wolvenkind zijn?' vraagt Sven zich hardop af.

'Een wolvenkind?' vraagt Roos.

'Ja, een wolvenkind. Een kind dat vanaf zijn geboorte bij de wolven is opgegroeid. Er zijn een aantal van zulke kinderen ontdekt. Die konden ook niet praten. Die kinderen gedroegen zich ook als wolven. Deze jongen gedraagt zich als een mens, als een wereldvreemd mens.'

'Ja, wereldvreemd,' zegt Roos en ze kijkt vol medelijden naar Benji, die zijn ijsje heerlijk zit op te lepelen. Ze heeft hem moeten uitleggen hoe hij een lepel vast moet houden en dat doet hij verrassend snel goed.

'Lekker, dat ijsje?' vraagt ze.

'IJsjeeeeeeeeeeeeeeeeeeeee,' herhaalt Benji.

'Hij lijkt wel achterlijk,' zegt Antonio.

'Antonio, zoiets zeg je niet over onze gasten,' zegt Sven streng. 'Ik weet dat je het niet leuk vindt dat je geen aandacht krijgt. Benji is hier heel even.'

'Het wordt dan tijd dat hij weggaat,' zegt Antonio boos en smijt zijn ijslepel op de tafel. 'Hij is niet normaal!'

Hij springt bijna uit zijn vel. Het is de hele dag Benji voor en Benji na. Hij staat op en rent naar zijn kamer. De tranen springen hem in de ogen. Roos gaat hem meteen achterna en treft een huilende Antonio aan.

'Antonio,' vraagt ze, 'wat scheelt er toch aan?'

'Jullie hebben alleen belangstelling voor die gekke knul. Ik tel niet meer mee,' snikt Antonio.

'Hoe kom je daar nu bij? Die jongen is straks weer bij zijn

ouders, hoor. Of misschien in een tehuis.'
'Goed, als dat achterlijke jong snel weggaat.'
'Die jongen is niet achterlijk, Antonio. Hij spreekt alleen een andere taal.'
'Hij kan helemaal niets. Welke taal dan? Mams. Welke taal dan? De achterlijke taal?'
'Eh, ik denk Fins of Hebreeuws of iets dergelijks. Ik kan het ook niet zo snel ontdekken. Lieverd, maak je toch niet zo druk en kom lekker naar beneden.'
Antonio veegt de tranen uit zijn ogen en zegt: 'Straks, ik kom straks wel.'
Met gemengde gevoelens gaat Roos naar beneden. Antonio is de laatste tijd nogal prikkelbaar. Twee weken geleden hebben ze zijn lieve hondje Pral in moeten laten slapen; zijn kerstrapport liet te wensen over; zijn beste vriend Peter was op vakantie en hij verveelde zich te pletter. Nu is er dus ook nog een wildvreemde in huis, die alle aandacht krijgt. Een wildvreemde die niet bekend is met veel normale handelingen en boven verwachting snel leert. Dat maakt Roos nieuws-gierig en ze wil meer te weten komen over die geheimzinnige jongen. Des te meer ze te weten komt, des te meer kan ze aan de politie vertellen. De politie! Stel je voor dat ze de ouders niet kunnen vinden. Dan moet hij tijdens de kerstdagen zijn dagen doorbrengen in een politiecel. Dat is wel erg sneu. Diep in haar hart hoopt ze dat ze niets van de politie hoort.
Roos strijkt Benji over zijn bol en vraagt: 'Benji, zou je iets in je eigen taal kunnen zeggen?'
Benji kijkt haar aan en zwijgt. Dat is jammer, want ze hoopt dat ze erachter kan komen waar hij vandaan komt. Hij wijst naar boven.
'Wil je even naar je kamer?' vraagt ze. 'Dat is goed, hoor. Kom je dan wel zo beneden?'
Goed, dat is een bevestiging, weet Benji en hij loopt naar boven. 'Taal' heeft hij ook verstaan. Hij piekert en haalt de kop van Dips uit zijn broekzak. Taal, hij moet meer te weten komen over taal. De kop van Dips kan geluiden opnemen en is klein genoeg om het in een broekzak te stoppen. Benji zet

de robot in elkaar en drukt wat toetsen in. Twee half ronde kleppen op de buik van de robot klappen open en er verschijnt een klein scherm. Hij zegt een zin in zijn eigen taal. Door het land op de kleine draaiende wereldbol in de rechter bovenhoek van het scherm met zijn vinger aan te raken, begint Dips met het vertalen ervan. Uit de mond van de robot klinkt de vertaalde zin luid. Toch werkt het niet naar behoren. Dips kraakt hier en daar. Benji spreekt de zin hardop na. Blij gaat hij weer naar beneden. Antonio zit voor de televisie en keurt hem geen blik waardig. Roos en Sven zitten aan de eettafel, met elkaar te praten.

'Hoi, ben je daar weer?' vraagt Roos. 'Je kunt ons natuurlijk niet verstaan. Sven en ik hadden het over je. We zouden zo graag willen dat je nog iets in je eigen taal zegt. Dan kan de politie veel gemakkelijker je ouders opsporen.'

'Laat toch, Roos,' zegt Sven. 'Hij verstaat er niets van.'

Benji wil net zijn mond open doen en op dat moment gaat de telefoon.

Herinneringen aan de Salsi-Jar

Roos neemt op. Het is de politie. Ze legt alles uit, geeft antwoorden op enkele vragen en luistert aandachtig naar de adviezen van de politie. Ze hangt de hoorn op de haak en kijkt Sven ernstig aan.

'Goed,' zegt ze, 'als jij nu even met de digitale camera een foto maakt van Benji en naar de balie van het politiebureau wil brengen. Ze zetten hem dan in de computer en ze gaan zoeken of hij vermist wordt. Morgen en de dagen daarna gaan ze rondvragen in de omgeving, bij hotels. Morgenmiddag komt agent Willemse even bij ons langs. Zolang kan Benji hier blijven.'

'Dat is goed, dan loop ik even door de Reestraat, dan kan ik de resten van de boom nog zien,' zegt Sven. 'Alleen, waar heb ik mijn camera toch gelaten?'

'In de lade van de tv-kast, lieverd.'

Benji heeft een aantal dingen verstaan en begrepen en denkt na. Hij moet ze snel uitleggen waarvoor hij is gekomen en hoopt dat hij dat duidelijk kan maken.

Hij trekt Roos aan haar mouw en zegt: 'Ik.k.k. blijfffffffff hierrrrrrrrrr doorrrrrrrrr vang.g.g. vadarrrrrrrrrrrrrrrr.'

'Wat bedoel je, Benji? Wat is er met je vader?'

'Joh,' bemoeit Antonio zich ermee, 'hij heeft het over Darth Vader. Je ziet toch wel dat Benji een alien is.'

Antonio bedoelt het pesterig. Benji begrijpt zijn woorden niet. Heeft hij het verkeerd uitgesproken? Hij heeft toch duidelijk gezegd dat zijn vader gevangen genomen is?

'Jaaaaaaaaaaa, dart.t.t. vaderrrrrrrrrrrr,' herhaalt hij. Hij denkt echt dat Antonio zijn woorden heeft verbeterd.

'O, Darth Vader? Wil je Starwars zien?' vraagt Roos 'Antonio, wil jij een dvd voor Benji opzetten?'

'Dacht het niet,' zegt Antonio. 'Ik ga lekker boven gamen.'

'Bah, wat flauw. Dan doe ik het zelf wel,' zucht Roos.

Ze zoekt tussen de dvd's en Benji kijkt toe. Wat is ze nu aan het doen?

Ze zet een Starwars-dvd op en zegt: 'Zo, ga lekker kijken, Benji. Sven maakt zo een foto van je.'

Ze loopt weg. Benji kijkt naar de beelden op tv en stampvoet. Ze begrijpt hem niet. Hij moet de taal nog beter leren en dat is niet gemakkelijk. De mensen spreken zo vlak, zo onverstaanbaar. De woorden eindigen op zulke vreemde klanken en dan begint hij te hakkelen. Hij wordt uit zijn gedachten gerukt door de stem van Sven, die met een gek toestel voor hem staat.

'Benji, ik ga nu een foto van je maken. Kijk gewoon naar mij,' zegt Sven.

Als Benji hem aankijkt, flitst er onverwacht een fel licht. Benji schrikt zich wezenloos en duwt zijn handen tegen zijn ogen.

'Rustig. Niets aan de hand,' zegt Sven met een geruststellende stem.

Benji haalt langzaam zijn handen weg. Sven laat hem het toestel zien, waarop in een scherm een foto staat van Benji met grote ogen.

'O, zoiets heeft Trot ook,' denkt hij, 'zonder een felle licht-flits.'

Hij wil het toestel pakken en kijken of dit hetzelfde werkt als zijn robotje Trot. Sven staat dat niet toe.

'Nee, knul, ik ga de foto naar het politiebureau brengen,' zegt hij.

Hij geeft Benji een aai over zijn bol en loopt weg, de deur uit. Hij komt nog een keer terug om zijn vergeten autosleutels te halen. Daarna blijft hij een behoorlijke tijd weg. Op het moment dat hij weer terugkomt, is het al bijna bedtijd voor de jongens. Hij hoort Sven en Roos praten. Jammer genoeg kan hij het niet goed verstaan.

'Joh, ik was in de Reestraat. Er was een hele boom verbrand. Ik sprak daar een bewoner. Er waren mensen die hadden gezien dat een groot ding in de boom vloog; een vliegtuigje of iets dergelijks. Het vliegtuigje vloog vrij snel in brand en zette de boom in vuur en vlam. De brandweer stond vandaag nog te zoeken naar brokstukken van een vliegtuigje. Ze konden helemaal niets vinden.'

Benji verstaat het woord brand en dat is alles. Hij zou kunnen bevestigen dat er inderdaad niets te vinden is, in ieder geval geen brokstukken. De resten waren tot stof vergaan en vermengd met as van de brand. Al zou hij ze verstaan hebben en kunnen praten, dan kan hij het ze nog niet vertellen. Ze zullen hem niet geloven.

Die nacht, op het moment dat iedereen slaapt, kijkt hij naar Dips. Het moet eens afgelopen zijn met dat gekraak, dan kan hij goede zinnen na leren zeggen. Hij repareert de robot en stelt een nieuwe zin samen, laat dit vertalen en herhaalt de zin eindeloos. Hoewel Dips een perfecte uitspraak heeft – immers zijn vader heeft de robot geprogrammeerd – kost het hem de nodige moeite om de letters aan het eind van een woord goed uit te spreken. Eindelijk heeft hij de indruk dat de zin nu goed uit zijn mond rolt. Daarna probeert hij in slaap te vallen en kijkt door het grote raam naar de sterrenhemel. Waarom is hij nu ook hier? Zo alleen. Het valt hem tegen om de taal te leren. Hij had het al tijdens zijn reis moeten doen en dat ging niet. Zijn herinnering gaat terug naar de laatste uren in de Salsi-Jar, een klein dorp, waar hij en zijn ouders, nogal achteraf, woonde. Hij denkt terug aan het moment dat zijn vader hem bij de schouders pakte en zei: 'Als ik, met of zonder je moeder, op de twaalfde dag niet terug ben, moet je vluchten. Het ruimtescheepje Fark IV staat voor je klaar. Hij brengt je naar de vrienden toe, die ik op Aarde heb leren kennen. Hier heb je de sleutels van Fark IV en de sleutel van de kluis. In de kluis ligt een koffer voor je klaar met alles wat je mee moet nemen en aanwijzingen. De onderdelen van de kleine robots zitten erin. Nog niet alles is in elkaar gezet. Ik heb de laatste tijd nog veel verbeterd aan de robots. Jammer dat ik niet meer tijd heb. Ik weet zeker dat jij ze verder wel in elkaar kan zetten. Ze kunnen je nog van pas komen. Er is ook een zilverkleurig schijfje ter grootte van mijn duimnagel. Dat is het allerbelangrijkste. Dat zijn persoonlijke aanwijzingen van mij en met de robot Dips kun je dit inlezen. Wacht niet op mij als ik niet terugkom, want dit huis en alles wat er in zit, zal worden vernietigd. De Gigons mogen geen informatie over mijn projecten in handen krijgen. Ik heb hier nog een pak voor je. Ideaal voor een vlucht in de ruimte, want het houdt je lichaamstemperatuur constant. Het is van mezelf geweest. Kijk, er zit nog een amulet op het borstzakje, het wapen van onze familie, het wapen van Sulsar. Wees heel zuinig op dit kleinood.'

Benji wilde zijn vader tegenhouden en klampte zich aan hem vast. Hij had er geen goed gevoel over. Zijn vader had hem zachtjes van zich afgeduwd en vol liefde aangekeken en zijn laatste woorden waren: 'Maak je geen zorgen, ik kom wel terug met je moeder.'

Hij kwam niet terug. Benji bleef nog even wachten. Naarmate de tijd verstreek verloor hij zijn hoop en vloeiden de tranen rijkelijk. Het werd onaangenaam warm in het huis. Toen hij gerommel in het huis hoorde en scheuren in de muren kwamen, besefte dat hij moest vluchten en hij opende snel de kluis. De grond onder zijn voeten scheurde open en hij greep de groene, ronde koffer. Brokstukken vielen naar beneden. De temperatuur steeg. Hij moest snel zijn. In zijn haast liet hij de koffer vallen, die door de klap open sprong. Tientallen spulletjes slingerden over de vloer. Een aantal schroefjes rolde in de scheuren van de natuurstenen vloer. Het gerommel werd steeds onheilspellender en een fors brokstuk plofte naast hem neer. Hij wist niet hoe snel hij al de kleine spullen bij elkaar moest rapen en terug in de koffer moest proppen, frommelde het pak er ook nog bij en kon het deksel amper nog sluiten. Hij wist nog net aan een groot, vallend brokstuk te ontsnappen en maakte dat hij het huis verliet. Hij hoorde de ramen met knallen kapot springen. Buiten keek hij naar zijn ouderlijk huis, dat langzaam en zeker vernietigd werd. Brokken steen verpulverden voor zijn ogen. De vernietiging was compleet en ging gepaard met een enorme hitte. De tranen schoten hem weer in zijn ogen. Met de rug van zijn hand veegde hij de tranen weg en rende naar het platform naast het huis.

Fark IV stond in een bunker en de deur die de ruimte van boven afsloot was beveiligd met een codeslot. Benji kende de code en toetste deze in, terwijl de apparatuur automatisch zijn lichaam scande. De deur ging open en Benji kreeg via een kleine lift toegang tot het platform. Terwijl Fark IV na enkele eenvoudige handelingen opsteeg, zag hij vanuit de kleine raampjes de Salsi-Jar steeds kleiner worden om uiteindelijk helemaal uit het zicht te verdwijnen. De landen kwamen in zicht; de oceanen; de planeet. Wat een adembenemend uitzicht zou moeten zijn, waarvan Benji al lang hoopte het eens mee te mogen maken, gaf hem nu het hartverscheurende gevoel van een definitief afscheid.

Tijdens zijn lange reis probeerde hij orde op zaken te stellen. In de koffer had hij, naast het kaartje van het huis van Sven en Roos en zijn pak, ook allerlei onderdelen van de robotjes gevonden met de aanwijzingen om ze in elkaar te zetten. De robotjes waren gemaakt ter uitwerking van exemplaren voor onder andere scholen. Alleen, alle onderdelen lagen nu door elkaar en het kostte hem de grootste moeite om ze in elkaar te zetten. Er waren twee robots die al deels in elkaar gezet waren. De rest moest hij zelf doen. Dat was niet gemakkelijk. Vooral Trot en Dips leverden hem grote moeite op, omdat er elementen zoek waren. Er waren nog functies die niet of slecht werkten. Het schijfje waar de persoonlijke aanwijzingen van zijn vader op stonden kon hij nergens vinden. Dat moest hij kwijt zijn geraakt toen de koffer open sprong. De beelden verdwijnen langzaam, terwijl hij in slaap valt.

De volgende dag is er een uitgebreid ontbijt. Roos heeft veel zoete lekkernijen op tafel gezet.

Terwijl Benji een plak cake neemt zegt hij zijn geleerde zin op: 'Mijnnnn vaderrrr issss gevang.g. Ik.k magggg hierrrr blijvennnn.'

Hij spreekt nu duidelijker. Roos en Sven zetten grote ogen op. 'Zie je wel, had ik het toch goed verstaan gisteren. Zit je vader in de gevangenis en je moeder dan?' vraagt ze bezorgd.

Benji verstaat het woord moeder niet en herhaalt het.

'Moederrrr?'

Roos wijst naar zichzelf, naar Antonio en naar Sven.

'Ik ben de moeder van Antonio. Dat is de vader van Antonio. Waar is je moeder?' vraagt ze weer.

'Moederrrr isss gevang.g,' zegt Benji verdrietig.

Hij ziet het drama in beelden voor zich. Hij hoort het gebrul van het robotje Lalp terug. Als waarschuwing dat de Gigons in de buurt waren. Te laat. Hij ziet zijn moeder voor zich, die door de Gigons werd meegesleurd, toen ze een dagje uit waren in de natuur. Hij en zijn moeder stonden te genieten van de wilde bijbloemen. Hij begon te gillen. Zo hard dat dit het gebrul van Lalp overstemde. Zijn vader, die bosnoten aan het zoeken was, kwam aanrennen. Veel te laat. De Gigons en zijn moeder waren al uit het zicht verdwenen. Ze vonden een brief op de plaats waar moeder had gestaan. Daarin stond dat ze alleen werd vrij gelaten als vader hen de ontwerpen van de Wez gaf. De Wez was een vechtrobot waar vader het ontwerp van had ontwikkeld. De robot was een topgeheim. De Gigons wisten er op een of andere manier van. Op de brief stond waar vader dit moest brengen en wanneer. Vader kon de ontwerpen niet eens afgeven, want die lagen ergens anders veilig opgeborgen. Zijn opdrachtgevers zouden dit nooit aan vader teruggeven, ook niet als dat zijn vrouw kon redden. In handen van de Gigons, zou zijn volk, de Efins, de strijd zeker verliezen. Zelfs als hij de ontwerpen nog had, zou zijn vader dit risico niet willen nemen. Zijn vader krabbelde wat valse informatie en was vastbesloten dit te brengen en zijn vrouw vrij te krijgen. Als dat niet zou lukken, als hij niet zou terugkeren, dan hadden ze hem door. Vader was bang dat ze dan naar het huis zouden gaan en Benji zouden ontvoeren. Ze zouden het prototype van de robot kunnen meenemen en andere belangrijke dingen kunnen vinden. Zijn vader had immers ook ontwerpen gemaakt voor ruimteschepen, zoals Fark IV. Daarom had hij alles voor zijn zoon in orde gemaakt, voor zover de tijd het toeliet. Hij had ook de tijdklok van een apparaat in werking gesteld dat het huis en alles wat erin was grondig zou verwoesten.

'Benji?' vraagt Roos.

Benji wordt uit zijn herinnering gerukt en kijkt in de meelevende ogen van Roos.

'Dat is heel erg voor je allemaal,' zegt ze. 'Alleen, ik weet niet of je hier kunt blijven. Zolang je hier bent, zal ik er alles aan doen om je te helpen.'

Roos leert hem de hele ochtend woorden. Ze wijst dan een voorwerp aan en hij herhaalt keurig de woorden die ze uitsprak.

'Appelllll'

'Nee, Benji, het is appel. Je moet de laatste letter niet zingen, maar spreken.'

'Appelll'

Ze zet een schotel met haring neer en zegt: 'Dat is vis. Vis!'

'Viess'

'Nee, Benji, vis. VIS!'

'Viss'

Zo gaat het telkens een stukje beter. Eerst denkt ze dat hij doofstom is. Die mensen zijn doof geboren en hebben de taal wel leren spreken, meestal door gebarentaal en liplezen. Bij Benji is dat niet het geval, want ook met zijn rug naar haar toe, herhaalt hij haar woorden. Dus doof is hij beslist niet. Tijdens de lunch heeft hij al een behoorlijke woordenschat. Hij heeft ja leren knikken en nee leren schudden met zijn hoofd.

Hij wijst de pudding aan en zegt: 'puddingg.'

Hoewel hij nog steeds de laatste letter lang uitspreekt, gaat het steeds beter. Bij de letters b, d, k en t aan het eind stottert hij niet meer. Ook verdwijnt de zangerigheid langzaam uit zijn woorden. Ze heeft ook gemerkt dat Benji de kalender niet kan lezen en heeft hem de dagen die nu tellen op een kalender aangewezen. Roos is tevreden. Ze is lerares op een basisschool en dus wel gewend om kinderen iets te leren. De telefoon gaat en Sven neemt op. Hij keert terug met de mededeling dat de agent Willemse verhinderd is en die avond na negen uur zal komen.

Antonio stampt op de grond. 'Zie je wel, dat hij nog hier blijft!'

Boos verdwijnt hij naar zijn kamer. Benji denkt na. Hij moet vriendschap sluiten met Antonio als hij hier wil blijven. Hij gaat naar boven en klopt op de deur van Antonio's kamer.

'Laat me met rust!' klinkt het.

Benji doet toch de kamerdeur open en loopt naar binnen.

'Wat kom je doen, joh!' roept Antonio woedend. 'Je bent achterlijk! Je hoort hier niet! Verdwijn, stom wolvenkind.'

Hij slingert een boek naar Benji, die net op tijd een stap opzij doet. Benji trekt zijn wenkbrauwen op; hij begrijpt niet waarom de jongen zo boos is. Hij zegt niets en verdwijnt uit de kamer. In zijn kamertje staat een zwart doosje op het raamkozijn. Daarin zitten lichtcellen om de robotjes van energie te voorzien. Hij pakt Dips en stopt een lichtcel achter in het hoofd. Vervolgens drukt hij op een van de vele knoppen op het onderlijf van Dips.

Hij spreekt in: 'Wolvenkind.'

Op het scherm verschijnt in zijn eigen taal de betekenis.

"Wolvenkind; jong van een wolf. Wolf, hondachtig roofdier met rechtopstaande oren, spitse snuit en neerhangende staart. De wolf komt voor op de planeet Aarde, vooral in bosrijke gebieden op het noordelijk halfrond."

Hij voelt aan zijn oren en zijn neus en kijkt naar zijn bips in de spiegel. Waarom noemen ze hem zo? Zijn vader heeft alle vertalingen ingevoerd. Jammer genoeg staan niet alle uitdrukkingen er in. Dat er dus kinderen bestaan, die bij de wolven zijn grootgebracht en ook wolvenkinderen worden genoemd, staat er niet bij. Benji hoort de deur van Antonio's kamer en hoort hem de trap aflopen. Hij vertaalt weer een zin en herhaalt deze een aantal maal. Daarna gaat hij naar beneden. Antonio zit voor de tv, Roos leest een boek en Sven staat in de keuken. Hij tikt Roos op haar schouder en ze kijkt verstoord op.

'Ha, Benji, ben je er weer? Ga even lekker tv kijken. Ruik je het al? Sven kookt iets lekkers voor je.'

'Vaderr zegt dat julliee vriendenn zijnn,' zegt Benji. 'Ikk blijff duss hierr.'

Als door een wesp gestoken staat Antonio op en zegt: 'Hij is gek, mama. Hij wil mijn plaats innemen.'

'Nee, Antonio,' zegt Roos.

Antonio rent de tuin in en klimt hoog in de boom.

Roos en Sven volgen hem.

'Antonio, hij wil je plaats niet innemen. Hij kan je plaats niet innemen,' zegt Roos. 'Toe nou?'

'Ik blijf hier in de boom zitten!' zegt Antonio koppig. 'Net

zolang tot dat achterlijke jong weg is.'
Inmiddels staat ook Benji in de tuin. Hij begrijpt er niets van.
Waarom is Antonio nu zo boos?
'Kom eruit, Antonio,' zegt Sven op strenge toon. 'Geen onzin.'
'Nee!' zegt de jongen bokkig en doet zijn armen over elkaar.
Daardoor verliest hij zijn evenwicht en valt naar beneden.
Roos slaakt een gil.

De zilveren schijf

Benji springt naar voren en kan Antonio nog net vastgrijpen. Samen rollebollen ze over de grond.

'Antonio, Benji!' roept Roos geschrokken en ze buigt zich over de kinderen, die al overeind krabbelen. 'Hebben jullie je bezeerd?'

'Nee,' zegt Antonio.

Benji kijkt Roos vragend aan, terwijl hij wat aarde van zijn trui afslaat

'Heb jij je pijn gedaan, Benji? Antonio kwam op je terecht.'

'Pijnn? Ik geenn pijnn,' zegt Benji.

Hij kijkt Antonio aan en draait zich om. Hij wil naar zijn kamer gaan. Nadenken. Eenmaal daar neemt hij een besluit. Antonio blijft boos op hem. Hij voelt zich niet welkom. Hier wonen vast de vrienden van zijn vader niet en hij besluit om verder te gaan zoeken. Het voordeel is dat hij nu een beetje de taal kan spreken en lezen. Hij pakt zijn koffertje en haalt de onderdelen van Dips los. Hij stopt alles keurig, ook het amulet met het wapen van Sulsar, terug in de koffer. Op dat moment wordt er op de deur geklopt en voordat Benji iets kan zeggen wordt de deur geopend. Het is Antonio. Snel duwt Benji het koffertje achter zijn rug.

'Mag ik binnenkomen?' vraagt Antonio. Het antwoord van Benji wacht hij niet af en hij loopt brutaal naar het bed waar Benji op zit.

'Bedankt dat je me opgevangen hebt,' zegt hij. 'Anders was ik hard terecht gekomen.'

'Ik je gered.d,' zegt Benji.

'Nou, gered, dat is wat overdreven. Je hebt me opgevangen, dat is wat anders. Ik had niet zo lelijk tegen je moeten doen. Ik heb net met paps en mams gesproken. Je blijft hier niet zo lang, vertelde paps, dus ik zal aardig tegen je doen. Je praat in elk geval iets beter. Niet meer met dat rare gezang aan het eind.'

Antonio heeft gezien dat Benji het koffertje heeft verstopt en is nieuwsgierig geworden.

'Wat heb jij in dat koffertje dat je achter je rug hebt?'
'Magg niet zienn,' zegt Benji kortaf.
'Toe, ik ben nu toch je vriend?'
Vriend! Benji kent dat woord al heel goed. Vriend en vriendschap. Het woord is door Dips vertaald. Een vriend is iemand aan wie je alles kunt vertellen, met wie je alles kunt delen. Dat kent hij wel, want op zijn eigen planeet had hij veel vrienden. Benji pakt het koffertje en klapt hem open. Antonio zet grote ogen op.
'Wauw, wat is dat allemaal?'

Benji pakt de robot Trot en zet hem in elkaar. Trot heeft een vierkant lijf met een halfrond scherm in zijn buik. Hij kan onder andere foto's maken en nog veel meer. Benji ziet het verbaasde gezicht van Antonio en zet de andere robots in elkaar. Gurk, Trot, Dips en Lalp.

'Tjee, wat supercool. Kunnen ze bewegen? Waar heb je die gekocht?' vraagt Antonio.

'Gekochttt?'

'Ja, gekocht? Hoe kom je eraan?'

Benji wil bijna zeggen dat zijn vader ze heeft gemaakt. Hij weet nog niet goed hoe hij dat moet zeggen in de mensentaal. Hij zet Dips op de grond en drukt op een knopje op de schouder. De robot begint op zijn rupsbandjes te bewegen.

'Drennnn sallll durrrrrr,' zegt Benji in zijn eigen taal en de robot draait wat rondjes.

'Wat zeg je? Luistert hij naar je? Mag ik er ook mee spelen? Wat zeg je als je hem van de ene kant naar de andere kant van de kamer wil laten rijden?' vraagt Antonio enthousiast.

'Dulll sennn vinssss.'

Het robotje rijdt naar het bed toe en Benji pakt hem op.

'Nee, niet,' zegt hij.

'Nou, ook flauw,' zegt Antonio. 'Ze zijn zo leuk. Ik wil ook wel zo'n robot. Die is veel leuker dan de verzameling blikken robotjes van paps.'

Antonio pakt een mapje uit de koffer en vraagt: 'Wat is dat?'

Antonio klapt het mapje open en ontdekt het groene pak van Benji.

'Het lijkt wel rubber en het is zo klein,' zegt Antonio.

Hij vouwt het uit. Nu wordt Benji een beetje boos. Hij wil niet dat de mensen aan zijn spullen komen. Hoe kan hij het allemaal uitleggen? Hij grist het pak uit Antonio's handen en smijt het op zijn bed. Later zal hij het wel opruimen.

'Nou, sorry hoor. Hé, wat is dat?' vraagt Antonio.

Hij pakt het amulet uit de koffer en houdt hem vlak voor zijn gezicht. Hij bekijkt het wapen en de zijkant. Daarin zit een smalle gleuf. Hij draait het amulet tussen zijn vingers en plotseling valt er iets op de grond. Een klein zilveren schijfje, zo groot als een duimnagel. Benji kijkt ernaar, met een mengeling van vreugde en verbazing. Zou dat …? Hij pakt het op en houdt het in zijn vuist.

'Oeps, sorry. Het was niet mijn bedoeling iets te vernielen van je. Zo, zo, dus je ouders zitten in de gevangenis. Als niemand voor je wil zorgen, dan moet je naar het kindertehuis,' zegt Antonio.

'Kindertehuiss,' herhaalt Benji.

'Dat is vreselijk,' zegt Antonio. 'Ik heb er ook gezeten, toen ik klein was. Verschrikkelijk is het daar. Je hebt heel weinig speelgoed en ze zijn heel streng. Elke avond krijg je een dikke maïspap te eten, dat is heel vies. Als je het niet opeet, krijg je straf. Dan wordt je opgesloten in de kast. Als je naar het kindertehuis moet, dan moet je maïspap eten. Elke dag, zonder suiker. Snoepen mag je al helemaal niet.'

'Vreselijk?' vraagt Benji.

Ook dat woord kent hij en het heeft geen goede betekenis.

'Gelukkig kwamen paps en mams en mocht ik bij hun in Nederland wonen. Dat noemen ze adopteren. Ze kwamen helemaal naar Zuid-Amerika toe. Ik was een straatkind. Mijn eigen ouders konden niet voor mij zorgen. Toen ik twee was hebben ze me de straat op geschopt. Daarna ben ik in dat kindertehuis gekomen. Hier is het veel fijner. Wacht even, ik wil je iets laten zien.'

Antonio springt op en rent de kamer uit. Benji stopt het zilveren schijfje zorgvuldig in zijn koffertje, klapt dit dicht en schuift dit onder zijn bed. Antonio komt terug met een mapje vol foto's en papieren.

'Dat heb ik even uit papa's bureau gepakt. Hier, dat zijn foto's van mij als kind. Zie je? Hier zit ik op de grond voor het kindertehuis. Hier kom ik met papa en mama aan in Nederland. Toen was ik al vier jaar. Dit zijn de papieren. Het is heel moeilijk om een kindje te adopteren, hebben paps en mams altijd gezegd. Moet je eens kijken, wat veel papieren.'

Antonio legt Benji alles uit. Daarna neemt hij hem mee naar een zolderkamer, waar vader een kantoortje heeft. Antonio stopt de papieren in een la van een bureau, waar ook een computer staat. Benji kijkt er vol belangstelling naar.

'Dat is een computer. Dat ken je vast wel. Anders laat ik het je zo wel even zien. Ik heb er ook eentje op mijn eigen kamer,' zegt Antonio. 'Mijn vader ontwerpt dingen op de computer en de tekentafel. Hij is vaste ontwerper bij pretpark Uitje-Bol. Daar ben ik al vaak geweest. Paps ontwerpt supervette dingen. Hiernaast staat een grote tafel met het pretpark in het klein. Dat moet je echt zien!'

Voordat ze de kamer uitlopen, valt Benji's blik op een vitrinekast gevuld met blikken robotjes.

'Dat is paps verzameling. Ik zal je iets laten zien,' zegt Antonio.

Hij doet de deur van de kast open en pakt voorzichtig twee robotjes. Hij windt de robotjes op met een sleuteltje en zet ze op de vloer. Het ene robotje begint beverig te lopen. Voetje voor voetje schuift hij voort en komt na een minuut tot stilstand. Het andere robotje blijft stil staan en beweegt zijn armen langzaam op een neer.

'Zie je. Deze robotjes kunnen ook bewegen, al gaat dat lang niet zo goed als jouw robotjes,' zegt Antonio.

Benji begint te lachen. Dat zijn simpele dingetjes. Dus dit zijn de robotjes die de mensen bezitten. Erg lachwekkend. Hij wil graag weten wat ze allemaal kunnen, terwijl Antonio de robotjes terugzet.

Net op het moment dat hij zijn vragen wil stellen, pakt Antonio hem bij zijn arm en zegt: 'Kom, we gaan paps pretpark bekijken.'

Ze lopen naar de andere zolderkamer. Helaas, de deur is op slot.

'Dat is nou jammer. Het is echt heel leuk om te zien. Straks vragen of we het mogen zien. Kom, ik laat je mijn computer zien,' zegt Antonio.

Nieuwsgierig volgt Benji hem en kijkt verwonderd naar zijn kamer. Deze kamer is erg groot en overal aan de muren hangen posters van robots en Starwars. Op een klein bureautje staat een computer. Antonio zet hem aan en schuift nog een stoel aan.

'Kijk, Benji. Ik gebruik deze computer voor mijn schoolwerk en voor spelletjes. Ha ha, meestal voor spelletjes.'

Antonio drukt op een paar knopjes en Benji volgt

nauwlettend wat hij doet.

'Volgens mij heb jij nog nooit een computer gezien. Waar kom je toch vandaan? Uit niemandsland? Kijk, dit is een zoekmachine, internetzoeker. Alles wat je wilt zoeken, vind je hier, nou ja, bijna alles. Wat wil jij zoeken, Benji?'

'Pironnn,' zegt Benji.

'Pieron?' Antonio begint te giechelen en typt het woord in.

'Mooi niet,' zegt hij. 'Hij kent het niet. Wat betekent het?'

Benji zwijgt. Hoe kan hij verwachten dat er hier iets te vinden is over zijn eigen planeet. Mensen zijn immers niet van het bestaan ervan op de hoogte.

'Nou, dan zeg je het toch niet. Joh, ik weet wat leukers. Ik heb een spelletje op de pc, dat is cool,' zegt Antonio

Snel surft Antonio naar de plek waar het spelletje staat. Het is een spel, waarbij robotjes van verschillende partijen elkaar bestrijden.

'Zie je, Benji. Dit zijn ook robotjes. Dat kunnen jouw robotjes natuurlijk niet. Ik ben de rode robot en ik moet vechten tegen de blauwe en de groene en de paarse. De blauwe robots zijn gemakkelijk. Als ik die verslagen heb, komen de groene. Ik zal het je laten zien, zodat jij ook straks kan spelen.'

Met veel herrie wordt het spel gestart. Benji volgt het spel en vindt er niets aan. Het is te onecht, te langzaam. Waar hij vandaan komt, staat men echt in het midden van een rond scherm. Men doet aan de strijd mee, zonder echt gevaar te lopen. Als Antonio klaar is met level twee en zijn plaats af wil staan aan Benji horen ze Sven roepen voor het eten. Op tafel staan dampende schalen. Benji wil eigenlijk liever alleen zijn, om te kijken of het zilveren schijfje inderdaad datgene is dat hij al die tijd kwijt is. Hij doet net of hij gaapt.

'Fijn dat jullie nu vriendschap hebben gesloten,' zegt Roos. 'Dit zal wel de laatste avond zijn dat Benji bij ons is. Dat horen we straks van de agent die komt.'

'Pap, wil jij Benji dadelijk de zolder laten zien, Uitje-Bol?' vraagt Antonio.

'Ja, na het eten,' belooft Sven.

'Benji heeft supervette robots, mams,' zegt Antonio. 'Die wil ik ook wel hebben.'

Roos kijkt naar Benji, die reageert met een luide gaap en kijkt weer naar Antonio.

'Dat is natuurlijk zijn speelgoed, Antonio. Misschien is het wel alles wat hij heeft,' zegt Roos.

'Jij lust vast wel wat lekkers,' zegt Sven en hij schept Benji's bord vol met iets dat er uitziet als gerimpeld fruit, wat aardappelen, een pootje van een beest en lange groene stengels.

'Hier, tutti frutti, aardappels, kip en sperziebonen. Dat lust je vast wel,' zegt Sven.

Benji eet alleen de tutti frutti. Hij lust de rest niet. Hij wil zo snel mogelijk naar zijn kamer. Hij begint weer te gapen.

'Volgens mij is hij doodmoe,' zegt Roos. 'Wil je naar bed, Benji?'

Benji knikt zo hard, dat Sven zegt: 'Ja, dus. Nou, dan neem je geen toetje. Ga lekker naar je bed. Alleen, mogelijk moet je straks met de agent mee. Dan moeten we je weer wakker maken.'

'Nee,' zegt Roos. 'Hij gaat niet mee. Hij gaat niet in een cel. Hij blijft hier totdat er een fatsoenlijke plaats voor hem is!'

'Wellicht weet de agent al een plek,' zegt Sven. 'We hebben er niet veel over te vertellen. Nou goed, Benji. Ga lekker slapen.'

'Paps, Uitje-Bol dan?' vraagt Antonio verontwaardigd.

'Dat komt nog wel,' zegt Sven. 'Als Benji niet mee hoeft dan laten we het hem morgen zien en anders mogen we hem vast wel een keer komen ophalen.'

Benji heeft begrepen dat iemand hem zo dadelijk komt halen en dat hij snel moet zijn om Sven en Roos te vertellen wat hij komt doen. Hij rent de trap op en eenmaal in zijn kamer, lijkt het hem wijs om de deur af te sluiten. Zo kan hij niet gestoord worden. Snel pakt hij Dips. Het zilveren schijfje houdt hij vast alsof het een diamant is. Hij zoekt naar een opening waar het schijfje in kan. Op dat moment wordt er op de deur geklopt.

'Benji? Slaap je al? Ik wilde je even welterusten komen

wensen. Wil je de deur open doen?'

Het is de stem van Roos. In paniek stopt hij Dips onder zijn deken, schuift de koffer onder het bed en trekt snel zijn trui uit. Zijn vuist heeft de zilveren schijf omklemd, zo stijf dat het lijkt alsof hij het nooit meer los wil laten. Hij loopt naar de deur en haalt hem van het slot af.

'Ach, lieverd,' zegt ze, 'je was nog niet klaar. Nou, welterusten dan. Ik laat je verder met rust.'

Ze trekt de deur achter zich dicht en hij haalt opgelucht adem. Hij hoopt verder niet gestoord te worden. Voor de zekerheid trekt hij wel zijn pyjama aan en gaat in bed liggen. Hij bekijkt Dips van alle kanten en vindt een kleine opening, vlak onder de nekverbinding. Hij schuift het schijfje erin en kijkt naar het schermpje. Als dit werkt, dan is het schijfje per ongeluk in het amulet geraakt. De opening in het amulet dient ervoor om blikjes met voedsel open te maken, die een andere sluiting hebben als op Aarde. Hij heeft hem niet daarvoor gebruikt tijdens de reis. Immers, er waren alleen voedselpillen aan boord van Fark IV. Ineens gaan zijn ogen wijd open. Zijn vader komt in beeld en een waterval van gevoelens overstroomt hem.

De boodschap van Aurek Bruntel

'Argggggggggg, dozammmmmmmm,' spreekt hij uit, wat zoveel betekent als: 'O, vader.'
Hij moet nu wel zijn mond houden, want zijn vader begint te spreken in zijn eigen taal.

'Lieve Benji, als je dit ziet, ben ik niet terug gekomen. Als je dit ziet, dan ben je hopelijk op weg naar de Aarde. Ik heb je veel verteld over de tijd dat ik daar was. Je weet alleen niet alles, omdat ik veel dingen geheim moet houden. Ik ben voortijdig van de Aarde terug geroepen en naar Piron terug gekeerd, omdat de Gigons steeds vijandiger werden. Ik had al het vermoeden dat ze steeds sterker werden en dat de Efins steeds meer gevaar liepen.
Op de Aarde heb ik mensen leren kennen, ik heb vrienden gemaakt. Ik hield er rekening mee dat ik, in mijn positie, gevaar zou lopen. Ik heb een goede vriend van Aarde gevraagd voor je te zorgen voor het geval ons iets zou overkomen. Als je dit ziet, weet je dat mijn angstige voorgevoel is uitgekomen. De goede vriend, Sven Guldenaar, heeft dat beloofd en ook op een aardse manier zaken geregeld. Ik heb ook veel geregeld. Dat leg je zo wel uit. Ze kennen mij onder de naam Aurek Bruntel. Je hebt alle tijd tijdens je reis om je voor te bereiden. Als het goed is vind je in het koffertje dat ik voor je heb klaargemaakt vier robotjes. Die kunnen je van pas komen. Dat zijn demo's van grotere exemplaren. Als ze nog niet helemaal klaar zijn, heb je iets te knutselen tijdens de reis. Met de robot Dips kun je de taal leren van het land waar je terecht komt, want je mag niet te veel opvallen. Nu komt het moeilijkste deel. Ik heb je veel verteld over de mensen en mijn tijd op Aarde. Echter niet alles.
Ik kwam dus op Aarde als Aurek Bruntel en was daar weduwnaar met een zoon. Ik was ingenieur en ontwierp allerlei attracties, zoals achtbanen. Dat zijn apparaten met snelle wagentjes, waar de mensen voor hun plezier ingaan.

Zo kon ik zonder op te vallen veel dingen van mensen leren en de Aarde onderzoeken. Zo leerde ik ook Sven Guldenaar kennen. Zo dadelijk verschijnt er een lijstje; waar ik woonde, waar ik ben geboren, waar ik sta ingeschreven. Allemaal zaken, die de mensen registreren. Dat heb ik toen al geregeld. Zelfs alles over jou is geregistreerd. Op het lijstje staat ook een nummer, in aardse cijfers. Dat is een telefoonnummer. Zoek een telefoon op, waar je ongestoord kunt bellen zodra je op Aarde bent. Bel dat nummer. Dan krijg je Fajel te spreken. Ze is ook een Efin en werkte met mij samen. Op Aarde is ze mijn zus en jouw tante. Zij weet van dit plan en zal alles gaan regelen. Omdat ik weg ging naar Piron, de datum dat ik op Aarde vermist ben geraakt, de notaris, je school. Alles. Dus je hoeft je geen zorgen te maken hierover. Laat Dips een afdruk maken van het lijstje en leer het uit je hoofd. Als ze iets vragen, weet je wat je moet zeggen.

Ik weet zeker dat je het kunt, Benji. Op Aarde zul je veilig zijn. Je mag nooit met mensen erover spreken waar je vandaan komt, echt nooit. Je kunt er ook beter voor zorgen dat je niet in de publiciteit komt. Niet als aardbewoner en zeker niet als inwoner van Piron. Je weet nooit of er spionnen van de Gigons op de Aarde zijn en dit opmerken. Hier is je moeder.'

Zijn moeder komt in beeld en de tranen schieten in zijn ogen. Haar mooie blonde haren zijn in een staart midden op haar hoofd opgestoken en valt als een waterval op haar schouders. Hij weet precies wanneer ze dit op hebben genomen. Op haar verjaardag. Hij herkent dit aan de mooie feestjurk die ze draagt en de glanzende bloem in haar lokken. Ze wisten toen al dat ze in groot gevaar waren en ze hadden hem niets verteld. Met haar mooie, zangerige stem, neemt ze afscheid van hem.

Woedend slaat hij zijn vuist op het bed, terwijl zijn tranen over zijn wangen stromen. Hij wil nu dat hij het zilveren schijfje niet had gevonden. Hij wil ineens niet meer op Aarde zijn. Zijn vader verwacht dingen van hem die hij niet eens kan. Hij kan die stomme taal niet eens goed spreken, hij kent de robotjes nog niet eens goed. Wat wordt er van hem verwacht?

Er wordt op de deur geklopt. Snikkend verstopt hij Dips met een nijdig gebaar onder zijn dekens. Roos komt binnen.

'Ach, Benji. Huil je zo? Heb je zoveel verdriet?'

Ze komt op bed zitten en slaat troostend haar armen om hem heen. Ze lijkt zo op zijn moeder. Net zo warm, net zo lief.

'Mis jij je vader zo?' vraagt ze. Benji zegt met trillende lippen: 'Jahaaaaa.'

'Ik wilde je vragen of je naar beneden komt, want de agent is er,' zegt ze. 'Hij wil je even zien en zo kan dat niet. Als je hem niet wilt zien, hoeft dat niet hoor. Je hoeft nog niet weg, want er is op dit moment geen plek in een tehuis. Morgen gaat de agent nog wat uitzoeken, daarom wil hij graag iets van je weten. Misschien kan je voorlopig onze pleegzoon worden. Dat gaan we proberen te regelen met de jeugdzorg. Ik zal de agent wel vragen morgen terug te komen.'

Ze geeft Benji een kus op zijn voorhoofd en gaat naar beneden. Benji veegt de tranen van zijn gezicht. Roos is lief, Sven is aardig, Antonio is zijn vriend en zijn ouders zijn er niet meer. Het ruimteschip is vernietigd. Hij kan niet terug. Welke keus heeft hij?

Hij staat op en wast zijn gezicht. Hij pakt Dips weer en kijkt op het scherm. Er verschijnt een hele lijst met informatie. Via de armen van Dips kan hij hier een afdruk van maken. Hij pakt uit de koffer een klein zwart bolletje - een inktpil - en doet er water bij. Daarmee vult hij het tuitje in de schouder van de robot en schuift een papiertje onder de scherpe vingers. Uit de vingers vloeit inkt. Er komt keurig hetzelfde te staan als op het scherm. Met vloeiende bewegingen lijken de vingers dit op te schrijven. Hij sluit Dips af, bergt het op en gaat liggen. Hij trekt de deken over zich heen. Net zoals de vorige nachten werpt hij de deken weer af. Het is veel te warm. Hij leest wat er op het papier staat. Hijzelf is bekend als Benji Bruntel, ook al is hij nooit eerder op Aarde geweest. Hij is op Aarde geboren en heeft op school gezeten. Zijn geboortedatum staat erbij. Alles over vader staat erbij, waar hij woont, waar hij werkt en sinds wanneer hij is vermist. Net of zijn vader al wist dat hij niet meer zou terugkeren. Alleen, als dit wel het geval was geweest, zou Benji dit nooit gelezen hebben. Zijn moeder is tijdens zijn geboorte dood gegaan, staat er op het lijstje. Dat is natuurlijk niet waar. Hoe heeft zijn vader dat allemaal voor elkaar gekregen? Het telefoonnummer van Fajel staat erbij en hij schrijft de cijfers na op een kladpapiertje.

Benji kan niet slapen. De hele nacht blijft hij het filmpje van zijn ouders bekijken en huilt tranen met tuiten. Hij probeert de informatie goed te onthouden. Morgen moet hij het Sven en Roos duidelijk maken.

Pas tegen de ochtend valt hij in slaap, om veel te vroeg door Roos gewekt te worden.

'Goedemorgen,' zegt ze, terwijl ze de gordijnen openschuift. 'Kom eruit. Neem een douche en kom daarna lekker eten. De ontbijtspullen staan al op tafel. Vandaag gaan we een wandeling maken.'

'Aurek Bruntell,' zegt Benji.

Roos blijft als aan de grond genageld staan.

'Aurek?' zegt ze. 'Aurek? Ben jij die Benji, zijn zoon?'

Benji knikt. Ze slaat haar hand tegen haar mond en loopt meteen de deur uit. Ze is heel erg geschrokken. Benji glimlacht tevreden. Zo, nu weten ze het. Nu zou alles goed komen. Hij kleedt zich aan en terwijl hij zijn schoenen aantrekt, komt Sven de kamer binnen stormen.

'Ben jij echt Benji Bruntel? De zoon van Aurek?' vraagt hij. 'Jeetje.'

Hij gaat naast Benji op het bed zitten.

'Hij heeft me wel eens een foto van je laten zien. Toen was je nog een stuk jonger. Ik herkende je echt niet. O, dat is vreselijk. Is je vader ... Wat is er met je vader gebeurd?' vraagt hij.

'Vermist,' zegt Benji.

'Vermist? Je vader zat toch in de gevangenis?' vraagt Sven

verontwaardigd.

Benji weet nu dat het dom was om te zeggen dat zijn vader en moeder gevangen zitten. Sven, Roos en ook Antonio hebben begrepen dat zijn ouders in de gevangenis zitten. Hij heeft intussen uitgezocht dat je op aarde de gevangenis ingaat als je iets tegen de wet hebt gedaan. Hij weet ook eigenlijk niet wat er precies met zijn ouders is gebeurt. Bovendien bestaat zijn moeder op aarde niet meer. Hoe moet hij dit nu uitleggen?

'Fout gezegd, vader is vermist,' zegt hij daarom.

'Vermist, zomaar weg? Dan kom jij hier en je kunt niet eens goed praten. Aurek heeft ons nooit verteld dat je een spraakprobleem hebt. Kom, vent.'

Sven pakt Benji beet en begint hem te knuffelen.

'Ik weet dat je moeder niet meer leeft, dus dan ben je nu helemaal alleen. Dan moeten wij voorlopig voor jou zorgen, Benji. Dat heb ik met je vader afgesproken. Ik ga alles voor je regelen. Dit was eerst een logeerkamer. Nu wordt het echt je kamer,' zegt Sven.

Na het ontbijt gaat Sven weg. Eerst naar het politiebureau om alles uit te leggen, want agent Willemse was de vorige avond niet blij dat hij Benji niet kon spreken. Hij zei dat hij de kinderbescherming in zou schakelen en daarmee terug zou komen. Sven en Roos waren ongerust over dit dreigement. Nu is de situatie echter anders. Benji's vader zit niet in de gevangenis. Hij is vermist. Na het politiebureau zal Sven naar de notaris gaan. Aurek Bruntel heeft aan Sven gevraagd om voor Benji te zorgen als hem iets zou overkomen en ze hebben alles vastgelegd. Sven heeft aan Benji beloofd dat hij als hij terugkomt van de politie en de notaris om hem de zolder te laten zien. Roos is erg opgewonden. Ze heeft aan Antonio uitgelegd wat er aan de hand is.

'Zo, dus ik krijg er een broertje bij,' zegt Antonio. 'Een halve broer dan.'

'Een halfbroer. Ja, zoiets,' zegt Roos. 'Voorlopig dan, want als de vader van Benji wordt gevonden, gaat hij weer terug. We moeten veel regelen. Benji zal hier moeten worden ingeschreven en zal hier naar school moeten gaan.'

Ze kijkt Benji peinzend aan en vraagt zich af welke school hij heeft gezeten. Benji leert wel snel, toch is er iets met hem. Daar maakt ze zich zorgen over.

Ze vraagt: 'Benji, hoe heet de school waar je op zat? In welke groep zat je?'

Benji kijkt haar aan of hij water ziet branden en haar angstige vermoeden wordt waar. Benji denkt na. Die school staat op het lijstje. Hoe heet de school ook alweer? Iets met Mer ... en dan nog iets. Welke groep bedoelt ze? Waar heeft ze het over? 'Merr, merr, linn?' zegt Benji.

'Merlijn?' vraagt Roos. 'Bedoel je Merlijn? In welke groep?'

Benji zwijgt en Roos kijkt hem bezorgd aan. Aurek Bruntel woonde in een klein dorp en ze kent alle basisscholen van de provincie uit haar hoofd. In dat dorp is geen basisschool met de naam Merlijn. Ze schudt haar hoofd en vraagt zich af in welk avontuur ze zich hebben gestort. Waarom heeft Aurek nooit verteld dat zijn zoon iets mankeert? Benji kijkt naar de telefoon. Hij beseft dat hij nu niet kan bellen. Wanneer is hij eens een keer alleen? Als Sven weer terugkeert na een paar uur heeft hij een grote tas met kleren en een grote taart bij zich.

'Om het te vieren,' zegt hij, 'dat je nu bij ons bent.'

De kinderen smullen van de taart en daarna past Benji de kleren. Een stoere spijkerbroek, een shirt, een ribfluwelen broek en een jas. Hij heeft nog de schoenen van Antonio aan, want ze hebben dezelfde maat en kijkt ernaar.

'Ja, jongen, je moet ook nog eigen schoenen hebben,' zegt Roos. 'Laten we vanmiddag de stad ingaan.'

'Nu eerst de zolder voor Uitje-Bol, paps. Dat heb je beloofd,' zegt Antonio.

Sven knikt en zwaait de deur open. Antonio rent al naar boven, gevolgd door Benji en Sven. Eenmaal op die zolderkamer aangekomen, kijkt Benji met verbaasde ogen rond. In het midden staat een enorme tafel. Het blad is omgeven door glas. Op het blad is een pretpark in het klein nagebouwd. In het midden is een groot meer met drie eilanden. Sven schakelt de stroom in en zet de transformator aan. Dan gaan overal in de huisjes de lichtjes aan. Vreemde huisjes zijn het. Sommigen hebben de vorm van paddenstoelen, anderen hebben puntdaken. Er is een achtbaan gebouwd en een reuzenrad.

'Kijk, dit is nu een model in het klein van Uitje-Bol,' legt Sven uit. 'Dat is het pretpark waarvoor ik werk. Mijn nieuwste ontwerp is een enorme, liggende reus. Hij is helemaal hol van binnen en door een deur in het kruis heb je toegang. Bezoekers kunnen daar doorheen lopen en op allerlei knopjes drukken, waardoor er gekke dingen gebeuren.'

'Net zoiets als het loopspookhuis, toch, paps?' vraagt Antonio.

'Ja, net zoiets. Dat heb ik ook ontworpen. Kijk, dat daar is de woeste drakenrit. Die heb ik ook ontworpen,' zegt Sven. Hij wijst naar een van de eilanden.

'Dat is het Drakeneiland. In het kasteel kunnen mensen logeren. De woeste drakenrit is mijn grote trots. In het midden zit een grote woeste draak en aan de zijkant zitten de drakeneieren. Daar kun je in gaan zitten. De grote woeste draak gaat langzaam draaien; zijn ogen gaan open en er komt een woedende stoom uit zijn neusgaten. Je ziet zijn scherpe tanden. De eieren draaien mee en dan gaat de woeste draak sneller draaien. De woeste draak steekt zijn kop vooruit en klapt met zijn kaken. Dat is dus een heel spannende attractie. De dansende spinnen in de spinnengrot in het kriebelwoud heb ik ook ontworpen. Zie je dat, Benji?'

'De spinnen zijn supercool,' bemoeit Antonio zich ermee. 'Je zit in een toren met twee grote dansende spinnen erop en dan wordt je aan een draad omhoog en weer omlaag en weer omhoog getrokken.'

'Ja, dat op het moment dat je het helemaal niet verwacht,' zegt Sven.

'Paps heeft ook de bezemsteelrit ontworpen. Dat is echt helemaal te gek. Hier staat hij, in de Heksenhof,' zegt Antonio.

Benji kijkt zijn ogen uit. Wat is er nu zo leuk aan die dingen? Waarom doen mensen dat? Sven pakt wat papieren van een bureau in de hoek van de kamer.

'Moet je dit zien, Benji. Hier heb ik wat tekeningen van het ruimtemuseum. Daar heb ik ook ontwerpen voor gemaakt, samen met andere ontwerpers,' zegt Sven.

Hij laat Benji een aantal tekeningen zien. Met grote ogen kijkt Benji naar een paar vreemdsoortig uitgedoste wezens in nog vreemdere woonkamers. Hij begint hard te lachen.

'Vind je het zo grappig?' vraagt Sven. 'Het leek ons leuk om te laten zien hoe verschillende buitenaardse wezens zouden kunnen wonen en het in een ruimtemuseum onder te brengen. Natuurlijk bestaan ze niet echt. Het is fantasie.'

Benji pakt brutaal een stuk papier en een potlood van het bureau en begint zelf te tekenen. Verbazingwekkend goed ook, hij tekent een mens in een bijzondere woonkamer.

Planten hangend aan het plafond, muurbloemen in manden, verborgen verlichting, panelen met knoppen aan de wanden. Precies zoals de woonkamer op zijn planeet eruit zag. Trots overhandigt hij het papier aan Sven, die hem met veel belangstelling bekijkt.

'Zo, jongen. Je bent een echt talent. Die woonkamer is heel leuk. Ik kan hem eens nader uitwerken. Dat figuurtje moet wel anders.'

Tot grote ontsteltenis van Benji tekent Sven hoornvormige oren en een lange spitse neus. De armen en de benen worden ook langer.

'Humm,' zegt Benji. 'Niet mooii.' en hij voelt aan zijn oren.

Nee, die voelen toch heel anders aan. Op een Gigon lijkt het wezentje ook al niet.

'Het hoeft ook niet mooi te zijn, Benji. Het moet er anders uitzien dan de mensen gewend zijn,' zegt Sven.

Benji wijst naar een achtbaan en kijkt vragend naar Sven.

'Dat is nu een ontwerp, waaraan je vader heeft meegewerkt. Het is een spannende achtbaan, Benji. Het heet the black hole, het zwarte gat. Je rijdt heel snel met een raketwagentje door allerlei bochten. Je ziet het heelal om je heen. Het is ook vaak zwart. Het is net of je in een ruimteschip zit.'

Sven kijkt Benji verdrietig aan en zegt dan: 'Het is jammer dat je vader vermist is. Hij is een groot talent.'

'Mijn vader heeft alle huisjes en attracties in het klein zelf gemaakt,' zegt Antonio trots. 'Van karton.'

'Ja,' zegt Sven met een glimlach, 'en ook van hout, van klei, van ijzerdraad. Ik heb van alles gebruikt, zelfs dopjes van flessen en wc-rolletjes. Telkens als er iets anders is in het park, ga ik weer knutselen. Ik zou nog graag alle attracties bewegend willen maken. Helaas heeft me tot nu toe de tijd ontbroken.'

'Paps,' roept Antonio.

Hij is naar de andere kant van het miniatuur pretpark gelopen en staat voorover geleund over het glas. Hij wijst de verkeerstuin aan. Piepkleine autootjes staan voor stoplichten of op kleine weggetjes.

'Dat is toch allang weggehaald.'

'Ja, lieverd. Dat weet ik,' zegt Sven. 'Het was mijn eerste ontwerp, dus ik heb het laten staan. Ze hebben het vervangen door het paradeplein, want ze vonden een verkeerstuin te ouderwets. Toch wel jammer.'

Benji wijst naar een stoplichtje in het miniatuur pretpark dat op rood staat.

'Wat iss dat?'

Sven begint te lachen. 'Nou, Benji, dat heb je toch wel eens gezien?'

Hij loopt naar een hoekje op de zolder waar een groter stoplicht staat en pakt hem op.

'Kijk, Benji. Dit is één van de stoplichten uit de verkeerstuin. Hij is kleiner dan een echt stoplicht. Straks zul je de echte stoplichten wel zien. Deze deed het ook echt in de verkeerstuin. Het is toch erg jammer dat ze hem hebben afgebroken. Er speelden altijd veel kinderen en het was nog leerzaam ook.'

'Paps, volgens mij is Benji zijn geheugen kwijt,' zegt Antonio. Sven wrijft over zijn kin en kijkt Benji en Antonio aan.

'Zou het?'

Op dat moment horen ze Roos roepen: 'Het eten is klaar.'

Ze heeft vroeg gekookt, zodat ze alle tijd hebben om schoenen te kopen. Benji smult van de stoofpeertjes en de vla; hij lust alleen zoetigheid. De spruitjes, het vlees en de aardappelen laat hij staan.

'Dat kan niet, hoor, Benji,' zegt Roos streng. 'Je zult ook andere dingen moeten eten. Alleen zoetigheid is niet gezond. Morgen krijg je geen zoete dingen meer.'

'Fruit kan toch wel,' zegt Sven. 'Dat is zoet en gezond.'

Roos kijkt Sven boos aan. Waar bemoeit hij zich mee? Zwijgend ruimt ze de tafel af. Ze wil Benji opvoeden, want de jongen moet echt veel leren. Ze gaan met de auto naar de stad. Ook dat vindt Benji een wonderlijk ding, een auto.

'Kijk, Benji. Zie je het stoplicht?' vraagt Sven, terwijl hij moet wachten.

'O ja,' zegt Benji.

Sven kijkt hem aan en aait hem over zijn haren. 'Rustig, jongen. Het komt wel goed.'

Antonio en Benji krijgen allebei nieuwe schoenen en trots lopen ze de winkel uit. Het zijn dezelfde schoenen, alleen die van Antonio zijn zwart met flitsende blauwe strepen en die van Benji blauw met stoere zwarte strepen.

Die avond krijgt hij weer les van Roos. Lezen, schrijven, praten, rekenen en ook klok kijken. Hij leert nog steeds erg snel, tot grote verbazing van Roos. Hij tuurt wel steeds naar de telefoon. Hij moet toch een manier vinden om Fajel te spreken en dat lukt niet.

Nadat Benji naar bed is gegaan, bespreekt Roos haar bevindingen met Sven.

Sven denkt na en zegt: 'Tja, het is een vreemde jongen. Het lijkt wel of hij zijn geheugen kwijt is. Hij weet ook niet hoe zijn vader precies vermist is. De politie kan ook niets vinden. Ik begrijp ook niet dat wij dit niet eerder wisten. In ieder geval is de notaris alles aan het uitzoeken. Morgen zal hij bellen. Gelukkig mag Benji bij ons blijven, totdat alles duidelijk is.'

'Dan begrijp ik nog niet waarom Benji hier zomaar is gekomen. Antonio vertelde dat hij allemaal robotjes had. Heb jij ze gezien?' vraagt Roos.

'Nee. Ze zitten mogelijk in het koffertje,' zegt Sven.

'Daar doet hij nogal geheimzinnig over, ja. Laten we morgen eens proberen uit te zoeken wat er in dat koffertje zit,' stelt Roos voor. 'O, Sven, waar zijn we aan begonnen?'

'Wellicht moeten we een psycholoog voor Benji inschakelen,' zegt Sven.

Roos knikt langzaam. Dat is waarschijnlijk het beste.

Benji denkt na. Sven en Roos zijn erg aardig. Hij weet echter niets van zijn zogenaamde verleden op Aarde en hij moet veel leren. Hij moet daar nog informatie over opzoeken en zoekt bij de informatie in Dips. Benji heeft van zijn vader al veel gehoord over de mensen. Eigenlijk verschilt de mens niet veel van de Efins, het volk waar Benji toe behoort. De mensen lopen nog wel achter in de ontwikkeling en de Efins zijn leniger. Hun botten zijn sterker en hun smaak is anders. Ze hebben betere ogen, een beter reukvermogen en een beter gehoor. Ze kunnen ook iets beter tegen de kou dan de mens, omdat ze een dikkere huid hebben. Het verschijnsel kippenvel kennen ze dan ook niet. In Dips vindt hij informatie over scholen en de groepen. Tot zijn schrik weet hij niet hoe oud hij op Aarde is. Hij is als Efin vierenzestig lutsjas - Efinse eenheden - oud, maar als mens? Op het lijstje van zijn vader staat zijn zogenaamde geboortedatum. Hij herkent wel een datum: vijf januari. Dat is al snel. Na enig gepuzzel op Dips komt hij erachter dat hij als mens tien jaar oud is. Alleen, klopt dat ook met wat zijn vader allemaal heeft geregeld? Hij wil zo graag zijn vader om raad vragen. Weer voelt hij tranen in zijn ogen opwellen.

Hij wil Fajel bellen, alleen hoe? Hij herinnert zich dat in de werkkamer van Sven een telefoon staat. Hij moet wachten tot ze naar bed gaan. Intussen vangt hij geluiden op. Hij hoort de tv beneden zwijgen en na een tijdje hoort hij de voetstappen van Sven en Roos op de trap. Roos doet nog even zijn deur open om naar binnen te kijken. Benji doet net of hij slaapt. Hij hoort ze de badkamer in- en uitgaan en wacht tot het helemaal stil is in huis. Vervolgens sluipt hij uit zijn kamer en loopt voorzichtig de trap op naar de zolder. De vloer kraakt en hij hoopt niet dat Sven en Roos hiervan wakker worden. Hij opent de deur van de werkkamer van Sven en knipt het licht aan. Nu moet hij bellen. Voor het eerst. Hij heeft het Roos zien doen en pakt de hoorn op. Met bevende vingers toetst hij het telefoonnummer in. Hij hoort een langgerekte toon, die zichzelf herhaalt. Het duurt lang voordat er wordt opgenomen en Benji staat nerveus aan de telefoondraad te frunniken.

'Fajel,' zegt een vriendelijke vrouwenstem.

Benji praat zacht en in zijn eigen taal. Hij ratelt aan een stuk door over wat er is gebeurd. Daarna zwijgt hij. Aan de andere kant komt geen gehoor en Benji is bang dat ze de verbinding heeft verbroken.

'Benji, dat is heel erg,' zegt de vrouw in de efinse taal. 'Ik ga alles voor je regelen. Het komt allemaal goed. Doe jij net of je een aards jongetje bent.'

'Dat is niet zo gemakkelijk. Kan ik niet naar jou komen en daar blijven?' vraagt Benji. 'De mensen zijn wel aardig, maar ik moet zoveel leren.'

'Nee, Benji, dat zal niet gaan. Ik heb mijn eigen werkzaamheden. Ik weet zeker dat je op een goede plek bent. Je vader heeft dat voor je uitgezocht. Het komt allemaal in orde. Ga lekker slapen.'

Haar stem straalt rust uit en geeft hem een zeker vertrouwen. Toch wil hij meer weten.

'Kan ik je ontmoeten? Ik heb zoveel vragen,' zegt Benji.

'Nee, dat kan nog niet, Benji. Ik kan niet veel over de telefoon zeggen. Wees gerust. Jij bent veilig. Kruip lekker in bed.'

'Dat zal ik dan gaan doen,' zegt Benji.

Hij legt de hoorn weer neer en stopt het briefje met het telefoonnummer tussen het elastiek van zijn pyjamabroek. Op dat moment gaat de kamerdeur open.

Tante Fajel

'Wat ben jij aan het doen?' vraagt een boze stem.

Benji schrikt zich wezenloos. Voor hem staat een nijdige Sven.

'Dat is helemaal fraai. Moet ik soms een slot op deze deur laten zetten. Naar je bed, jij!' zegt Sven woedend.

Benji volgt hem zwijgend.

'Schiet op. Slapen jij! Laat ik je niet meer in mijn kamer zien,' zegt Sven.

Hij is nog steeds kwaad en hij trekt de deur achter Benji met een ruk dicht. Benji gaat niet slapen. De hele nacht blijft hij piekeren en woelen.

Pas tegen de ochtend valt hij in slaap, om weer veel te vroeg door Roos gewekt te worden.

'Wat heb ik nu weer gehoord,' zegt ze, terwijl ze de gordijnen openschuift. 'Stiekem in de kamer van Sven snuffelen. Wat moest je daar?'

'Spijt me,' geeft Benji als antwoord.

'In ieder geval stellen we dat niet op prijs,' zegt Roos.

Ze ziet het koffertje en zegt: 'Ik hoorde dat je in dat koffertje allemaal robotjes had. Wil je ze eens laten zien?'

Benji schudt nee met zijn hoofd. Roos wil niet aandringen en verlaat de kamer. Beneden smeert Benji een dikke boterham met hagelslag en op dat moment gaat de telefoon. Sven neemt op en het is een heel lang gesprek, waarbij Sven aantekeningen maakt.

Wanneer hij eindelijk ophangt, zegt hij: 'Dat was de notaris. Hij is gebeld door de zuster van Aurek. Het is waar. De vader van Benji is vermist geraakt en wel op achttien december. Dit is onmiddellijk aan de politie door gegeven. Benji zit op de Hermelijnschool, in groep zes, dus dom is hij niet.'

'Die school ken ik dus wel,' zegt Roos. 'Wie heeft dan alles geregeld? Benji toch niet?'

'De tante van Benji, tante Fajel, heeft alles geregeld en is nog aan het regelen,' zegt Sven. 'De school regelt zij ook. De notaris van Aurek zal nog contact met ons opnemen.'

'Ik zou haar wel eens willen spreken,' zegt Roos. 'Benji kwam bij ons op blote voeten met een dunne pyjama aan. Bovendien wisten we helemaal niets van de vermissing van Aurek.'

Benji verstaat nu alles en heeft er spijt van dat hij zijn laarzen uit heeft getrokken, niet lang voordat hij de Aarde bereikte met het ruimteschip. Het was nogal warm aan boord en zijn voeten kriebelden, vond hij. Nu begrijpt hij wel dat blote voeten in de kou vreemd is. Dat zijn mooie pak geen pyjama is, kunnen zij ook niet weten. Hij vraagt zich af hoe die tante Fajel alles zo goed heeft kunnen regelen.

De dagen die volgen zijn dagen van verwarring. Blijdschap, verdriet en twijfel wisselen elkaar bij iedereen af. Sven neemt contact op met zijn baas, de directeur van Pretpark Uitje-Bol om de vermissing van Aurek te melden. Het is een lang gesprek. Ook zijn baas weet van niets en is erg geschrokken. Aurek heeft namelijk vrijaf genomen voor een lange periode. Benji krijgt nog steeds les van Roos en gaat zo snel vooruit, dat ze begint te accepteren dat hij zeker wel slim is. Ze heeft met een vriendin over Benji gepraat, die psychologe is. Die denkt dat Benji mogelijk kortstondige geheugenstoornissen heeft, omdat hij geschrokken is door de vermissing van zijn vader. Door de goede zorgen bij het gezin is hij sterk vooruit gegaan. Toch wil de psychologe hem een tijd begeleiden. Roos maakt een afspraak met haar en zegt tegen Benji dat hij binnenkort hulp krijgt.

Roos heeft hem ook ingeschreven op de basisschool dicht bij huis, waar ze eerder heeft gewerkt. Daar is nog plaats voor hem en Antonio zit er ook op.

Ze worden uitgenodigd bij de notaris van Aurek en maken voor het eerst kennis met tante Fajel. Benji mag mee en hij heeft moeite om net te doen alsof hij haar kent op het moment dat hij haar een hand geeft. Hij ziet haar voor het eerst.

'Dag, tante,' zegt hij droog.

De vrouw ziet er uit als vele vrouwen op Piron. Haar bruine haar is hoog opgestoken, langs een metalen spiraal, die verbonden is met een band om haar hoofd. Ze draagt een strak jurkje met wijde mouwen en op de sluiting van haar riem staat hetzelfde familiewapen als op het amulet van Benji. Benji herkent de riem; het is de riem van zijn vader. Met haar uiterlijk valt ze natuurlijk wel op als Efin. Roos begint meteen tegen haar uit te vallen. Ze is boos dat Fajel Benji in zijn pyjama op straat heeft gezet en nog bozer dat ze niets wisten van Aureks vermissing. Fajel wil net antwoord geven als de secretaresse van de notaris hen binnenroept. Iedereen neemt zwijgend plaats en de notaris leest de papieren voor. Het is vastgelegd bij de notaris van Aurek dat Sven en Roos voor Benji zorgen. Sven en Roos hebben ervoor getekend. In dit geval voor tijdelijk, totdat Aurek is gevonden. Er is voor Benji ook geld achter gelaten op een aparte spaarrekening. Hiermee kunnen Sven en Roos kost en onderhoud betalen.

'Had je geen speelgoed, Benji?' vraagt Roos.

'Nee, alleen wat ik bij me had,' zegt Benji.

Het gezelschap verlaat de kamer van de notaris en Roos kijkt boos naar Fajel.

Fajel zegt op kalme toon: 'Ik wist niet beter of Benji was na de vermissing tijdelijk ondergebracht bij de ouders van een vriendje van hem. Ik heb geen tijd om voor hem te zorgen. Ik ben bezig met het regelen van allerlei zaken. Ik geef toe dat ik de afspraak met de notaris vrij laat maakte. Ik moest echter ook nog werken. Ik heb een drukke baan als adviseuse bij het toonaangevende modehuis Mantel. Mijn excuses. Ik zal u foto's van Benji en zijn vader toesturen. Dat is voor hem ook fijn. Ik hoop dat mijn broer snel wordt gevonden.'

'Maar ...' wil Roos nog verder gaan.

Sven trekt aan haar arm. Hij vindt dit tijdverspilling en hij vindt Fajel helemaal niet onaardig. Ze is waarschijnlijk zelf nog ondersteboven van de vermissing van haar broer, denkt Sven. Bovendien heeft ze mooi alles geregeld. Ze gaat er ook voor zorgen dat het huur van Aureks huis wordt opgezegd.

Sven geeft haar een hand en zegt: 'Neem nog eens contact met ons op. U bent immers de tante van Benji.'
Ze knikt en kijkt naar Benji.

'Laat hem eerst goed bij u wennen,' zegt ze.
Ze loopt naar Benji toe en tilt haar hand voorzichtig op.

Daarbij beweegt ze haar vingers. Benji herkent dit heel goed. Het is een efingroet.

'We spreken elkaar weer,' zegt ze zacht.

Daarna draait ze zich om en loopt de deur uit.

In de auto praat Roos voluit over Fajel. Ze heeft er geen goed woord voor over.

'Ik begrijp niet dat we niet eerder van haar te weten zijn gekomen dat Aurek vermist is. Ze kan het wel druk hebben met haar modehuis, maar je hoort toch iedereen in te lichten over zoiets.'

'Ach,' zegt Sven. 'We weten het nu toch. We kunnen mee helpen zoeken. Ze heeft er niet aan gedacht, waarschijnlijk.'

'Niet aan gedacht? Dat is toch vreemd,' zegt Roos.

Haar stem klinkt boos. Benji kijkt naar buiten. Ze moeten eens weten wat er werkelijk aan de hand is.

Roos gaat verder: 'Heb je gezien hoe ze eruit ziet? Belachelijk. Met die kleding en dat haar.'

'Ja, het lijkt wel of ze een drol op haar hoofd heeft,' lacht Antonio.

'Drol?' vraagt Benji.

Hij kent het woord 'drol' nog niet. Antonio begint nog harder te lachen.

Hij stopt meteen weer en kijkt serieus: 'Sorry, Benji, het is natuurlijk jouw tante. Ik bedoelde het niet zo.'

'Nou, ik mag hopen dat die tante van je dan snel iets van zich laat horen,' zegt Roos. 'Stom, dat we haar adres niet hebben gevraagd.'

Roos en Sven gaan naar de politie om te vragen of ze al wat meer weten over de vermissing van Aurek.

De politieman zoekt in de computer en na een tijdje zegt hij: 'Ik heb de melding gevonden, Een verslag kan ik echter niet vinden. We doen wel ons best om naar hem uit te kijken. Zodra we iets meer weten, hoort u van ons.'

Binnen een week komen er formulieren met de post en ook rapporten van de oude school van Benji. Hij doet het helemaal niet zo slecht op school. Hoe heeft zijn vader en Fajel dat nu voor elkaar gekregen? Hij is toch nooit echt op een aardse school geweest? Omdat Roos elke dag met hem oefent en oefent en hij zelf ook veel informatie opzoekt en blijft oefenen, zal hij spoedig helemaal in het aardse leven passen. Een paar dagen later komt er een fotoalbum en een pakje voor Benji met de post. In het pakje zit een mooi zilveren lijstje met een foto van zijn vader. Roos en Benji bekijken het fotoalbum. Hij verbaast zich erover hoe dat in elkaar is gezet. Sommige foto's herkent hij, want die heeft hij ooit thuis gezien op het grote, ronde beeldscherm. Die foto's kan hij wel uittekenen. Het zijn foto's, die op Aarde zijn gemaakt, van zijn vader met mensen. Er zijn ook foto's bij van zijn vader met Sven. Die heeft hij nooit eerder gezien. Er zijn ook andere foto's bij. Een jongetje waar hij mee speelt kent hij niet. Zo zijn er meer van dit soort foto's. Allemaal reusachtig echt. Benji weet wel beter. Alles om Sven, Roos en Antonio te overtuigen. Benji voelt zich schuldig om dit spel te spelen. Sven, Roos en Antonio zijn zo aardig.

Het wordt nog erger. Hij gaat op bezoek bij Anja, de vriendin van Roos, de psychologe. Ze is vriendelijk en praat met hem. Ze stelt hem soms moeilijke vragen. Over zijn jeugd, over zijn school, over zijn vrienden. Op sommige vragen weet hij geen antwoord en haalt dan zijn schouders op. Op dat moment wil hij dat hij gewoon kan vertellen waar hij vandaan komt, wat hij allemaal heeft meegemaakt. Hij weet dat dit niet kan. Hij zal niet eens worden geloofd. Dan bedenkt hij dat het niet zo gek zal zijn als hij er uitziet als een fantasiewezen, compleet met rare oren, vreemde ogen en een merkwaardige neus. Een figuur zoals Sven heeft geschetst. Benji ziet er precies uit als een mens en niemand zal geloven dat hij van een andere planeet komt. Men zal hem dan krankjorum vinden en Benji weet dat gekke mensen opgesloten worden in een inrichting of vol worden gestopt met pillen. Dus hij probeert zo goed als hij kan geloofwaardig over te komen.

Anja vertelt haar eerste bevindingen aan Roos. Ze denkt dat Benji nog niet veel vertelt, omdat hij zich nog niet op zijn gemak voelt. Volgens haar komt de jongen erg nerveus over. Ze zegt dat hij tijd nodig heeft en stelt voor dat Benji elke week op bezoek bij haar komt. Roos gaat hiermee akkoord. Benji is er niet blij mee. Elke week naar die nieuwsgierige Anja, bah. Hij probeert er onder uit te komen. Sven en Roos vinden dat niet goed. Ze beweren dat Anja hem kan helpen. Dus zoekt Benji veel dingen op. Hij vindt informatie over de oude school waar hij zogenaamd op zat. Hij verzint wat vrienden en hij bedenkt hoe hij zo goed mogelijk zijn nooit meegemaakte jeugd op Aarde kan beschrijven. Zo hoopt hij Anja de volgende keer meer te kunnen vertellen.

Roos en Sven zijn nog steeds bezig om uit te zoeken waar Aurek is. Roos bezoekt een helderziende en laat hem een foto van Aurek zien.
De helderziende zegt: 'Deze man is heel ver weg, heel ver weg.'
Hij kijkt nog een keer goed naar de foto en zegt: 'Verder krijg ik niets door.'
Op de terugweg piekert Roos zich suf. Zou Aurek ergens in Amerika of Afrika zijn? Of misschien op de Noordpool? Het is nog steeds een raadsel.

De dagen daarna vliegen voorbij. Benji leert ondertussen fietsen en Sven belooft hem een fiets voor zijn verjaardag. Op vijf januari is het zover. Benji wordt verrast met veel pakjes. Hij krijgt een horloge, een mobiele telefoon en een eigen fiets van Sven en Roos. Antonio heeft ook een pakje voor hem. Benji zet grote ogen op bij het uitpakken van de doos. Zes plastic robotjes, die alleen hun armen en benen kunnen bewegen.
'Ik dacht, als jij nu hier mee speelt, kan ik eens een keer met jouw robotjes spelen,' zegt Antonio.
Benji kijkt verlegen naar de grond en mompelt: 'Liever toch niet.'

Roos heeft alles gehoord en zegt boos tegen Antonio: 'Als hij dat nu niet wil. Dat is het enige speelgoed dat hij nog heeft en waarschijnlijk van zijn vader gekregen.'

Benji krijgt een glans in zijn ogen en zegt: 'Dat klopt.'

Het koffertje met zijn robots blijkt de nieuwsgierigheid van Antonio te wekken. Een keer betrapt Benji Antonio in zijn kamer. Hij probeert het koffertje open te krijgen. Pech voor hem. Het koffertje is zo gesloten als een oester. Echter, ook een slimme jongen als Benji vergeet wel eens wat. Het duurt dan ook niet lang of hij betrapt Antonio weer, nu met de koffer open. Hij heeft de robot Gurk in zijn hand. Benji staat als aan de grond genageld, want Antonio heeft de rechterarm afgebroken.

Antonio wordt vuurrood en zegt: 'Sorry, Benji. De koffer was niet afgesloten en ik wilde toch even kijken. Ik bewoog de arm en toen brak het af.'

Woedend stormt Benji naar voren, grist Gurk uit Antonio's hand en duwt hem weg. Hij smijt de robot en de arm in het koffertje en klapt hem kwaad dicht.

Nu zegt Antonio iets, waar hij van verstijft: 'Het spijt me, Benji. Volgens mij ben jij geen gewoon jongetje.'

Antonio heeft hem door. Hij grijpt de koffer, draait zich om en loopt de kamer uit. Hij moet weg of de robotjes moeten weg. Anders is hij niet veilig. Hij loopt naar beneden, naar de achterdeur en roept tegen Sven en Roos dat hij even gaat fietsen. Op de fiets schieten de tranen in zijn ogen. Waar moet hij naartoe?

Een besluit

Hij rijdt als een bezetene, de koffer tussen de snelbinders achterop zijn fiets gebonden. Motregen valt uit de grauwe wolken. Hij weet waar hij heen wil. Naar Fajel. Die zal hem wel willen helpen. Haar nummer heeft hij in zijn mobiele telefoon gezet. Hij rijdt het dorp Grootendorst uit en stopt op een landweg. Hij drukt op het nummer en krijgt een langdurige pieptoon te horen. Hij baalt en rijdt door. Hij realiseert zich dat hij haar adres niet weet. Hij fietst door, stopt af en toe en probeert dan Fajel te pakken te krijgen. Dat lukt niet. Hij vraagt zich af of dit geen zinloze onderneming is. Zal Fajel hem kunnen helpen? Ze heeft zelf gezegd dat hij bij de familie Guldenaar moet blijven. Alleen, de mensen mogen niet weten dat hij geen mens is. Vroeg of laat zal hij bij de psychologe door de mand vallen en per ongeluk iets vertellen over zijn leven op Piron. Dan zal ze denken dat hij gek is. Hoe geloofwaardig zullen de verhalen zijn die hij zal moeten vertellen over een verzonnen schooltijd, vrienden en zijn jeugd? Mogelijk gaat ze uitzoeken of hij wel de waarheid heeft gesproken. Wat zal hij dan moeten verzinnen om zijn leugens te verbergen? Het ergste is dat Antonio hem door heeft. Of vermoedt Antonio alleen iets?

Hij neemt even pauze en kijkt naar de grijze lucht. Hij gaat op een vochtige grasrand zitten, pakt Gurk en bekijkt de schade. Het verbindingsstuk is kapot en het soort kunststof dat ervoor is gebruikt, kan vast niet op Aarde gemaakt worden. Vanwege de hitte die Gurk verbruikt, moet de kunststof tot hoge graden hittebestendig zijn. Bovendien moet het verbindingsstuk naadloos worden aangesloten. Nee, dit onderdeel van Gurk kan hij niet meer gebruiken. Somber schuift hij zijn handen onder zijn kin. Als hij bij Fajel kan wonen, zal hij de Guldenaars echt missen. Sven is een leuke, verstrooide man, die allerlei grappen en grollen maakt. Roos is een schat met een enorme inzet en Antonio is zijn beste vriend geworden. Toch voelt hij zich af en toe eenzaam, opgesloten met zijn geheimen. Dan voelt hij zich meer thuis bij Fajel. Fajel van wie hij niet veel weet, alleen dat ze met haar vader samenwerkte. Zij kent de verschrikkelijke situatie op Piron. Fajel en Benji spreken dezelfde taal. Bij haar zal hij een luisterend oor en begrip vinden. Zelfs als hij terug moet naar de Guldenaars, kan ze hem helpen. Ze kan hem raad geven hoe hij zijn masker op kan houden, hoe hij alles geheim kan houden. Hij pakt de telefoon en belt Fajel nog eens. Geen gehoor. Hij begrijpt niet waarom ze niet gemakkelijker te bereiken is. De aanwijzingen die hij heeft gekregen, zijn moeilijk voor hem om vol te houden. Hij is immers niet getraind, zoals de volwassen agenten, zoals zijn vader en Fajel. Hij wordt gebeld. Hij ziet het nummer van Sven en drukt het weg. Hij wil nadenken. Stel je voor dat hij het dorp vindt waar Fajel woont, dan weet hij geen adres. Als ze de telefoon niet beantwoordt, zal hij de nacht buiten moeten doorbrengen. Hij probeert nog een keer te bellen. Halverwege hoort hij helemaal niets meer. Oei, de batterij van de mobiel is leeg. Daar heeft hij helemaal niet op gelet. Hij kan niet bellen en niet gebeld worden. Sven en Roos zullen doodongerust zijn. Hij overpeinst zijn mogelijkheden. Stel je voor dat hij Antonio de waarheid vertelt. Alleen aan Antonio en die houdt zijn mond, dat kan toch? Alleen, als Antonio het toch doorvertelt en ze geloven hem. Zullen Sven en Roos hem dan nog wel willen? Zullen ze hem niet beschikbaar laten stellen voor wetenschappelijk onderzoek, waar zijn vader eens voor had gewaarschuwd. Hij blijft eindeloos piekeren en ziet dat het alweer zes uur is. Hij neemt een besluit. Hij wil weer naar huis terugkeren en Antonio de waarheid vertellen. Hij stapt op de fiets en rijdt terug.

Na een tijdje realiseert hij zich dat hij de weg kwijt is. Hij kijkt rond. Welke kant moet hij uit? Hij rijdt nog iets verder en besluit om Trot te gebruiken. Hij zoekt in zijn koffertje en vindt een rond schijfje. Hij pakt de kop van Trot, die twee grote bolle ogen heeft en klikt dat op het schijfje. Hij drukt en draait diverse knopjes in op Trot en het schijfje en vervolgens zwaait hij een aantal keer met de kop en werpt het in de lucht. De kop vliegt al draaiende omhoog. Steeds hoger en hoger, totdat het de hoogte bereikt, die Benji heeft ingesteld. Het maakt foto's van de omgeving, precies zoveel als Benji heeft ingesteld en komt naar beneden, eveneens draaiende. Op ooghoogte pakt Benji het uit de lucht en monteert de kop op het lijf van Trot. Het schijfje stopt hij in de kruin van Trot, waar een klepje zit. Hij kan nu de foto's inlezen en inzoomen, die hij ziet op het lijf van de robot. Tot de details kan hij zo de omgeving, de dorpen en ook de straten en de huizen zien. Een herkenningspunt is een grote, verbrande boom bij een speeltuin. Daarachter is een groot grasveld en een brede sloot. Verder zijn er veel rijtjeshuizen.

Als hij de boom na een tijd vindt, kan hij gemakkelijk het huis van Sven en Roos opzoeken. Hij zoomt uit en kan precies ontdekken hoe hij moet rijden. Zo bereikt hij om kwart voor acht zijn huis. Sven en Roos zijn boos en ongerust tegelijk.

'Waar heb jij gezeten?' vragen ze boos. 'We probeerden je telkens te bellen. Geen gehoor.'

'Het is mijn schuld,' mengt Antonio zich in het gebrek. 'Ik heb een robot van hem stuk gemaakt en toen is hij kwaad vertrokken.'

Sven kijkt Benji aan en zegt: 'Dat is nog geen reden om zo lang weg te blijven. Ruzies worden hier uitgepraat.'

Hij wendt zich naar Antonio en zegt: 'Jij moet van andermans spullen afblijven. Hoe vaak heb ik je dat niet gezegd.'

Zijn hoofd draait weer richting Benji. 'Laat mij het robotje proberen te repareren.'

'Dat hoeft niet,' zegt Benji.

Stel je voor zeg. Sven mag helemaal niet weten hoe het robotje in elkaar zit.

Sven haalt zijn schouders op: 'Dan niet, jongen.'

Roos maakt een lekker warm bad voor hem klaar en Sven heeft de soep opgezet. Als Benji in de badkamer komt, giet Roos badolie met rozengeur in het water.

'Ik heb een brief over je vader geschreven naar Gezocht. Dat is een programma op televisie, waar ze vermiste mensen zoeken. Hopelijk zenden ze het uit,' zegt ze. 'Dan komt je vader misschien toch terug.'

Benji kijkt verdrietig en zegt: 'Ja, dat zou ik wel willen.'

Roos strijkt over zijn haar.

'Ja, wij willen dat ook graag, ook al vinden we het nog zo fijn dat je bij ons bent. Ga nu maar in bad.'

Benji houdt helemaal niet van warm water en als de badkamerdeur op slot zit, opent hij de koude kraan. Hij spartelt zeker een half uur in het koele water en vindt dit heerlijk. Na dit bad en het eten van een flinke kop tomatensoep, gaat hij naar zijn kamer. Hij raakt al wat gewend aan het aardse eten, hoewel hij zoete dingen het lekkerste vindt. Dat smaakt bijna net zoals thuis.

Er wordt op de deur geklopt en Benji roept: 'Ja!'

Het is Antonio, die verlegen vraagt of hij binnen mag komen. Benji knikt.

'Het spijt me dag ik je robotje heb stuk gemaakt,' zegt hij. 'Ik beloof dat ik zal sparen om een nieuwe voor je te kopen.'

'Dat kan niet. Mijn vader heeft hem gemaakt,' zegt Benji. Antonio kijkt beschaamd naar de grond.

'Het doet er niet meer toe. Het is toch stuk,' zegt Benji. Dan haalt hij diep adem en vraagt: 'Waarom denk jij dat ik geen gewone jongen ben?'.

'Je bent slimmer dan ik. Je doet zo geheimzinnig over de robotjes. Ze zijn toch niet geheim? Was je vader wetenschapper?'

Benji denkt na. Kan hij Antonio de waarheid vertellen of niet?

'Ja, mijn vader is ingenieur, dat heb ik je toch verteld? Hij ontwerpt, hoe heten die dingen ook alweer…'

'achtbanen, die zijn supervet, joh. Daar heb je dan zeker vaak in gezeten. Zijn die robots van je geheim?'

'Nee, dat niet echt.'

'Laat ze dan nog eens goed zien. Ik beloof je dat ik ze niet aan zal raken.'

Benji slaakt een diepe zucht. Hij weet dat Antonio niet zal opgeven en door zal blijven zeuren. Hij pakt de koffer, klapt die open en pakt Gurk en zijn losse arm

'Die kun je toch lijmen?' vraagt Antonio. 'Laat mij eens kijken.'

Benji geeft de robot aan Antonio die de arm goed bestudeert. Hij drukt op een knopje en uit een gat in de rechthoekige hand van de robot schuift een hard kunststof staafje.

'Dat doet het nog wel,' zegt Antonio verheugd, alsof hij blij is dat hij de robot niet helemaal heeft gesloopt.

'Ik heb er niets meer aan,' zegt Benji.

Hij strekt zijn arm uit, want hij wil Gurk terug. Antonio geeft de robot aan hem.

'Het is moeilijk uit te leggen,' zegt Benji.

Hij besluit het toch te doen.

'Als de arm goed is en ik stel Gurk in, dan wordt het staafje verwarmd. Op de juiste temperatuur kan ik het bijvoorbeeld in een sleutelgat duwen. Dan laat ik het afkoelen. Ik trek de vorm eruit en dan heb ik een sleutel.'

Antonio zet grote ogen op en vraagt: 'Ben jij een inbreker?'

Nu kijkt Benji met grote ogen. Hij heeft al een behoorlijke woordenschat. Dit woord kent hij nog niet.

'Inbreker? Nee, ik breek er niets mee,' zegt hij.

'Dat bedoel ik niet. Een inbreker, een dief die in huizen gaat stelen. Daarvoor maken ze stiekem deuren en ramen open.'

'O, dat is de bedoeling niet van de vormenarm van Gurk. Het kan overal voor gebruikt worden, bijvoorbeeld als je de sleutel bent verloren of vergeten. Nu niet meer, dus. Gurk kan nog wel iets anders. Geef mij een euro.'

Antonio haalt vijftig eurocent uit zijn broekzak en geeft dit aan Benji.

'Hier, meer heb ik niet,' zegt hij.

Benji knikt en zet de robot op zijn bureau.

'Nu heb ik nog iets van metaal nodig,' zegt Benji.

'Paperclips,' zegt Antonio. 'Die heeft paps wel ergens liggen. Wacht even.'

Antonio komt een tijd later terug met een grote hoeveelheid doosjes vol paperclips en nietjes.

'Ik heb ze in verschillende bureauladen en in kasten gevonden,' zegt Antonio. 'Paps vergeet altijd waar hij die dingen opbergt en koopt dan weer nieuw.'

Benji glimlacht en stelt de robot in. Hij schuift een tuit in de kruin van de kop. De robot begint te trillen. Aan de voorkant van het robotlijf zit een gleuf, die je breder en smaller kan instellen. Daar stopt hij het geldstuk in. Nu komt er stoom uit de tuit; een teken dat Gurk er klaar voor is. Benji werpt snel de doosjes paperclips in de tuit en verbrandt zich bijna aan de stoom. De robot begint nog harder te trillen. Antonio vraagt zich af wat er gaat gebeuren. Na enige tijd rolt er een muntstuk tussen de benen van de robot vandaan, en nog eentje, en nog een. Het lijkt wel de jackpot. Met gerinkel en gekinkel vallen de munten op het bureau en op de grond. Antonio bukt zich om er een op te rapen. Benji waarschuwt:

'Pas op, ze zijn nog heet.'

Te laat, Antonio heeft er al eentje beet en laat hem meteen weer los.

'Au!'

Hij blaast snel op zijn verbrande vingers. Dat helpt helemaal niets. Hij loopt naar de wastafel en houdt drie rode vingers onder de koude kraan. Hij kijkt naar de robot, die zijn laatste muntstuk uitperst.

'Je bent nog een valsemunter ook,' zegt Antonio.

'Een valsemunter? Ik begrijp je niet. Ik ben toch niet vals,' zegt Benji.

'Nee, jij niet. De muntjes die je net hebt geperst, zijn wel vals. Dat is handig als we meer zakgeld willen hebben.'

'Dat is de bedoeling helemaal niet,' zegt Benji. 'Mijn vader heeft de robot gemaakt als gereedschap. In zijn andere arm zitten nog wat dingen om mee te knutselen.'

'Goh, wat handig. Zoiets zou mijn vader ook wel leuk vinden. Heeft je vader daar nooit patent op aangevraagd? Je weet natuurlijk ook niet wat patent is. Dat betekent dat je het ontwerp laat vastleggen, zodat niemand het zomaar na kan maken. Dan kun je het ontwerp verkopen aan iemand of zelf laten maken.'

'Nee,' zegt Benji, 'dat kennen wij niet, eh, daar heeft mijn vader nooit over nagedacht. Alleen, vertel het aan niemand,

Antonio. Als je dat belooft, dan laat ik je nog meer zien.'
'Natuurlijk vertel ik het aan niemand. Dit is ons geheim,' zegt
Antonio.

Benji kijkt Antonio aan. Kan hij hem wel vertrouwen? Het
moet. Hij stopt Gurk, die intussen is afgekoeld in de koffer,
samen de muntjes. Ze hebben toch een andere kleur dan een
echte vijftig eurocent. Benji pakt Lalp, het kleinste robotje,
wat onderdelen en kleine doosjes waarin pillen zitten. Lalp
heeft een rond lijf en een rond hoofd en op de plaats van zijn
neus zit een driehoekig gat. Benji pakt allemaal verschillende
loepjes en steekt deze in een gat van de vingerloze, ronde
hand van Lalp. Hij nodigt Antonio uit om erdoorheen te
kijken. Het zijn verschillende sterkte loepen, zelfs tot
microscopische sterkte. Hij ziet de huismijt, die overal te
vinden is. Het lijken enorme monsters en Antonio gruwelt.
'Dat is vet griezelig, zeg,' zegt hij, terwijl hij jeuk voelt en

krabbelt.

'Lalp kan nog veel meer,' zegt Benji.

Hij pakt een beker water en gooit daar een witte pil in. Dit giet hij in een opening in het hoofd van de robot en richt het op Antonio. Hij drukt op het knopje en een fijne straal raakt Antonio. De straal komt uit de neus van Lalp.

'Bah, een waterpistool,' zegt Antonio.

Benji begint te lachen, terwijl Antonio zijn gezicht wil drogen. Hij merkt dat het spul op zijn gezicht nogal slijmerig is.

'Gatver, wat is dat?' vraagt hij met een vies kijkend gezicht.

'Snurlamslijm, volkomen ongevaarlijk,' zegt Benji.

'De wat?' vraagt Antonio.

'Laat maar,' zegt Benji. 'De andere robotjes laat ik je wel een andere keer zien. Die werken nog niet helemaal goed. Denk erom, niets zeggen, hoor.'

'Ik zeg niets, ik zweer het,' zegt Antonio.

Benji wil even wachten, om hem alles toe te vertrouwen, totdat hij zeker weet dat Antonio zwijgt. In de nachten werkt hij aan Trot en Dips, om alle functies goed te krijgen, hoewel hij sommigen nog niet kan uittesten. Overdag spelen de jongens samen. Antonio's vriendje Peter is nog op vakantie, dus dat komt goed uit. Antonio zeurt wel om de andere robotjes. Benji zegt wijselijk dat ze nog niet klaar zijn. Hij heeft nog niet gemerkt dat Antonio gekletst heeft. Het is lekker weer voor de tijd van het jaar. Ondanks de kou schijnt het winterzonnetje en ze spelen buiten een partijtje voetbal.

'Ik ben op zestien april jarig en dan wil ik een nieuwe voetbal,' zegt Antonio. 'Deze is al behoorlijk afgetrapt.'

'Ik kan toch een voetbal vragen op vijf februari?' vraagt Benji. 'Dan hoef je niet zo lang te wachten.'

'Waar heb je het over? Je bent pas jarig geweest.' zegt Antonio.

Daar heeft Benji niet aan gedacht. Op zijn eigen planeet geldt iedere keer de dag die je bent geboren. Er zijn geen maanden, weken, jaren. Er zijn alleen dagen, in een eenheid. Een eenheid is vijftig dagen. Een eenheid heet daar lutsjas en betekent ervaring. Op de dag dat iemand wordt geboren, is hij jarig. Benji is op de zevende dag geboren en heeft al vierenzestig lutsjas; ervaringen achter de rug en is dus al vierenzestig keer jarig geweest. Uit gewoonte denkt hij dat mensen ook op de dagen hun verjaardag vieren. Dat is een vergissing. De mensen tellen de jaren op als leeftijd. Jammer, hij wil wel twaalf keer in een jaar op de vijfde dag van elke maand jarig zijn. Hoewel zijn vader weinig bij zijn verjaardagen was, denkt Benji er met plezier aan terug. Hij neemt zich voor om zich daar in te verdiepen, zodat hij dit soort blunders niet meer kan maken. Benji kijkt Antonio aan en besluit hem de waarheid te vertellen.

'Antonio,' Benji schraapt zijn keel. 'Ik moet je iets vertellen. Het moet wel tussen ons blijven.'

Antonio kijkt hem nieuwsgierig aan.

'Ik zweer je dat ik mijn mond zal houden,' en hij steekt zijn wijsvinger en middelvinger gesloten in de lucht. Het zweergebaar, dat Benji nog niet kent.

'Antonio, je weet dat ik in de nacht van de eerste kerstdag in jullie huiskamer stond en dat was niet zomaar.'

Terwijl Benji begint te vertellen, kan Antonio de bal niet stilhouden. Hij laat hem stuiteren onder zijn handpalm, hij legt hem op de grond neer en rolt hem onder zijn voet, hij gooit hem in de lucht.

'Houd die bal eens stil!' zegt Benji met de nodige irritatie. 'Het lijkt wel of je geen belangstelling hebt voor mijn verhaal.'

Geschrokken houdt Antonio de bal stijf geklemd onder zijn arm.

'Natuurlijk wel,' zegt hij. 'Kom, vertel!'

'Goed, ik kwam natuurlijk niet per toeval bij jullie. Niet lang tevoren had ik een landing gemaakt met mijn ruimteschip.'

Nu kijkt Antonio alsof hij water ziet branden en hij zegt: 'Ruimteschip? Ga toch weg. Vertel, vertel.'

'Die landing ging dus echt helemaal fout,' vertelt Benji. 'Ik deed het helemaal verkeerd. Ik had op een andere plek moeten landen, waar ik het toestel kon verbergen. Ik landde jammer genoeg in de kruin van een boom en flink hard ook. Het toestel raakte ernstig beschadigd en ik moest er snel uit. Net op tijd verliet ik het toestel, want het vloog in brand. Ik kom van een andere planeet, Antonio.'

Het zwarte schijfje

Antonio kijkt Benji met open mond aan en zijn ogen richten zich naar zijn voeten en gaan langzaam omhoog. Hij bekijkt Benji van top tot teen.

'Hoe kan dat nou? Je ziet eruit als een mens.'

'Ja, dat is zo. Ik ben een Efin en mijn planeet heet Piron. Mijn vader was hier al een tijdje op de Aarde aan het werk. Hij deed onderzoek naar de Aarde en de mensen en leerde jouw ouders kennen.'

'Is je vader dan echt vermist? Kom jij ons bespioneren? Waarom ben je hier dan?'

'Veel vragen in een keer. Ik zal bij het begin beginnen,' zegt Benji. 'Laten we daar op het bankje gaan zitten.'

Benji begint zijn verhaal: 'Onze planeet is een mooie planeet, kleiner dan de Aarde en ook ietsje kouder, want onze zonnen staan ietsje verder weg. Wij kunnen heel goed tegen de kou, want wij hebben een dikke huid. Wij leefden in vrede met een ander volk, de Gigons. Ik weet dat de Efins die oorspronkelijk in de zuidelijke gebieden leefden naar het noorden zijn getrokken, lang geleden. De Gigons leefden daar toen al. Gigons zijn groot en enorm sterk en hebben een blauwe huidskleur. Ze lijken helemaal niet op mensen of op Efins. Ze zijn primitiever dan de Efins. De Efins ontwikkelden zich snel en de Gigons werkten voor hen. Ze deden de klussen, waar de Efins geen kracht voor bleken te hebben. Ze bouwden de gebouwen voor de Efins, werkten in de fabrieken en kregen daar voedsel voor, zodat ze niet hoefden te jagen op de dieren. Meer wilden de Gigons niet. Ze leven in grotten en hebben weinig nodig. De Gigons leerden wel van ons; ze leerden praten. Daar hield het ook mee op. Dat veranderde langzaam en zeker. Een van de Efins had de Gigons eh, hoe noemen jullie dat, iets met de bouwstenen van het lichaam, de genen, verandert.'

'Genetische manipulatie,' zegt Antonio, die tot nu toe zwijgend en vol belangstelling naar Benji had geluisterd.

'Ja, genetische manipulatie. De nieuw geboren Gigons waren

slimmer en ook agressiever. Ze werden gaandeweg vijandiger. Ze zonderden zich af en gingen zelf weer jagen. De Efins gaven hen alle vrijheid en dwongen hen niet tot samenwerking. De Efins wilden hen zelfs helpen in ontwikkeling. Dat ging in het begin heel goed. Tot op een dag de sterkste en slimste Gigon, genaamd Nosca, de leiding overnam. De Gigons gingen de Efins aanvallen. Nu moet je weten dat wij met al onze kennis en wapens de Gigons nauwelijks kunnen verslaan. Het lichaam van de Gigons is gepantserd. De Gigons kunnen al helemaal niet tegen warmte, dus men dacht hen te bestrijden door warmtebronnen, maar een warm, dood lichaam verspreidde afschuwelijke ziektekiemen, waar de Efins niet tegen konden. De Gigons waren bestand tegen onze chemische wapens en andere wapens konden we niet inzetten, omdat die schadelijk waren voor de Efins. De Gigons waren bovendien in de meerderheid, omdat ze gigantisch veel eieren leggen. De enige manier om een Gigon te doden, was een scherp voorwerp diep tussen zijn ogen planten en dat deel was vaak bedekt met een metalen hoofdsieraad. Zo werd onze situatie steeds moeilijker en velen van ons vertrokken naar het zuiden. Niet allemaal. We kennen verhalen van Efins, die liever tegen de Gigons ten strijde trekken, ook al weten ze dat ze verliezen, dan in het zuiden te gaan wonen. Het is er te warm. Ook wij bleven in het noorden. Mijn vader werkt voor onze regering. Hij heeft een vechtrobot, de Wez, ontworpen, die gericht kan schieten, dwars door welk metaal dan ook. Daarmee hoopten ze de Gigons te lijf te kunnen gaan. Mijn vader werkte op de Aarde. Hij werd een tijd geleden teruggeroepen, omdat de strijd uit de hand was gaan lopen. Ondertussen had mijn vader al een vluchtplan voor mij gemaakt.'

Nu vertelde Benji over de ontvoering van zijn moeder, het laatste gesprek met zijn vader, de vernietiging van zijn huis en zijn reis. Antonio heeft bijna ademloos zitten luisteren.

'Hoe kan het dat alles en iedereen niet anders weet dan dat je vader hier is vermist? Je hebt zelfs zogenaamd op school gezeten.'

'Dat hebben mijn vader en tante Fajel geregeld,' zegt Benji. 'Ik weet niet hoe. Ze hebben het voor elkaar gekregen. Wacht.'

Hij haalt zijn mobiele telefoon tevoorschijn en zoekt het nummer van Fajel op, die hij opgeslagen heeft.

'Ik bel haar even en dan zal je horen dat ik in mijn eigen taal met haar kan praten. Dan kan ik meteen vragen hoe ze dat allemaal heeft gedaan.'

De telefoon geeft weer een pieptoon.

'Vreemd, ik krijg haar niet te pakken,' zegt Benji.

Hij kijkt Antonio aan en zegt nog eens nadrukkelijk: 'Vertel dit alsjeblieft niet verder, aan niemand, ook niet aan Peter.'

'Ik zal niets zeggen, Benji. Zelfs als ik dat zou doen, niemand zou me geloven. Je hebt robots die dingen kunnen, waar de geheime diensten van zouden smullen. Ik speel liever zelf geheimagent. Is je vader ook een geheimagent?'

'Geheimagent?'

Dat woord kent Benji ook niet, dus Antonio legt de betekenis uit.

'Ja, zoiets is mijn vader wel. Hij is lid van de Hunclis. Hij moet in elk geval bepaalde dingen geheim houden voor de Gigons, die een stuk slimmer zijn geworden en als ze onze kennis zouden kunnen gebruiken, zouden ze nog gevaarlijker worden. Mijn vader vertelde me ook niet alles.'

'Benji Bruntel. Heet je echt zo?'

'Mijn voornaam wel. Mijn efinse achternaam is Sulsar. Ik weet nog dat ik bij de kerstboom stond en je vader zag en meteen mijn naam zei, alleen begreep hij dat natuurlijk niet.'

'Benji is een aardse naam,' zegt Antonio.

'Dat klopt,' zegt Benji. 'Mijn vader was al eerder op Aarde geweest. Hij ging dan voor een hele tijd weg en keerde weer een tijdje terug. Toen ik werd geboren vond hij het leuk om mij een aardse naam te geven.'

'Hoe kan het dat de brandweer niets heeft teruggevonden van je ruimteschip?'

'Mijn ruimteschip was rond, niet zo heel erg groot en heel erg snel. Toen het in brand vloog, is het materiaal verpulverd. Het is een soort zelfvernietigend beveiligingssysteem, zodat vijandelijke krachten geen beschikking krijgen over welk onderdeel of informatie dan ook.'

'Goh, dat de brandweer dat dan niet heeft gevonden,' zegt Antonio.

'Ik kan me herinneren dat het stevig waaide die nacht dat ik in de boom vloog. Waarschijnlijk is het verpulverde restmateriaal door de wind meegenomen of heeft de brandweer er niet naar gezocht. Zal ik je nu Dips en Trot laten zien?'

Antonio knikt enthousiast. Hij vindt het allemaal spannend, een buitenaards halfbroertje. Ze lopen snel de trap op en Benji pakt zijn koffertje. Ze lopen terug naar het bankje in de tuin. Benji haalt eerst Trot tevoorschijn en zet hem in elkaar. Nog steeds werkt niet alles en wat mogelijk wel werkt heeft hij nog niet uitgeprobeerd, dus Benji zwijgt over die functies. Hij laat wel zien dat Trot foto's kan maken boven zijn hoofd.

'Joh, dat lijkt wel een drone,' zegt Antonio. 'Die zou ik zo graag willen hebben. Een goede is nogal duur.'

Nu was het de beurt van Benji om te vragen wat een drone was. Antonio legt hem dat uit en Benji knikt.

'Dan is Trot beter,' zegt hij.

Hij laat zien dat de ogen in het hoofd van de Trot tevens een verrekijker is, dat er een telescoop in zit met een fors bereik en een zaklantaarn.

'Dat is vet, zeg. Kun je nu je eigen planeet ook zien?'

'Nee, dat helaas niet.'

De telescoop zit onderin de buik van de robot en kan worden uitgeschoven tot dertig centimeter. Via de achterkant kan men kijken. Omdat het nog licht is, spreken ze af dit een keer in de avond te doen. Benji pakt Dips.

'Dit is de meest handige robot,' legt Benji uit. 'Hij kan vertalen, geluiden opnemen en stemmen nabootsen, zijn armen kunnen schrijven, hij kan rekenen en ontwerpen en informatieschijfjes inlezen.'

Benji pakt de oorplugjes uit de koffer en zegt: 'Als je

informatie opneemt, kun je het door Dips laten afspelen en via deze oorpluggen wordt de informatie als je slaapt opgenomen in je geheugen. Het werkt het beste tussen de droomfases door.'

'O, dat wil ik ook, dan haal ik vast betere cijfers op school.'
Nu pakt Benji een zwart vierkant schijfje, niet groter dan een luciferdoosje.

'Als je dit op een computer plaatst, kun je er van alles mee. Dat is afhankelijk welke opdrachten je aan Dips hebt gegeven. Je kunt informatie opzoeken, veranderen en opslaan en dan door Dips in laten lezen.'

'Dat lijkt me ook cool,' zegt Antonio. 'Goh, wat is dat allemaal handig, zeg. Kon je dat maar ergens kopen. Kunnen we iets uitproberen. De stemnabootsing, bijvoorbeeld. Dat lijkt me lachen.'

Benji knikt. Ze horen Roos op dat moment roepen voor het eten en Benji stopt het hoofd van Dips, na wat knopjes te hebben ingedrukt, in zijn broekzak. Roos heeft kipfilet met vruchten klaargemaakt, omdat Benji dat zo lekker vindt. Antonio vindt de vruchtjes niks en schuift ze weg van zijn bord. Morgen staat er Argentijnse spaghetti op het menu en dat is het lievelingsgerecht van Antonio. Zo maakt Roos regelmatig voor elk wat wils.

'Lekker, Roos,' zegt Benji.

'Benji,' zegt ze. 'Je mag ons gewoon paps en mams noemen, net als Antonio. Jij behoort nu gewoon bij ons gezin, ook al duurt het nog even tot alle formulieren in orde zijn.'

'Paps en mams. Papa en mama, zo heten er al zoveel,' zegt Benji.

'Ja, dat klopt,' zegt Roos. 'Je mag ons ook Sven en Roos blijven noemen, hoor.'

'Mams, dan wil ik dat ook,' zegt Antonio.

Sven zucht en zegt: 'Daar was ik al bang voor. Dan kan Benji ons beter paps en mams noemen, want ik vind het niks dat Antonio ons bij de naam gaat noemen.'

Er ontstaat een discussie. Er zijn meer kinderen die hun ouders bij de naam noemen. Dat moet kunnen in deze tijd, vindt Roos. Sven vindt het niet leuk klinken. De leerkrachten worden tegenwoordig ook bij de naam genoemd. Niet allemaal. Benji gaat naar dezelfde school als Antonio. De leerkrachten daar worden allemaal juffrouw of meester genoemd. Op de school waar Roos les geeft gaat het er moderner aan toe. Daar worden alle leerkrachten bij de voornaam genoemd.

'Wat willen jullie zelf?' vraagt Roos.

'Als Benji jullie bij de naam mag noemen, wil ik dat ook,' zegt Antonio.

'Als jullie het liever willen, wil ik jullie wel paps en mams noemen, al zijn jullie dat niet echt,' zegt Benji.

Hij mist zijn ouders verschrikkelijk, hoewel Roos en Sven wel erg op zijn ouders lijken. Roos is net zo vriendelijk als zijn moeder en Sven is een beetje streng, net als zijn vader.

Sven en Roos kijken elkaar aan en Sven zegt: 'Jullie moeten zelf beslissen. Weet je wat, praat er samen over en dan horen we het wel van jullie.'

Na het eten gaan de jongens naar boven.

'Tot acht uur, Benji,' zegt Roos. 'Dan gaan we nog even leren, want je moet over een paar dagen zo goed mogelijk voorbereid naar school.'

'Ja, mams,' roept Benji, ten teken dat hij al een besluit heeft genomen.

In zijn kamer zegt Antonio: 'Dus je gaat ze paps en mams noemen. Jammer, stiekem had ik gehoopt dat we ze Sven en Roos zouden kunnen noemen. Joh, laten we ze Sven en Roos noemen. Toe?'

'Nee, ik noem ze paps en mams. Ik heb mijn eigen ouders ook altijd zo genoemd en nu zijn Sven en Roos mijn paps en mams.'

'Nou, goed dan. Heb je hun stemmen opgenomen? De stemmen van PAPS en MAMS.'

Benji knikt, zet het hoofd van Dips op zijn lijf en stelt de robot in op afspelen. De hele discussie is opgenomen.

'Nu moet je opletten,' zegt Benji.

Hij krijgt de tekst op zijn scherm en hij toetst allerlei vervangwoorden in en speelt opnieuw af.

'Gekke Roos,' hoort hij zichzelf zeggen in plaats van 'lekker Roos' en Roos zegt: 'Benji, je mag ons gewoon koe en paard noemen, net als Antonio. Jij behoort nu gewoon tot ons gekkenhuis, ook al duurt het nog even voordat alle idioterie in orde is.'

De jongens liggen dubbel van het lachen. De stemmen

klinken precies hetzelfde.

Antonio hoort een stem, precies als de zijne zeggen: 'Koe, dan wil ik dat ook!'

'Je kunt ook alle woorden veranderen,' zegt Benji en hij verandert de woorden.

Antonio begint te bulderen van het lachen als hij zijn vader hoort zeggen: 'Ik stond voor de spiegel en ik schrok van mijn beeld. Wat ben ik lelijk, zeg.'

Het maakt niet uit of de woorden langer of korter zijn dan de oorspronkelijke opname. Benji maakt telkens de zinnen anders en bedenkt de gekste dingen en de jongens hebben een reusachtige lol, die duurt tot Benji wordt geroepen om te leren. Dit keer heeft hij er geen zin in en gaat mokkend naar beneden. In zijn opwinding is hij helemaal vergeten Dips op te bergen en de koffer af te sluiten, dus Antonio speelt er mee verder. Hij is erg nieuwsgierig naar het zwarte schijfje. Hij begrijpt de symbolen op het toetsenbordje van Dips niet. Toch wil hij proberen of het schijfje op zijn eigen computer kan worden geplaatst. Hij loopt naar zijn eigen kamer en vraagt zich af, waar hij het schijfje moet plaatsen. Niet in het cd-romstation, dat is duidelijk. Hij zet de computer aan en duwt het schijfje tegen de zijkant van het kastje. Tot zijn verbazing ziet hij dat het gewoon blijft zitten. Zou het echt werken? Hij zet het beeldscherm aan en tot zijn grote schrik ziet hij een pikzwart scherm, waarover allemaal cirkelende, gekleurde driehoeken zweven.

'Wat is dat? Een screensaver?' vraagt hij zich af.

De driehoeken worden groter en groter en gaan over in lijnen, die steeds dichter bij elkaar komen te staan. De kleuren vloeien in elkaar over en worden grijs. Het beeld wordt een grijs vlak met donkergrijze puntjes en plotsklaps knalt het beeld uit.

Piron op het scherm

Antonio zet het computerscherm weer aan en tot zijn grote schrik is er alleen een inktzwart scherm te zien.

'Ai, hij is gecrasht!' zegt hij in paniek.

Oei, nu zou Benji wel heel erg boos zijn, omdat Antonio weer aan zijn spulletjes heeft gezeten. Hij weet niet hoe hij het moet zeggen en brengt snel het zwarte schijfje terug naar Benji's kamer. Hij besluit om niets te zeggen. Hij hoort Benji niet veel later naar boven komen en naar zijn kamer gaan. Het blijft even stil. Dan hoort hij de deur van Benji's kamer en een tel later wordt er op zijn deur geklopt.

'Antonio, slaap je al?'

'Nee.'

'Heb jij soms aan Dips gezeten?'

'Nee.'

'Ik weet zeker dat ik hem anders in de koffer had gelegd. Als het wel zo is, mag je het wel zeggen. Het is mijn eigen schuld, want ik heb het koffertje niet afgesloten.

'Nee, echt niet,' liegt Antonio.

'Zullen we nog een computerspelletje doen?'

'Neehee!' zegt Antonio.

Het komt er angstig en boos uit. Benji doet de deur open en kijkt Antonio aan. Waarom reageert hij zo? Antonio voelt zich schuldig en onder de blik van Benji krijgt hij vuurrode wangen. Hij vindt het niet fijn om te liegen en begin te stamelen.

'De computer is stuk,' zegt hij.

Hij verzwijgt de reden.

'Dan wil ik hem wel maken,' zegt Benji. 'Ik heb de robotjes ook ik elkaar gezet.'

'Echt? Kan jij dat?' vraagt Antonio.

'Natuurlijk. Koppel hem los en geef hem mee. Ik kijk er wel naar.'

Zo wenst Benji Antonio welterusten en gaat met het kastje terug naar zijn kamer. Hij gaat meteen aan de slag. Een voordeel is dat hij minder slaap nodig heeft als een mens. Het is een uur of drie in de nacht als hij besluit te gaan slapen. De volgende dag is het Sven die hem wakker maakt. Hij struikelt over de tientallen onderdelen van de computer waarmee de grond bezaaid ligt.

'Wat is dat nou? Benji, wakker worden!'

Sven ziet het kastje van de computer staan, waar alleen nog de CD-romspeler in zit en begrijpt wat die rommel is.

'Zeg, wat is dit voor flauwekul?' vraagt hij aan Benji, die net zijn ogen uitwrijft.

'Goed, hè, paps,' zegt hij. 'Ik ga Antonio's computer maken. Die is stuk.'

'Antonio's computer? Is dit, was dit Antonio's computer? Nu is hij dus echt helemaal compleet kapot,' zegt Sven. 'Waarom heb je dat gedaan? Weet Antonio dit?'

'Antonio vindt het goed dat ik hem maak,' zegt Benji.

'Dat je hem sloopt, bedoel je!'

Woedend beent Sven weg, naar de kamer van Antonio. Benji hoort hem roepen:

'Antonio, wakker worden! Nu meteen!'

Even later komt Sven weer Benji's kamer instormen, gevolgd door Antonio, die verbijsterd naar de rommel kijkt.

'Maar, maar,' stamelt hij. 'Wat heb je gedaan?'

'Ik maak hem echt in orde,' zegt Benji.

Sven loopt rood aan. Met een wanhopig gezicht kijkt hij naar de puinhoop. Dit is door de beste monteur niet meer te herstellen, laat staan door een schooljongen. Boos steekt hij vijf vingers omhoog.

'Benji, binnen vijf minuten is die rommel opgeruimd en voorlopig gaat al je zakgeld in een speciaal potje. Net zolang tot er voldoende is om een nieuwe computer voor Antonio te kopen.'

'Paps, dan heb ik geen computer meer,' zegt Antonio verontwaardigd, terwijl Sven, nog steeds boos, de deur uitloopt.

'Dan had je het niet goed moeten vinden dat Benji je computer molesteerde.' zegt Sven, die de trap afloopt. Zijn vader kennende valt er niet mee te praten en hij kijkt Benji aan.

'Zo, dus jij dacht gewoon, Antonio heeft mijn robot gesloopt, dus ik sloop Antonio's computer.'

'Nee, Antonio! Ik zet hem weer in elkaar. Beter dan hij het ooit heeft gedaan. Weet je nog, het zwarte schijfje? Ik laat Dips de informatie op je harde schijf uitlezen en zet het op het zwarte schijfje. Dan heb je die computerkast niet eens meer nodig.'

'Het cd-romstation dan? Dat wil ik wel blijven gebruiken.'

'Okay, dan plaats ik het zwarte schijfje op je computerkast. Je zult zien dat je veel meer kan doen met de computer dan je voor mogelijk hebt gehouden. Ik gebruik het zwarte schijfje toch niet.'

Antonio kijkt Benji aan en gelooft hem. Op dat moment begint hij zich weer te schamen. Te schamen, omdat hij heeft gelogen. Nu wil Benji hem zelfs het schijfje geven.

'Eh, Benji,' zegt hij, 'ik moet jou ook iets vertellen.'

Antonio biecht de geschiedenis op. Benji schudt met zijn hoofd.

'We moeten eerlijk tegen elkaar zijn, Antonio. Jij weet mijn geheimen en ik weet straks jouw geheimen. We moeten eerlijk blijven. Zullen we dat afspreken?'

Antonio knikt. Hij is al lang blij dat Benji niet boos wordt.

'Alleen heb ik geen geheimen, Benji,' zegt hij lachend.

'Jawel, want jij bent straks het enige aardse jongetje dat een computer met een buitenaardse schijf heeft. Alleen begrijp ik niet dat jouw computer kapot is gegaan door mijn schijfje. Wat heb je precies gedaan, wat zag je?'

Antonio vertelt het en Benji begint hard te lachen.

'Hij is dus helemaal niet stuk. Ja, nu wel, dus,' zegt Benji.

'Alleen, wat je er voor terug krijgt, is honderd keer beter.'

'Benji, Antonio,' wordt er beneden geroepen.

Tijd voor het ontbijt. Sven is nog steeds boos.

'Heb je die rommel al opgeruimd?' vraagt hij nors.

'Bijna,' zegt Benji, die een dikke rozijnenboterham uit de mand pakt.

'Valt me tegen van je, Benji,' zegt Roos. 'We gaan dadelijk even pasfoto's maken, want je moet een nieuw identiteitsbewijs hebben.'

'Mams, ik moet nog veel doen,' protesteert Benji.

'Niets mee te maken,' zegt ze streng. 'Het leven bestaat nu eenmaal niet alleen uit spelen. Je kunt nog tot tien uur opruimen en met Antonio spelen, daarna gaan we naar de fotograaf en naar het gemeentehuis. Antonio mag mee, als hij wil.'

Antonio knikt enthousiast.

Dat betekent koortsachtig hard werken voor Benji, terwijl Antonio toekijkt. Om tien uur is hij nog niet klaar. Als ze in de middag weer thuis zijn, ze hebben ook nog een kindermenu in een hamburgerzaak gekregen, gaat hij weer verder. Om zes uur is het klaar. Tenminste, het lijkt klaar. Ze moeten wachten tot na het eten en nieuwsgierig naar het resultaat sluit Antonio de computer weer aan. Tot zijn grote verbazing komt er weer het zwarte scherm met de gekleurde driehoeken.

'Daarop is hij gecrasht,' roept Antonio.

Benji begint weer te lachen.

'Dat krijg je ervan, als je niet weet hoe je met iets om moet gaan. Zet het geluid aan.'

Dat doet Antonio, terwijl de driehoeken groter worden en zich tot grijze lijnen vormen.

'Zo dadelijk is het inlezen voltooid,' zegt een vriendelijke vrouwenstem. 'Wanneer het grijze scherm verschijnt en het beeld uitgaat, raak dan niet in paniek. Wacht even en er verschijnt vanzelf een nieuw scherm.'

'Oei, ik had hem uitgezet,' zegt Antonio.

'Dat moet je dus niet doen. Ik heb hem helemaal met de vertaalmachine ingesteld, dus alles wordt duidelijk uitgelegd,'

'Die vertaalmachine van Dips is ook goed, zeg,' zegt Antonio. 'Ik heb wel eens iets uit het Engels naar het Nederlands vertaald met zo'n vertaalmachine op het internet en dat leek nergens op. Alle zinnen door de war, woorden die verkeerd waren. Deze is perfect.'

'Natuurlijk is hij goed,' zegt Benji lachend. 'Mijn vader heeft het programma ervoor gemaakt.'

Nu verschijnt er een zwart scherm, net zoals Antonio eerder zag, met dit verschil dat er een grote spiraal ronddraaide die de kijker leek te hypnotiseren en langzaam veranderde in een soort sterrenhemel.

Antonio wendt zijn blik af en zegt: 'Ik heb je door. Jullie willen me hypnotiseren.'

'Welnee,' zegt Benji. 'Kijk nu!'

Een sterrenhemel verschijnt met planeten, zonnen en manen.

'Welkom Antonio,' zegt de stem uit de computer.

'Heb ik ingevoerd,' zegt Benji meteen geruststellend.

De stem vervolgt. 'Zo dadelijk verschijnt de planeet Piron. Klik met de rechtermuisknop op deze planeet om verder te gaan.'

'Wij gebruiken dit soort systemen niet, onze meest ouderwetse machines werken met touchscreens, de modernste door middel van spreken of zelfs denken,' zegt Benji. 'Ik heb de oude software aan het zwarte schijfje toegevoegd. Mijn vader heeft dit schijfje zo ontworpen, omdat hij vaak op Aarde werkte. De informatie op het schijfje herkent de technologie op Aarde.'

De planeet Piron, een mooie blauwe planeet met veel groene delen, verschijnt. Antonio zet de cursor erop en klikt.

'Oei, spannend, nu kan ik zien hoe jullie planeet eruit ziet.'

'Dan moet je op het museum klikken,' zegt Benji.

Antonio ziet vanuit een grote hoogte gefilmd een landschap met gebouwen, een meer, een rivier, bossen en bergen. Wat is het museum? Benji wijst een rond gebouw aan en terwijl Antonio daarop klikt komt het gebouw naar voren. Het koepelvormige zilveren dak van het gebouw valt uiteen, alsof het sinaasappelpartjes zijn en er vliegen allerlei zaken uit. Vreemde dieren met vierkante oren of enorme lange poten, messcherpe kaken of bolle ogen; schotelvormige ruimteschepen, die volgens Benji ook als vliegtuigen functioneren; Efins in de meest vreemde uitdossingen; voor elke dag een andere; lange magere wezens met een blauwe huidskleur en een leerachtige huid met een kop om op te schieten; dat waren nu de Gigons. De beelden die zijn rondgevlogen verdwijnen weer in het museum en de koepel sluit zich.

'Je kunt nog veel meer zien. Dan moet je op een van de deuren klikken binnen het museum en je niet laten afleiden door de rondvliegende beelden,' zegt Benji.

'Wat is dat?' vraagt Antonio, wijzend naar een piramidevormig gebouw. 'Wat is dat?' wijzend naar een vierkant gebouw. 'Hoe kom ik internet in?'

'Je moet er eens rustig de tijd voor nemen,' zegt Benji. 'Zie je die stenen? Als je op een steen klikt, zal de stem je verder de weg wijzen. In ieder geval heb je met de derde steen toegang tot internet. Met de vierde steen kun je zien waar de planeet Piron ligt in het heelal.'

'Echt een wonder dit,' zegt Antonio. 'Kun je geen verbinding krijgen met Piron? of met Efins die hier op Aarde zijn?'

'Was dat maar waar. Mijn vader was wel bezig met een ontwerp om contact met Piron en Aarde mogelijk te maken. Helaas ken ik geen Efins hier, behalve Fajel natuurlijk. Die die kan ik helaas niet eens per telefoon bereiken. Ik blijf het wel proberen. Misschien is ze ook teruggekeerd naar Piron.'

'Kunnen de Efins dan op geen enkele manier contact maken met hun eigen planeet, ook niet in hun ruimteschip?'

'Nou, ik weet van mijn vader dat als er iets is, ze dan naar een ruimtestation gaan, dat weliswaar ver weg is, maar niet zo ver als Piron. Daar kunnen ze wel contact krijgen. De ruimteschepen van de Efins zijn verborgen op de Aarde en de brandstof ervoor is met aardse middelen eenvoudig te maken, dus als het moet kunnen de Efins contact zoeken.'

'Goh, dit is toch allemaal wel supervet, zeg,' zegt Antonio. Benji begint te gapen. Nu is hij wel echt moe.

'Nou, ga nu kijken wat voor leuks je allemaal kan vinden. Ik ga lekker naar bed. O ja, laat dit aan niemand zien, Antonio.'

'Ik heb nog een vraag,' zegt Antonio. 'Hoe kom ik dan op het normale scherm?'

Daar heeft Benji niet bij stil gestaan. Er is geen normaal scherm meer. Alle programma's zitten verborgen achter de stenen.

Benji zucht diep en zegt: 'Er is geen normaal scherm meer. Dit is nu je scherm. Je kunt alles terugvinden met de stenen. Of vind je het niet goed? Moet ik dan toch een nieuwe computer voor je kopen?'

'Waarom niet? Dat is zo gepiept. Gurk maakt zo een lading euro's,' zegt Antonio. 'Hebben we zo een nieuwe cpmputer.'

'Nee, Antonio. Zo mag Gurk niet worden gebruikt. Uit respect voor mijn vader.'

'Het is een grapje hoor,' zegt Antonio. 'Ik vind deze nieuwe computer supervet.'

Voor hij naar bed gaat loopt Benji naar beneden om Sven en

Roos welterusten te wensen. Terwijl hij naar de keuken loopt, hoort hij Sven en Roos praten.

'Ik heb weer die tante Fajel gebeld,' hoort hij Roos zeggen. 'Geen gehoor. Waar hangt dat mens toch uit? We hebben helemaal geen informatie over Benji's gezondheid. We weten zijn huisarts ook niet en hij moet hier worden ingeschreven.'

'Je moet blijven bellen totdat je haar aan de lijn krijgt,' zegt Sven.

'Lieve help,' denkt Benji. 'Als mijn vader en Fajel dat nu ook maar hebben geregeld.'

Roos praat verder: 'Ik moet binnenkort een afspraak maken bij de tandarts voor Antonio. Dat doe ik dan ook gelijk voor Benji. Ik zal tante Fajel morgen weer eens bellen. Eens moet ze toch thuis zijn.'

Benji probeert in zijn kamer Fajel te pakken te krijgen. Mogelijk lukt het hem wel. Het is nog steeds hetzelfde liedje. Tuut, tuut, tuut! Hij hoopt haar toch snel te kunnen spreken en merkt dat hij erg gespannen is. Hij heeft nog een weekend vrij en dan voor het eerst naar een aardse school. Benji is erg benieuwd hoe dat zal zijn. Hij heeft nu voldoende geleerd om een beetje mee te kunnen, hoewel hij zelf het gevoel heeft nog heel weinig te weten van de Aarde en de mensen. Datzelfde gevoel zal Antonio ook krijgen als hij de informatie over Piron leest. Benji kijkt naar de bewolkte lucht, waar geen sterretje is te zien. Hij probeert nog een nutteloze poging om Fajel te pakken te krijgen, voordat hij in een diepe, droomloze, slaap valt.

De eerste schooldag

Zaterdagavond maakt Benji kennis met de familie van de Sven Guldenaar. De broer van Sven is jarig. Benji maakt kennis met de jarige Olaf, een vrolijke man met een bolle buik. Voor het eerst ziet hij tante Brit, oom Lars en tante Karin, allemaal broers en zussen van Sven. Ook de moeder en vader van Sven is er. Zij hebben al hun kinderen namen gegeven uit Scandinavië, omdat ze dat mooi vinden, legt Sven uit. Hij begroet zijn broers, zusters, hun mannen en vrouwen en zijn ouders uitbundig. Zo vaak zien ze elkaar niet.

Als de volwassenen druk zitten te praten en lachen, zegt Benji tegen Antonio: 'Wat heeft papa veel broers en zussen. Ik had geen broer of zus op Piron. Mijn opa's en oma's heb ik niet zo vaak gezien. Zij wonen helemaal in het noordoosten van Piron. Sinds de Gigons gevaarlijk werden, kwamen ze bijna nooit naar ons toe. De reis werd te gevaarlijk. We zijn, in de perioden dat mijn vader weer op Piron was, een paar keer bij ze langs gegaan. Mijn vader kon af en toe via zijn werk een speciaal voertuig lenen. Die heten sips. Ze zijn rond en ze vliegen razend snel. Bovendien zijn ze veilig. Alleen agenten mogen erin vliegen.'

Benji glimlacht.

'Dat waren spannende tijden. We werden vanaf de grond door De Gigons beschoten met enorme vuurstralen. Ze konden ons niet raken door het afweerschild.'

Benji slaakt een zucht en kijkt verdrietig.

'Zal ik mijn opa's en oma's ooit weer zien?'

Antonio slaat een arm om Benji heen.

'Natuurlijk wel.'

De dag voordat hij naar school gaat krijgt hij wel verbinding met de voicemail van Fajel. Benji spreekt in en wacht ongeduldig af. Samen met Antonio is hij bezig op de computer en telkens tikt Benji zenuwachtig op het bureau. Na een half uur belt Benji weer en spreekt in en na enige tijd doet hij het weer en weer en weer. Als het tien minuten voor vier is krijgt hij eindelijk de stem van Fajel te horen.

'Ik heb zo'n twintig voicemails van je geteld,' begint Fajel meteen, in de aardse taal. 'Ik wil niet hebben dat je me belt, dat je nog contact met me opneemt. Ik heb je alle informatie gegeven die je nu nodig hebt. Hoe vind je het fotolijstje met de foto van je vader?'

Benji begint in zijn eigen taal, want dat is toch gemakkelijker en zegt: 'Dat vind ik erg mooi. Bedankt, Fajel. Er is een probleem. Mijn nieuwe ouders willen informatie over mij hebben van een arts. Is dat geregeld?'

Aan de andere kant blijft het even stil.

Dan zegt Fajel, ook in de efinse taal: 'Nee, laat ik daar helemaal niet aan hebben gedacht. Je hebt geluk dat je me treft, want ik ben een tijdje weggeweest. Ik ben hier nog een tijdje op Aarde, voor ik terugga naar het ruimtestation, want ik moet nog even iets belangrijks regelen, dus heb weinig tijd.'

'Ga je terug? Wanneer? Waar ben je dan geweest? Wat moet je doen?

'Ho ho, Benji. Dat zijn allemaal geen zaken voor jou. Om kort te zijn; ik ben naar het ruimtestation geweest en heb daar gehoord over verontrustende zaken op Piron. Daarom moet ik hier een en ander nog gaan uitzoeken, voordat ik terugkeer om de Efins te helpen. Het gaat je niets aan wat. Ik zal in ieder geval snel iets regelen voor jou. Aardse mensen hebben altijd een huisarts, dus jij moet er ook eentje hebben, anders gaan de mensen argwanend worden. Kijk nog eens goed naar je fotolijstje. Maak je niet ongerust, het komt wel goed. Ik ben verder nauwelijks meer te bereiken, want het is een zware klus wat ik moet doen.'

'Ik heb nog zoveel vragen,' zegt Benji. 'Hoe hebben jullie alles zo kunnen regelen? Mijn school? De rapporten? De vermissing van paps!'

'Benji, je moet eens weten wat ik allemaal kan doen. Natuurlijk heb ik niet meteen aan de politie door gegeven dat je vader werd vermist, hij was op vakantie. In werkelijkheid was hij op Piron. Ik zou of wat van hem horen via het ruimtestation, of niets op een bepaalde datum. Daarna moest ik hem als vermist opgeven. Ik heb de vermissing wel in de computer van de politie gezet op de datum achttien december. Dat noemen ze 'inbreken' op een computer. Dan zal niemand er achter komen dat het anders is gelopen. Als jij tenminste je mond houdt tegen iedereen. Denk je daaraan? Dan wens ik je veel geluk, Benji.'

Ze gooit de haak erop en Antonio kijkt met een vragende blik. 'Het was tante Fajel,' zegt Benji en hij legt alles uit.

'Goh, wat geheimzinnig allemaal,' zegt Antonio. 'Ik vraag me af, zou je teruggaan naar Piron als het daar allemaal weer normaal was?'

Benji is compleet verrast door deze vraag. Hij heeft dagelijks heimwee. Hij denkt elke dag terug aan zijn ouders, aan zijn vrienden, aan de prachtige natuur op zijn planeet, de grote speeltuinen, zijn school, zijn deelname aan de Pironese jeugdspelen. Hij mist het altijd zoetige voedsel, de krank- zinnig lekkere limonades die uit de fonteinen van de keizerstad Ivorkan spuiten, de zangerige taal, de muziek- bomen, die langs de statige lanen groeien waarmee sommige bewoonde plekken zijn omlijst. Ja, hij zou zo terug willen en hij knikt dan ook. Echter, hij heeft hier ook vrienden gemaakt en elke dag is voor hem een nieuw avontuur met nieuwe uitdagingen en nieuwe belevenissen. Ook hier, op Aarde, is hij zich al redelijk thuis gaan voelen.

'Eigenlijk,' zegt hij, 'droom ik ervan om net zo'n beroep uit te oefenen als mijn vader. Dat Piron weer een veilige planeet wordt, waar ik altijd kan terugkeren. Toch wil ik ook regelmatig hier op Aarde komen,'

Hij blijft een tijdje zwijgen en zijn ogen betrekken bedroefd: 'Ik kan hier nooit de scholing volgen, die op Piron te volgen is. Misschien komen de Efins mij op een dag ophalen, als onze planeet weer veilig is.'

Later die avond speelt het gesprek van Fajel nog door zijn hoofd. Hij ligt in zijn bed te piekeren. Waarom wil ze zo weinig vertellen? Op zijn nachtkastje kijkt zijn vader hem aan vanuit de fotolijst. De fotolijst! Daar had Fajel het over. Hij pakt het fotolijstje en bekijkt zijn vader nog eens goed. Dan voelt hij ook de verdikking op de achterkant van het lijstje en draait het om. Ja, daar zit iets verstopt. Opgewonden maakt hij de achterkant los. Spannend dat Fajel hem iets geheimzinnigs stuurt. Misschien zijn dat alle antwoorden op zijn vragen. Er valt een zakje met groen poeder uit. Hij herkent het meteen. Het is het zoete kruid foets uit Piron. Natuurlijk heeft hij uitgezocht hoe het eten van de mensen zoet wordt. Vruchten hebben natuurlijke vruchtensuiker. De mensen gebruiken ook vaak kristalsuiker. Dat is lekker. Benji heeft gelezen dat het niet zo gezond is. Erg slim van Fajel om foets te sturen. Dat is erg gezond en de Efins maken al hun eten daarmee zoet. Met het zakje kan hij maanden vooruit. Dan ziet hij ook een papiertje. Het zit een beetje vastgeplakt op de achterkant van het lijstje. Hij trekt het er voorzichtig af, vouwt het open en leest de tekst. Het is geschreven in mensentaal, met mooie letters.

Hallo Benji, ik schrijf je even, want je moet nog van alles goed leren, Ik stuur je foets, omdat dit je eten lekkerder en gezonder maakt. Ik geef advies bij het modehuis Mantel. Er komen daar veel rijke en beroemde mensen kleding kopen. Er zijn namelijk aanwijzingen dat daaronder efinse verraders zitten. Veel kan ik daar niet over zeggen. Ik val niet op met mijn kleding. De ontwerper Leo Mantel heeft namelijk – op mijn advies – de ruimtelook ontworpen. Zijn ontwerpen zien er dan ook efins uit. Verscheur dit briefje. Wees voorzichtig en het allerbeste. Fajel

Benji scheurt het briefje in veel kleine snippers en probeert te slapen. Die nacht heeft hij een korte, onrustige slaap. Maandag begint de school en in zijn fantasie ziet hij precies voor zich hoe dit zou gaan. Alle leerlingen staan hem op te wachten. Een nieuweling op de school, dat is bijzonder. Hij gaat voor, daarna volgt de stoet van leerlingen en uiteindelijk de docent. Hij mag kiezen op welke plek hij in de klas wil zitten. Het klaslokaal is groot en de tafels en stoelen hebben geen poten. Ze hangen zwevend in de lucht. Net zoals het er op zijn eigen planeet toe zal gaan.

'Onzin!' spreekt hij zichzelf toe. 'Dit is de Aarde, zo gaat het er helemaal niet aan toe op de Aarde.'

Zijn gedachten blijven doorgaan en hij ziet de beelden voor zich die hem bekend zijn van Piron. Hij slaapt pas als de vogeltjes beginnen te kwetteren.

De volgende dag is het Antonio die hem wekt. Benji kijkt suf uit zijn ogen en zou het liefst willen blijven liggen. Op een of andere manier heeft hij het idee de eerste dag al volkomen voor schut te staan en zijn herkomst te verraden. Wat wist hij nu van de mensen? Van de Aarde? Met een humeur van tien meter onder de koude grond zwaait hij zijn benen uit bed.

Beneden staat het ontbijt al klaar. Roos moet snel naar haar werk en geeft de jongens een vluchtige kus op hun wangen. Sven zal hen naar school brengen en zoekt driftig naar zijn bril. Antonio zet grote ogen op als hij ziet dat Benji wat groen poeder in de thee doet.

'Dat is foets,' zegt Benji. 'Daarmee maken wij alles zoet. Ik heb het van Fajel gekregen. Hier proef.'

Antonio likt wat poeder op van Benji's vinger. Het smaakt inderdaad heerlijk zoet. Benji vertelt vlug over het fotolijstje en het briefje van Fajel en stopt abrupt als Sven de kamer binnen komt. Hij heeft zijn bril eindelijk gevonden. Ze kunnen op weg naar school. Benji wordt ingedeeld in de klas van juffrouw Klot.

'Daar ben je klaar mee,' ontmoedigt Antonio hem. 'Ze is de strengste van de hele school.'

Benji weet totaal niet wat hij moet verwachten. Terwijl Antonio direct naar zijn klas rent, gaat Sven met Benji mee. In de klas staat een vrouw met kastanjebruin haar, in een knot opgestoken. Haar mondhoeken hangen naar beneden en haar ogen staan streng en priemend achter dikke brillenglazen. Ze ziet er naar aardse begrippen echt uit als een strenge lerares. Ze lijkt zelfs een beetje op een onvriendelijke versie van tante Fajel. Ze ziet Sven en loopt naar hem toe. Haar stem klinkt bars en emotieloos.

'O, u brengt de nieuwe leerling,' zegt ze. 'Even kijken op mijn lijstje. Benji Bruntel.'

Ze keurt Benji geen blik waardig en kijkt Sven strak aan met haar ijskoude, blauwe ogen.

'Benji is pas bij ons. Wij zorgen voor hem. Zijn eigen vader is onlangs vermist, namelijk. Dat had ik al in de brief geschreven. Ik wilde nog opmerken dat ...'

'Och,' wimpelt de leerkracht af, 'ik heb dat gelezen, hoor. Ga vooraan zitten, Benji.'

Benji kijkt de klas in. Natuurlijk is dit aards ingericht, met tafels en stoelen op poten. Langzaam loopt hij naar de allervoorste tafel en gaat zitten op de stoel.

Juffrouw Klot loopt vuurrood aan en zegt, met een verheffende verontwaardiging in haar krassende stem: 'Nou, zeg. Meteen brutaal!'

'Benji!' zegt Sven. 'Je zit op de plaats van juffrouw Klot.'

Oeps, dit is de eerste blunder. Met vooraan bedoelt ze natuurlijk de tweede rij. Hij weet niet hoe snel hij van plaats moest veranderen.

Juffrouw Klot kijkt Sven aan en zegt pinnig: 'Nou, ik hoop niet dat uw aangenomen kind nog vaker dit soort gedrag vertoond.'

'Nee, absoluut niet,' zegt Sven. 'Het is een aardige jongen, maar ...'

Ze laat hem niet uitpraten en richt haar aandacht op de leerlingen die langzaam binnenstromen.

Sven geeft Benji een aai over zijn bol en zegt: 'Nou, knul, doe je best. Als er wat is, hoor ik het wel van je.'

Sven heeft een afspraak gemaakt met de directrice en klopt op haar deur om de voorgeschiedenis van Benji met haar door te spreken. Benji kijkt nieuwsgierig naar de leerlingen, die elk een plekje krijgen toegewezen door de lerares. Aan de linkerkant van hem komt een jongen zitten, aan de rechterkant een meisje. Ze hebben wel iets weg van elkaar. Beiden hebben rood, pluizig haar en sproeten. Allebei zijn ze wat mollig met bolle wangen en een brede mond en ook hebben ze allebei dezelfde schooltas. Het lijken wel broer en zus. De leerlingen zijn wat rumoerig en dat houdt meteen op als juffrouw Klot hard met een liniaal op haar tafel slaat.

'Stilte. Ik ga de namen voorlezen en wie genoemd wordt steekt zijn hand op,' zegt juffrouw Klot streng.

'Astrid Akkerman, Jan Benders, Benji Bruntel, Achmed Cecandor, Sander Gons, Sandra Gons.'

'Verhip,' denkt Benji. 'Het zijn broer en zus.'

Na het noemen van de namen krijgen ze de klassenregels te horen. Met eentonige stem dreunt de juf de regels op. Tijdens de lessen niet praten, niet lachen, niet achterom kijken, niet spieken. Als je wat wil vragen vinger opsteken en de vraag met: juffrouw Klot beginnen. Naar het toilet gaan mag alleen de laatste vijf minuten voor de pauze. Leerlingen moeten om de beurt de klas opruimen. Te laat komen wordt bestraft met nablijven en zo zijn er nog talloze regels, die Benji niet allemaal kan onthouden. Juffrouw Klot wil eerst een dictee afnemen en begint een saai verhaal voor te lezen over een jongen, die boodschappen moet doen voor zijn moeder. Werkelijk; er gebeurt niets spannends. De jongen gaat met centjes en een boodschappenlijstje naar de winkel en haalt alles keurig voor zijn moeder, waarop moeder alles uitpakt en alle boodschappen worden opgesomd.

Benji heeft moeite met schrijven. Hij heeft dit intussen wel geleerd. Hij krijgt echter snel kramp in zijn hand en schrijft zeer langzaam. Bovendien kost het hem moeite binnen de lijntjes te blijven en woorden aan elkaar vast te schrijven. Hij maakt ook behoorlijk wat fouten en streept af en toe. Schrijven in zijn eigen taal is tien keer gemakkelijker. Juffrouw Klot is gestopt met lezen en hij is nog bij het pak suiker wat als eerste uit de boodschappentas kwam en waarbij moeder zegt: 'Dit is de suiker. Keurig gedaan, hoor jongen.

Met de suiker maak ik alles lekker zoet.' De kinderen moeten hun dictee inleveren, ook Benji.

De bel schelt knoerthard en dat betekent: pauze. Ze moeten keurig in de rij gaan staan, naar de gang lopen, geruisloos hun jassen pakken en aantrekken en weer in de rij naar het schoolplein. Daar mag de groep vrij rondlopen. Benji tuurt het schoolplein af, op zoek naar Antonio. Hij ziet zijn groep niet. De groep heeft gymles en zal zo dadelijk pauze nemen.

'Jij heet Benji Bruntel, niet?' vraagt de jongen met het rode haar en de sproeten. Benji kijkt op. De jongen staat tussen wat andere leerlingen in. Benji knikt. Hij is blij dat hij aanspraak heeft, maar …

'Bruntel, Bruntel,' zegt de jongen. 'Dat rijmt op stuntel.'

De anderen beginnen te gieren van het lachen en Benji wordt er verlegen van en zegt niets terug. Hij kijkt naar het groepje jongens dat lachend wegloopt. Is dit nu het aardse pesten, waar Antonio hem voor heeft gewaarschuwd? Hij loopt wat rond en bekijkt de spelende kinderen. Al snel gaat de bel weer en gaan de kinderen weer in de rij staan om naar binnen te gaan. Eenmaal op hun plek begint de snerpende stem van juffrouw Klot het vertrek te vullen.

'Ik heb het dictee van jullie natuurlijk nog niet nagekeken, toch kan ik jullie nu al vertellen dat we hier een opvallend talent hebben. Het viel me meteen op.'

De kinderen kijken elkaar aan en zijn nieuwsgierig.

'Het gaat om een dictee dat niet helemaal af is. Heel vreemd, want zo snel las ik ook niet voor. Als het nu heel netjes was geschreven. Echter, dit talent kan de letters niet eens binnen de lijntjes schrijven.'

Ze blijft even stil en Benji is rood geworden. Ze bedoelt hem; hij weet het zeker.

'Daarnaast,' gaat ze verder. 'zijn de letters houterig en heb ik nog nooit zoveel krassen en strepen gezien. Ik heb een zin nu goed gelezen en het is om te huilen hoeveel schrijffouten erin staan. Dit is echt een talent hoor, in het verpesten van een mooi stukje tekst.'

Ze zwaait met het schrift, dat in de lucht vliegt en op Benji's tafel belandt. Hij schrikt.

De hele klas begint te lachen en hij hoort Sander zeggen: 'Zie je wel, Benji Stuntel.'

Hij vindt het verschrikkelijk om zo te kijk te staan bij iedereen. Vanaf dat moment wordt hij door Sander en zijn vriendjes en Sandra en haar vriendinnetjes Benji Stuntel genoemd.

De eerste week is het vreselijk op school. Hij kan niets goed doen in de ogen van juffrouw Klot en oefent zich thuis een slag in de rondte. Hij wordt gepest en in de pauzes trekt hij voor een deel met Antonio op. Alleen, Antonio is er niet altijd, omdat het rooster van de groepen verschillen. Antonio heeft ook zijn eigen vrienden. Die accepteren wel dat Benji erbij is. Toch laten ze hem een beetje links liggen. Vooral als ze spelletjes spelen, die Benji nog niet kan. Hij voelt zich echt het vijfde wiel aan de wagen.

De brief van de huisarts, zoals Fajel dat heeft geregeld komt aan. Benji geeft hem ongeopend aan Roos.

'Da's keurig,' zegt Roos. 'Fajel heeft er toch aan gedacht, ook al hebben we haar nog niet kunnen spreken.'

Ze had Fajel al vele malen gebeld en haar telkens niet te pakken gekregen. Ze scheurt de brief open.

Sven was een paar dagen geleden naar het huis van Aurek gegaan, een flat in Schuurbeek. Het huis was leeg en er hing een bordje voor het raam "te huur". Dat was natuurlijk wel akelig om te zien. Als Aurek terug zou komen, had hij geen huis meer. Sven belde hier bij de buren aan om informatie te vragen over Aurek. Hij hoorde dat de politie ook al was langs geweest. Niemand wist iets bijzonders te vertellen. Ze zagen Aurek niet veel en wisten niet dat hij een zoontje had.

Gelukkig had Roos nu een brief met belangrijke informatie over Benji. Ze leest hem met aandacht. Alles over Benji staat erin. De brief moet aan de nieuwe huisarts worden gegeven.

'Je hebt de mazelen gehad en wat verkoudheden. Verder ben je zo gezond als een vis,' zegt ze tegen Benji.

Dat is dus ook in orde. Toch is Benji somber. Hij wil niet

meer naar die domme school en zegt dit tegen Antonio. 'Hoe kom ik ervan af?

'Dat kun je niet. Kinderen hier hebben een leerplicht. Als je niet naar school gaat, krijgen paps en mams grote problemen. Dat wil je toch ook niet? Je moet er zelf wat van maken, hoor. Maak vrienden, spreek mensen aan. Wees niet zo verlegen en bijt van je af, als ze je pesten.'

Benji zucht diep. Op momenten als dit verlangt hij het meest naar Piron. Daar waar Efins bijna altijd vriendelijk tegen elkaar zijn en iedereen respect voor elkaar heeft. Pesten is iets dat niet voorkomt. De mensen hebben wel iets weg van de Gigons, hoewel die niet treiteren en alleen verwoestend bezig zijn. Toch vindt hij mensen ook aardig. Zoals Nigel van Dijk. Die is lekker brutaal en zit achter in de klas. Nigel krijgt elke dag een grote mond van mevrouw Klot en heeft ook al een paar keer op de gang gestaan. Benji neemt zich voor Nigel aan te spreken.

Weer op school loopt hij in de lunchpauze op hem af. Nigel heeft geen vaste groep vrienden en staat met Betty Leenders te kletsen.

Benji zegt simpel: 'Hoi.'

'O, hoi,' zegt Nigel en gaat verder met zijn gesprek met Betty.

Benji staat er verlegen bij en durft zich niet in het gesprek te mengen. Aardse omgang met mensen is een stuk moeilijker dan hij ooit had verwacht.

'Benji Stuntel,' hoort hij achter zich de stem van Sander. 'Sta je daar als een zoutzak!'

Benji draait zich om en Sander staat daar met Sandra en nog een paar leerlingen en kijkt hem uitdagend aan. Sander heeft zijn handen langs zijn lichaam en zijn buik naar voren, is iets door zijn knieën gegaan en doet zo een zoutzak na. Precies zoals Benji bij Nigel en Betty staat en dan heel overdreven. Benji weet wat hij moet doen. Hij doet een stap naar voren, grijpt de arm van Sander en bijt hard in zijn hand. Sander gilt het uit en de anderen bemoeien zich er direct mee.

'Je gaat hem toch niet bijten, hufter.'

Sandra is woedend. Ook Nigel bemoeit zich ermee. Sander

heeft zijn zielige hand beet en kermt
'Je maakt het er ook wel een beetje zelf naar, hoor, Sander,'
zegt Nigel.
'Ik ga het tegen juffrouw Klot zeggen, hoor!' huilt Sander.

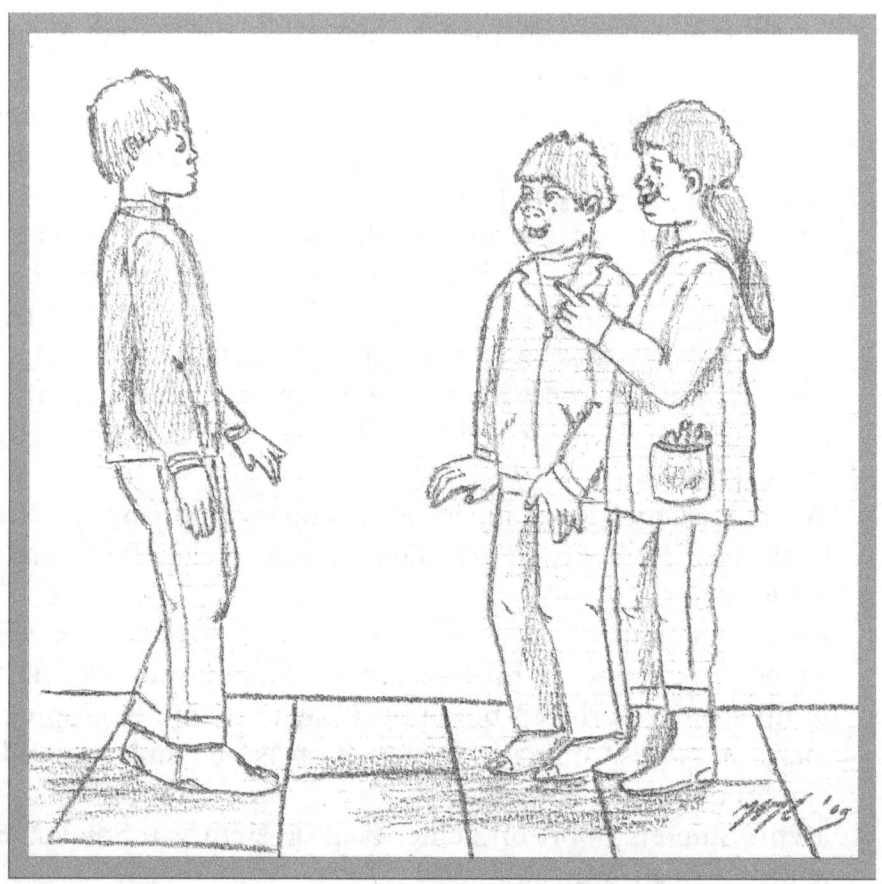

Benji moet nablijven en juffrouw Klot blijft naar hem kijken
met een strakke blik. Hij weet op het laatst niet meer waar hij
moet kijken.
Als hij de andere kant opkijkt, slaat ze met haar liniaal en
roept ze: 'Mij aankijken.'
Dat is vreselijk.
Eindelijk wordt de stilte verbroken als ze vraagt: 'Waarom
heb je Sander gebeten?'
'Ik moet van me afbijten. Hij pest me altijd,' zegt Benji.

'Afbijten?! Nou, laat ik een ding heel goed duidelijk maken, Benji Bruntel. Op deze school wordt geen enkele vorm van geweld getolereerd. We slaan elkaar niet, we schoppen elkaar niet en we bijten elkaar niet.'

Benji kan zich herinneren dat hij een paar dagen geleden op de gang was gestruikeld over een expres uitgestoken voet van Sander.

'Maar, juf ..,' begint hij.

'Niets te maar,' zegt ze. 'Kinderen die zich niet gedragen, worden van school verwijderd, dus ik waarschuw je. Ga nu! Ik hou je in de gaten.'

Zor Zebra

Benji doet goed zijn best op school en gaat met sprongen vooruit. Rekenen vindt hij saai. Op Piron rekenen ze heel anders, veel ingewikkelder. Om niet op te vallen probeert hij af en toe een fout te maken in het eenvoudige rekenwerk. Hij mist ook vakken, die hij op Piron wel had, zoals Kosmoskunde. Hij leerde daar over duizenden sterrenstelsels. Met zwemmen valt hij echter op. Hoewel hij op Aarde zogenaamd twee zwemdiploma's heeft, kan hij niet anders dan zwemmen als een Efin.

'Je bent toch geen dolfijn,' had de badmeester gezegd.

Het zag er ook raar uit voor de andere kinderen. Benji zwom met zijn handpalmen en voetzolen tegen elkaar aan en maakte golfbewegingen. Het leek inderdaad net een dolfijn. De kinderen vonden het grappig en brulden van het lachen.

'Nu is het genoeg, Benji! Stoppen met die grappen,' riep de badmeester kwaad.

Hij moest aan de kant gaan zitten. Dat vond hij niet erg, want zo kon hij goed bekijken hoe hij op z'n aards moest zwemmen. Poeh, langzaam.

Benji gaat nog steeds naar Anja, de psychologe. Hij vindt dat ze vervelende vragen stelt en meestal begint hij honderduit over school en Antonio te praten. Anja is zeer tevreden over zijn ontwikkeling.

In hun vrije tijd snoepen hij en Antonio stiekem van de foets. Antonio vindt het veel lekkerder dan suiker. Het smaakt alsof er duizend engeltjes op zijn tong dansen. Of ze spelen ze op de kamer van Antonio computerspelletjes of Benji laat alles van Piron zien. Antonio heeft wel duizend vragen. Zo wil hij ook graag weten van wat voor spul het pak van Benji is gemaakt. Het lijkt van rubber. Dat is het echter niet.

'Het is lipefoks,' legt Benji uit. 'We maken daar al onze kleding van. Het zijn fijngestampte vezels van de lipefoksplant. Daar maken ze een papje van en doen dit in vormen van kleding, ook sokken, schoenen, gordijnen. Net als jullie klei in vormpjes doen. Dat drogen we dan. Zelfs meubels maken we ervan. Hoe langer de droogtijd, hoe steviger het wordt.'

'Goh, zoiets zouden wij ook moeten hebben,' zegt Antonio. 'Ook handig voor mijn moeder; hoeft ze nooit meer iets te naaien.'

Roos is druk in de weer; op school en ook nog met het bellen van Fajel. Ze wil haar zo graag spreken, want ze heeft nog veel vragen over Benji. Fajel neemt nooit op en er is ook geen voicemail. Als ze modehuis Mantel belt, krijgt ze te horen dat Fajel lang op vakantie is en nog niet weet wanneer ze terug komt. Bij het avondeten vertelt Roos het aan Sven.

'Dat is fraai. Aurek was lang op vakantie en is verdwenen. Fajel is nu lang op vakantie en we krijgen haar niet te pakken,' moppert Sven.

'Je denkt toch niet dat ze ook vermist is?' vraagt Roos. Ze kijkt bezorgd.

'Vast niet! Vreemd vind ik het wel,' zegt Sven.

Op een woensdagmiddag heeft Roos een afspraak gemaakt met de tandarts voor de beide jongens.

'Tandarts?' vraagt Benji.

Antonio begint een beetje vals te lachen en zegt: 'Ja, die is voor je tanden, dat begrijp je toch wel? Als je een gaatje hebt, gaat hij eerst met een grote haak zitten wroeten en daarna met een drilboor boren zonder verdoving en dat doet heel veel pijn.'

'Klets geen onzin, Antonio,' zegt Roos, die de jassen net had gepakt. 'De tandartsen werken niet meer met zulke grote boren tegenwoordig. Zit Benji niet nog banger te maken dan hij al is. Wanneer ben je voor het laatst bij de tandarts geweest, Benji?'

Benji haalt zijn schouders op, een gebaar dat hij al snel geleerd heeft.

Ze stappen in de auto en Benji vraagt: 'Waarom moet ik eigenlijk naar de tandarts?'

'Je eet alleen zoete dingen, waar suiker in zit. Dat beschadigt je gebit. Je poetst elke dag drie keer trouw. Dat heb ik je goed geleerd. Ik weet echter niet hoe je eerder hebt geleefd. Poetste je bij je vader nooit je tanden en kiezen? Hoe dan ook, een gebit moet regelmatig worden nagekeken, van Antonio en ook van jou.'

'Nee, dat is helemaal niet nodig,' zegt Benji eigenwijs.

Op Piron kennen ze helemaal geen tandartsen. Als het voorkomt dat iemands tand of kies afbreekt door een ongeval, dan groeit het gewoon weer aan. Gaatjes boren in tanden en kiezen? Dat kennen ze op Piron niet.

Na een half uurtje rijden komen ze bij de tandarts. Ze moeten tien minuten wachten. Benji mag het eerst en Antonio steekt bemoedigend zijn duim omhoog. Roos gaat mee en houdt zijn hand vast. De tandarts is een aardige, jonge man en hij vraagt ook uiterst vriendelijk of Benji zijn mond open wil doen.

De tandarts kijkt nauwkeurig en zegt: 'Keurig, jongen. Je hebt een prachtig gebit. Geen vullingen en geen gaatjes. Netjes wit, geen tandsteen! Ik heb eerlijk gezegd nog nooit een kind van jouw leeftijd gezien met zo'n gaaf gebit.'

'Hoe kan dat nou?' zegt Roos verbijsterd.

'Nou, mevrouw, u moet daar juist blij mee zijn. Hij poetst zeker wel goed en hij snoept zeker weinig, nietwaar?'

'Eh, ja,' liegt ze.

'Ga zo door, kerel,' zegt de tandarts.

'Stuur Antonio nu naar binnen,' zegt Roos.

Met een grote glimlach loopt Benji de spreekkamer in. Antonio staat op en lacht breeduit. Benji schrikt. Antonio heeft een gebit dat eruit ziet als een gatenkaas.

'Ha ha,' lacht Antonio. 'Het is van plastic. Om de tandarts te laten schrikken.'

Benji schudt zijn hoofd als hij Antonio nakijkt. Wat een rare grappen hebben mensen soms. Het lijkt hem vreselijk om er zo uit te zien en hij is blij dat hij foets heeft. Benji ziet wat stripboekjes en pakt er eentje. Uit de behandelkamer hoort hij na een tijdje een hoog piepend geluid. Wat was dat?

'Arch,' hoort hij Antonio roepen. Het duurt wel lang en Benji wordt ongeduldig.

De Donald Duck heeft hij al uitgelezen. Hij vindt het een vreemd blad. Hij heeft geleerd dat dieren niet kunnen praten en al helemaal niet in huizen wonen. Hij vindt het ook raar dat mensen nog steeds papier gebruiken om dingen te lezen. Overal op zijn planeet heb je schermen, waar je ook komt. Daar kan je alles op zien en lezen. Antonio komt terug met een chagrijnig gezicht. Hij praat wat moeilijk, omdat hij is verdoofd.

'Vreselijk,' wauwelt hij. 'Ik haat de tandarts. Volgende keer doe ik een Draculagebitje in. Dan bijt ik hem eerst!'

'Het waren slechts twee gaatjes, Antonio,' zegt Roos. 'Als je net zo goed gaat poetsen als Benji, heb je de volgende keer helemaal geen gaatjes meer.'

'Het is voor mij helemaal niet nodig om te poetsen,'

protesteert Benji.

'Toch wil ik dat je elke dag drie keer je tanden poetst. Dat moeten alle kinderen doen, dus jij ook,' zegt Roos. 'Je hebt alleen geen gaatjes, omdat je zo goed poetst.'

'Ja, mams,' zegt Benji.

Hij vraagt of hij in Antonio's mond mag kijken. Antonio doet zijn mond open en Benji kijkt en kijkt.

'Ik zie helemaal geen gaatjes,' zegt Benji.

Antonio wijst naar zijn kiezen.

'Ik zie echt geen gaatjes!'

'Die zijn gevuld natuurlijk,' zegt Roos.

Natuurlijk, daar had de tandarts het ook over. Vullingen. De tandartsen vullen de gaatjes. Dus dat nepgebit met die gaatjes van Antonio is een echte grap. Benji denkt terug aan Nigel van school, die ook altijd grapjes uithaalt. Eerder die week had Nigel de wc-brillen op de meisjestoiletten ingesmeerd met stroop. Een heel dun laagje, nauwelijks te zien op de zwarte brillen in het donkere toilet, want er was alleen een piepklein raampje voor het licht. Oei, oei, dat gaf me een heibel. De meisjes hadden allemaal een kleverige bips en de ouders vonden het ook niet zo prettig. Benji doet volledig mee aan de streken van Nigel. Tenslotte wordt hij door anderen nog steeds geplaagd en heeft hij met Nigel een wat beter contact. Toch blijft Antonio zijn beste vriend.

Op twee maart is Sven jarig en Benji wil hem verrassen met een mooi cadeau. Hij vertelt zijn plan aan Antonio en die wordt meteen enthousiast. Benji wil namelijk een grote robot maken met een stoplicht. Een verplaatsbaar stoplicht eigenlijk. Omdat Sven zijn oude verkeerstuin zo mist en omdat er ook nog stoplichten uit die verkeerstuin in de garage staan. Misschien kan Sven hem als ontwerp indienen voor Uitje-Bol en kan er weer een verkeerstuin in nieuwe vorm komen. Dips maakt het ontwerp en de jongens gaan in hun vrije uurtjes aan de slag in de garage, waar een kleine werkplaats is. Ze gaan knutselen met lege blikken, soldeer, schroeven, batterijen, draden, oud ijzer, een afstands-

bediening, onderdelen van stofzuigers, elektriciteitsbuizen, een oude cd-speler, een wekkerradio, en nog meer rommeltjes - bij het grofvuil opgespoord - en natuurlijk een stoplicht. Ze dekken de klaargemaakte onderdelen af met een oud laken. Ze hebben een goede smoes om lekker in het geheim te werken, want Antonio heeft een folder van Uitje-Bol gevonden, die zijn vader heeft laten slingeren. Er is een prijsvraag voor de groepen zes en zeven van de basisscholen. De kinderen mogen iets leuks bedenken en dit opschrijven, tekenen, plakken en knutselen. De winnende groep van een basisschool wordt uit alle inzenders gekozen om in de krokusvakantie drie dagen op Uitje-Bol te gast te zijn. Antonio en Benji zijn meteen enthousiast naar hun leerkrachten gegaan. Juffrouw Klot ziet niets in het plan, maar de leerkracht van Antonio, een aardig mens, juffrouw Simonis, vindt het een geweldig idee en gaat met juffrouw Klot praten. Iedere leerling moet een idee inleveren. Het beste idee wordt met de groepen zes uitgewerkt. Benji en Antonio hebben een robotklas verzonnen. Dat is leuk voor het ruimtemuseum. Benji heeft Antonio vertelt dat zoiets echt bestaat op zijn planeet. De groepen mogen op alle ontwerpen stemmen en kiezen die van Benji en Antonio. Dus gaan de groepen aan de slag om een robotklas te maken van een oude doos, snoepdoosjes en aluminiumfolie en heel veel knutselspulletjes. De ene groep maakt het klaslokaal en de robotjes, een andere groep stoelen, tafels en heleboel andere spulletjes. Benji en Antonio maken de robotleraar voor een schoolbord, of beter gezegd: scherm. Daarop plakken ze een hologramplaatje van een sterrenstelsel. Antonio heeft die een keer gekregen bij een bezoek aan een sterrenwacht. Het komt nu mooi van pas. Benji heeft Antonio uitgelegd dat het scherm op Piron holografisch is. De beelden op dat scherm lijken net echt. Binnenkort krijgen de klassen op school een smartbord in plaats van een schoolbord. Daar kunnen ook filmpjes op worden getoond en een scherm waarop hologrammen te zien zijn, dat is toekomstmuziek.
Benji en Antonio vertellen hun ouders, dat ze in de garage

aan het werk zijn met een werkstuk van school en dat ze even moeten waarschuwen als ze binnen willen rijden, zodat ze het werkstuk kunnen afdekken. Ze werken intussen hard aan de robot. Vooral de bouw van de benen blijkt erg moeilijk te zijn. Eindelijk lijkt hij klaar. Hij moet natuurlijk nog wel uitgeprobeerd worden. Zo te zien werkt hij wel. Hoe zou hij echter werken in het verkeer? Want daar gaat het immers om.

'Dit valt natuurlijk wel op als we het in Grootendorst doen. Als iemand ons ziet, komt paps het vast te weten en dan is het geen verrassing meer,' zegt Benji. 'De robot kan helemaal uit elkaar en we weten nu hoe hij in elkaar moet worden gezet. Als we al die onderdelen in een sporttassen doen en als we zaterdag de trein nemen naar de stad en hem daar uitproberen? Is dat een idee? We zeggen tegen paps en mams dat we gaan fietsen. We zetten de fiets bij het station.'

'Ja, laten we dat doen. Ik ben erg benieuwd,' zegt Antonio vrolijk.

Zo gezegd, zo gedaan. Benji heeft de tassen al achter de schuur gezet. Ze binden de tassen, gevuld met onderdelen, achterop hun fiets. Ze fietsen naar het kleine station en plaatsen hun fiets in de stalling.

'Oef,' zegt Antonio, 'die tas is wel zwaar hoor.'

'Jij hebt ook het stoplicht erin,' zegt Benji. 'Ruilen?'

Dat wil Antonio maar al te graag. Ze kopen van hun zakgeld treinkaartjes en moeten zeker een half uur wachten voor de trein komt. Ze worden opgewonden bij het idee hoe automobilisten zouden reageren. Benji schrikt zich wezenloos als er een sneltrein met grote vaart langs het station dendert. De wind; de snelheid. Hij kijkt vol bewondering naar de aankomende trein. De voertuigen op zijn eigen planeet raken de grond niet. Ze vliegen door de lucht met muziek erbij.

Tijdens de treinrit blijft Benji naar buiten kijken, naar het vlakke landschap en de koeien die in de weilanden staan te grazen. Op zijn planeet eten ze wel vlees. De streken waar het vlees wordt gehouden en gekweekt, zien de Efins nooit. Melk kennen ze trouwens niet eens. Het duurt twintig minuten voordat ze de stad bereiken. Hier is een groter station en het is nogal druk. Mensen lopen in en uit en lijken allemaal haast te hebben. Ze glijden de roltrap af naar beneden. Ze moeten via een gewone trap naar buiten. Daar is het ook al druk. Mensen rennen naar de bussen, die allemaal geduldig op hen lijken te wachten. Ze horen het getingel van de tram.

'Goed,' zegt Antonio. 'We gaan het zo doen.' Hij haalt een kaart van de stad tevoorschijn, die hij op internet heeft opgezocht en uitgeprint.

'We nemen lijn negentien, de tram dus, naar het Ganzenpark. Daar zetten we de robot in elkaar en zoeken een oversteekplaats op.'

'Uitstekend,' zegt Benji.

Antonio heeft twee opgeladen OV-chipkaarten in zijn jaszak, waarmee ze heen en terug kunnen. Hij heeft de OV-kaarten van Sven geleend, omdat die ze bijna nooit gebruikt. Ze zoeken lijn negentien en zien een bordje met dat nummer bij de halte staan. Het is druk op het perron en het duurt een tijdje voordat de tram aankomt. Nu is Benji nog verbaasder. Het lijkt wel een trein, maar dan langzamer en nog smaller. Wat onhandig dat vervoer op Aarde. Als de mensen de voertuigen in de lucht zouden maken, zou de grond vrij komen van al dat drukke verkeer. Dan zouden mensen lekker kunnen lopen, er zouden meer pleinen kunnen komen, meer parken en meer huizen. Kortom; het zou er een stuk aangenamer uitzien. Hij beseft wel dat de techniek van de mensheid nog niet zo ver gevorderd is en dat het aanpassen hiervan veel geld en mankracht zal gaan kosten.

Ze stappen in de tram, die zo druk is, dat ze moeten blijven staan. Antonio houdt de kaartjes voor de automaat, die met luide piepen reageert, en kijkt op het routebordje aan de wand van de tram. Het zijn zeven haltes naar het Ganzenpark. De tram gaat bijzonder langzaam, want ze hebben alle stoplichten tegen. Eindelijk bereiken ze de halte.

De jongens weten niet hoe snel ze zich door de drukte in de tram heen moeten wurmen om eruit te komen. Heerlijk, de frisse lucht in. Ze lopen de weg op, die naar het park leidt. Ze vallen niet op met hun sporttassen, omdat er een sportveld in het park is. De bomen staan fier met hun nog kale takken in de lucht te pronken.

'We hebben nog geen naam voor de robot,' merkt Antonio op.

'Nee, ik weet niet zo snel hoe ik hem zou moeten noemen,' zegt Benji.

Ze zien een bankje staan; een mooie gelegenheid om de robot in elkaar te zetten. Dat gaat eenvoudig, want alle onderdelen zijn met schroeven tegen elkaar aangezet en Benji en Antonio hebben precies de volgorde opgeschreven. Met een oplaadbare schroevendraaier en het zakje benodigde schroeven gaan ze aan de slag. Een enkele voorbijganger kijkt nieuwsgierig naar de jongens en al de onderdelen van de robot. Ze zijn een uurtje bezig. De robot staat. Zijn hoofd is van het omhulsel van de cd-speler gemaakt en daarin heeft Benji de bediening gemaakt. De zwengelende armen zijn stofzuigerslangen, verbonden aan een lijf. Dit is gemaakt van metalen en houten delen. Daarin een langwerpig gat, waarin het stoplicht precies past. De handen zijn gemaakt van propjesgrijpers. De benen zijn metalen buizen, verbonden met delen van rolschaatsen, die ze ook ergens bij het grofvuil hebben gevonden. Met twee afstandsbedieningen kunnen ze de robot laten rijden, voor- en achteruit, en ook het stoplicht bedienen. Ze proberen hem uit en hij doet het. Langzaam rijdt de robot over het pad vooruit, achter hem lopen Benji en Antonio. Ze lopen het park uit en een moeder en twee kinderen blijven kijken. Ze denken vast dat het een of andere stunt is. Voor het park ligt een weg met een zebrapad zonder stoplichten. Ze lopen over en in de verte zien ze auto's aankomen. Benji drukt de stopknop op zijn afstandsbediening in en laat de wieltjes met de andere afstandsbediening naar links zwenken, zodat de robot breeduit op de zebra komt te staan. Nu drukt hij de knop van het stoplicht in en zet met een andere knop het stoplicht op rood. Het werkt, want de auto's stoppen.

'Ze stoppen meestal bij een zebra,' zegt Antonio. 'We moeten het uit gaan proberen waar al stoplichten staan.'

'Dat is een goed idee,' vindt Benji en ze lopen verder met de robot.

Ze hebben veel bekijks met de robot en lopen naar een verderop gelegen oversteekplaats. Het is een drukke oversteekplaats, want er is een winkelcentrum in de buurt. Als het voetgangertje in het bestaande stoplicht op groen springt, lopen ze met de robot over en laten hem in het midden staan met het licht op rood. Het werkt; hoewel het autostoplicht op groen springt, stoppen de auto's keurig. Voetgangers aarzelen eerst nog, dan steken ze over. Sommigen zeggen dat dit toch echt niet kan, anderen denken dat het een stunt is van een of andere actiegroep die opkomt voor de voetgangers. De auto's blijven geduldig wachten. Uiteindelijk duurt het hen toch wel een beetje lang en beginnen ze te toeteren. Mensen met volle boodschappentassen steken rustig over en de auto's wachten.

Een man met een camera maakt foto's van hen, ziet Benji vanuit zijn ooghoek. Hij schenkt er geen aandacht aan. De man komt even later naar hen toe en vraagt hen wat voor actie dit is. Hij schrijft voor de stadskrant

Antonio denkt even na en zegt: 'Dit is van de actiegroep Voetgangers Veilig in het Verkeer.'

De man schrijft dit snel op een kladblok en Antonio verzint er lustig op los. Dat ze dit doen om automobilisten duidelijk te maken dat ze tijdig moeten stoppen en voetgangers de kans moeten geven om rustig over te steken. Dat de oversteektijd van voetgangers korter is dan de doorrijtijd van auto's. Dat dit niet eerlijk was, omdat voetgangers langzamer lopen dan auto's rijden. Dat een zebrapad in de lengte langer is dan in de breedte en auto's dus nog meer voorsprong hadden. De man schrijft alles op. Hij bedankt hen en loopt verder en de auto's beginnen nu toch wel erg ongeduldig te toeteren.

'Voetgangers Veilig in het Verkeer?' vraagt Benji. 'Dat ken ik niet.'

'Ik ook niet,' grijnst Antonio. 'Dat heb ik net verzonnen. Kom, laten we weer gaan, want de automobilisten worden erg ongeduldig.'

Een grote man stapt uit zijn auto en loopt met een dreigend gezicht op de jongens af. De jongens maken dat ze wegkomen. Tot hun opluchting zien ze dat de man terug naar zijn auto loopt. Ze bereiken de overkant van de straat en alles gaat weer normaal. De voetgangers blijven wachten, de auto's rijden door.

'Een geslaagde proef,' zegt Benji en ze volgen hun weg, terug naar het park.

Daar zien ze een politiewagen, die stopt bij een auto aan de overkant. Het is de auto van die grote man en hij wijst naar de richting van de jongens. De politie kijkt hun richting uit.

'O jee, die vent heeft de politie gewaarschuwd,' roept Antonio. 'Die pakken onze robot natuurlijk af. Waar moeten we heen?'

Benji wijst naar een straat en hij zet de robot op volle snelheid. Ze rennen erachter aan en slaan een hoek om. De robot is bij de bocht te hard gegaan en is gevallen. Snel tillen ze hem op en duiken een portiekhal in. Ze kunnen zich verschuilen achter de trap en gluren om een hoekje. De politiewagen rijdt voorbij.

'Kom, hier halen we hem uit elkaar,' zegt Benji. Het uit elkaar halen gaat gemakkelijker dan in elkaar zetten; binnen een kwartier zijn ze klaar.

Ze kijken of de kust veilig is en lopen vrolijk naar de tramhalte. Ziezo, laat de politie zoeken naar twee jongens met een robot. De tram komt snel en op het station kunnen ze ook vlug de trein naar Grootendorst nemen.

'Ik heb een naam voor de robot,' zegt Antonio. 'Zor Zebra. hoe vind je die?'

'Zor Zebra. mmm, ja, dat past wel bij hem,' zegt Benji. 'Ik denk dat paps hem geweldig zal vinden. Alleen, de man die foto's maakte, dat bevalt me niet.'

'Ach,' zegt Antonio. 'Die man was van de stadskrant. Er is geen hond in Grootendorst die dat leest, dus niemand komt erachter hoe wij de boel op stelten hebben gezet.'

Veilig komen ze weer thuis en Benji schuift de twee sporttassen onder zijn bed. Die avond zet hij Zor Zebra in elkaar. Hij verstopt de robot onder vuilniszakken in zijn kledingkast.

Splasjinevel

Roos en Sven zijn nog steeds druk bezig om Aurek op te sporen. Roos heeft op internet een pagina gemaakt waar ze aandacht vraagt voor Aureks vermissing. Er heeft nog niemand gereageerd. Aurek lijkt van de aardbodem te zijn verdwenen en dat is natuurlijk ook zo, al weten ze dat niet. Ze hebben ook een detectivebureau ingeschakeld. Ze hebben een lang gesprek gehad met Kees Jakar van Jakar Opsporing en Onderzoek. Kees Jakar doet de belofte snel met resultaten te komen.

Intussen zijn ze helemaal niet tevreden over Benji op school. Hij presteert onder de maat volgens mevrouw Klot, wat schrijven betreft. Ze vindt hem ook nog eens brutaal. Benji speelt vaak met Nigel, die steeds allerlei streken uithaalt. Op een dag bedenkt Benji zelf een streek. De hele school spreekt ervan. Niemand - zelfs Nigel niet - weet wie het heeft gedaan en hoe het is gedaan. Alleen Antonio weet het.

Het is dan al eind januari en witte vlokken dwarrelen uit de lucht. De kinderen hebben pret voor tien op het speelplein. Ze kunnen sneeuwballen gooien en doen dat vol plezier. Geen ijsballen, want wie dat doet, wordt onverbiddelijk naar de klas gestuurd. De kinderen zepen elkaar in en sommigen maken sneeuwpoppen, zo ook Nigel en Benji. Benji is al goed in het boetseren tijdens het wekelijkse knutseluurtje en nu maakt hij zowaar juffrouw Klot na van sneeuw. Ze lijkt precies en al snel staat er een groepje kinderen omheen.

'Nee,' zegt Benji, 'er moet nog wat aan veranderen.'

Hij maakt haar neus veel langer en haar voorhoofd en kin krijgen een andere vorm. De knot op haar hoofd wordt veel en veel groter. O, hij maakt haar belachelijk. Zo begint ze er vreemd uit te zien. Toch ziet iedereen dat het juffrouw Klot is. De kinderen vinden het enorm grappig. Juffrouw Klot heeft het groepje wel zien staan en wil wel eens weten wat er aan de hand is. Ze herkent zichzelf en loopt langzaam rood aan.

Benji zegt brutaal: 'Ik mis nog wat,' en pakt de bril van de neus van juffrouw Klot om hem op de neus van de sneeuwpop te zetten.

Iedereen begint hard te lachen.

'Wat!' roept juffrouw Klot en vervolgens ontsteekt ze in woede.

'Benji, je gaat nu de klas in!' zegt juffrouw Klot boos. 'Daar blijf je de hele pauze zitten.'

Benji heeft haar nog niet eerder zo kwaad gezien. Hij gaat de klas in en blijft zitten, in zijn uppie. Hij kijkt uit het raam en ziet hoe de anderen plezier maken. De sneeuwpop staat er nog steeds. Juffrouw Klot heeft het brilletje weer op haar neus en loopt met haar handen op de rug over het schoolplein. Hij pakt zijn rugtas, waarin Gurk zit en haalt hem eruit. Daar speelt hij wat mee. De bel gaat en hij ziet dat de kinderen naar de deur rennen. Dat brengt hem op een ondeugend idee. Hij opent het raam en stelt Gurk in. Een onzichtbare warmtestraal uit de kop, levensgevaarlijk voor wie er doorheen loopt, richt zich op de sneeuwpop. Benji hurkt op de grond en houdt Gurk gericht op de sneeuwpop. Even zou voldoende moeten zijn. Hij stopt de straal en richt zich voorzichtig op om te kijken.

'Kijk nou eens!' hoort hij wat kinderen roepen. 'Juffrouw Klot smelt!'

Zowaar, de pop zakt in. Hij ziet enkele kinderen naar de gesmolten pop lopen. Ze kijken naar de hemel. Deze is nog steeds even grijs en koud. Geen straaltje zon te zien. Het is, bibberdebibber, nog steeds even koud. De snerpende stem van juffrouw Klot roept de kinderen terug. Langzaam stroomt de klas vol en snel stopt Benji zijn robotje in zijn tas. Gelukkig, niemand ziet het. Als juffrouw Klot het zou zien, zou ze hem vast en zeker afpakken. Met een streng gezicht komt ze achter de leerlingen aan en kijkt Benji boos aan.

'Zo, Benji,' zegt ze.

Nigel begint te giechelen.

'Giechel jij niet, anders krijg jij dezelfde straf als Benji!' bijt ze Nigel lelijk toe.

'Benji krijgt van mij strafregels,' zegt ze. 'Duizend strafregels. Ik wil morgen duizend strafregels zien, jongeman! Dan schrijf je duizend maal 'IK ZAL JUFFROUW KLOT NIET BELACHELIJK MAKEN! Ziezo.'

Er gingen geluiden op in de klas. Oei, duizend strafregels, dat is niet mis. Zelfs de strenge juffrouw Klot deelt ze niet zo snel uit. Die Benji zou zeker de hele avond, mogelijk wel tot diep in de nacht zitten ploeteren en bovendien een behoorlijk lam handje krijgen.

Die avond begon Benji ijverig de strafregels te schrijven. Hij schreef met houterige letters en nog steeds met de nodige taalfouten.

'Ik zal juvrouw Klot niet belagelijk maken. Ziezo.'

Hij heeft net tien regels geschreven als Roos zich over hem buigt en zegt: 'Je hebt nog wel wat taalfouten. Wacht even; ik schrijf het goed voor je op en jij schrijft dat precies zo over. Dat zijn dan woorden die je nooit meer fout schrijft.'

Ze schrijft het op zoals de kinderen in de klas moeten schrijven, aan elkaar vast en met lusjes. Hij scheurt de bladzijde uit het schrift en gaat verder. Na een tijdje komt ze weer kijken en …

'Wat heb je nou geschreven?' vraagt ze. 'Ik zal juffrouw Snot niet belachelijk maken. Ziezo. Ze heet toch juffrouw Klot?'

'Ja, dat weet ik,' zegt Benji. 'We noemen haar altijd, als ze het niet kan horen, juffrouw Snot.'

'Ja, leuk,' zegt ze. 'Ik zou juffrouw Snot, ik bedoel Klot schrijven, anders wordt ze nog bozer. Ze heeft je al zoveel strafregels gegeven. Zoveel heb ik nog nooit aan iemand uitgedeeld.'

Hup, daar ging weer een blaadje uit het schrift.

'Dan ga ik naar mijn kamer om ze daar te schrijven,' zegt Benji.

Antonio kan hem niet afleiden, want die is druk bezig zich voor te bereiden op een spreekbeurt. Na een uurtje komt Benji vrolijk naar beneden.

'Ben je nu al klaar?' vraagt Roos. 'Hoe krijg je dat voor elkaar?'

Trots houdt hij zijn schrift omhoog. Roos pakt het aan en ziet tot haar verbazing keurig netjes geschreven strafregels staan. Ze telt een volle bladzijde; twintig lijntjes volgeschreven. Dan telt ze de bladzijden; tien, twintig, dertig, veertig, vijftig. Het hele schrift is vol geschreven met precies duizend strafregels. Dat is nog niet alles. In geen enkele zin staat een fout, in geen enkele zin is gestreept. Alles is keurig. Het lijkt wel of alle zinnen precies hetzelfde zijn geschreven. Dat niet alleen; het heeft veel weg van het voorbeeld dat zij heeft geschreven.

'Eh, Benji?' vraagt ze. 'Waar heb je mijn voorbeeld gelaten?'

'Weggegooid,' zegt hij.

Op het moment dat hij naar bed is, gaat ze toch zoeken. Het zit haar niet lekker dat hij plotseling zulk netjes geschreven werk af kan leveren. Goed, de jongen leert vlug, maar zo snel, dat kan niet. Bovendien is foutloos schrijven nu juist moeilijk voor hem. Op haar tenen loopt ze door zijn kamer en tast in het duister in de prullenbak. Daar ligt niets in. Ze loopt naar de keuken en grabbelt in de oud-papierbak. Daarin vindt ze twee propjes. Eentje met de fout geschreven strafregels en eentje met de strafregels waarin mevrouw Snot stond geschreven. Nergens was haar voorbeeld te vinden. Ze besluit het van zich af te zetten en gaat naar bed; Sven ligt al te knorren.

De volgende dag laat Benji zijn volgeschreven schrift zien. Juffrouw Klot zet haar bril op en bladert het schriftje door.
'Ahum,' zegt ze na een tijdje. 'Overal staat: "ik mag juffrouw Klot niet belachelijk maken en er staat achter ziezo! Dat laatste bedoelde ik niet als strafregel. Goed, ik zal het door de vingers zien en ik hoop dat je ervan hebt geleerd.'
Benji glimlacht. Het is de robot Dips die de strafregels heeft geschreven. Als voorbeeld heeft Benji de zin gebruikt, die Roos heeft opgeschreven. De ogen van Dips hebben dit gescand. Het papiertje heeft hij opgevouwen in zijn agenda gestopt. Later zal hij dit versnipperen en weggooien.

Er is veel aan de hand, de dagen daarna. Benji en Nigel gaan goed met elkaar om. Juffrouw Klot wordt ziek en de leerlingen moeten naar juffrouw Simonis. Hij komt bij Antonio in de klas. Het is dus een drukke en volle klas en omdat juffrouw Simonis niet op iedereen kan letten, beginnen Sander en Sandra er lustig op los te pesten, als ze even een andere kant opkijkt. Ze zijn zelfs extra vervelend. In de pauze heeft Benji er minder last van, want dan zijn Antonio en Nigel bij hem. In de klas is het een ramp. Met die pesterijen kan hij niet goed opletten. Hij vraagt of hij ergens anders mag zitten en niet tussen die twee doerakken in. Juffrouw Simonis wil echter dezelfde indeling houden, anders raakt ze helemaal in de war. Benji denkt na. Hij moet wel maatregelen nemen tegen de pesterijtjes, wil hij nog iets van het schooljaar bakken. Thuis haalt hij een een bruine pil uit zijn koffer en laat deze in water oplossen. Hij pakt het robotje Lalp en vult zijn kop met de vloeistof.

De volgende dag neemt hij Lalp mee naar school. Zoals gewoonlijk zit Sander hem weer te treiteren. Als de juffrouw niet kijkt steekt hij zijn tong uit. Benji pakt de kop van Lalp. Hij houdt hem in zijn vuist en richt dit op Sanders gezicht, net op het moment dat zijn tong voor de zoveelste keer buiten zijn mond hangt en de juf iets op het schoolbord schrijft. Fijne nevel sproeit in Sanders gezicht.

'Aarchhh' roept Sander.

Op dat moment gebeurt er iets geks. Zijn tong hangt nog uit zijn mond en hij kan hem niet binnenhalen. De tong beweegt op en neer. In zijn ogen is ook nevel gekomen en hij ziet de wereld als een lachspiegel. Iedereen en alles is rond en dik. Hij wil lachen en kan dat niet.

'Doe niet zo gek, Sander,' zegt de juf.

Sander kan niet stoppen met zijn tong bewegen en ook niet meer praten. Benji heeft grote moeite zijn lachen in te houden en heeft Lalp snel weggestopt in zijn rugzak. Uiteindelijk wordt Sander op de gang gezet. Benji heeft grote lol. Hij laat dit aan niemand merken. Na een tijdje wordt er alarm geslagen. Ook op de gang kan Sander zijn tong nog niet stilhouden en dat vindt de conciërge vreemd. Een ambulance komt. Sander wordt naar het ziekenhuis vervoerd. Het is een drama! De laatste twee uur van de schooltijd zijn de kinderen ook erg stil. Benji begrijpt er niets van. Zo erg is het toch niet. Hij voelt zich schuldig. Op weg naar huis vraagt Antonio wat er aan de hand is en Benji vertelt over Lalp.

'Waarmee heb je hem dan in vredesnaam besproeid?'

'Och, met vloeistof van de splasjiplant. Het is niet gevaarlijk. Het had een nare smaak in zijn mond moeten geven, meer niet. Ik begrijp er niets van.'

Hij voelt zich naar en maakt zich zorgen om Sander. Waarom is Sander zo vreemd gaan doen? Thuis is het nog stil. Roos doet de boodschappen. Benji zoekt het nummer op van Sanders ouders en belt op.

'Ja,' snauwt een onvriendelijke mannenstem.

Hakkelend vraagt Benji hoe het met Sander is.

'Het gaat goed, hoor. Bij de EHBO trok het alweer weg. Ze onderzoeken zijn bloed. Dat gaat nog een tijd duren voor we de uitslag weten,' zegt mijnheer Gons, nu een stuk vriendelijker. 'Zeg, wie ben jij eigenlijk?'

'Benji Bruntel, een klasgenootje,' zegt Benji opgelucht. Mijnheer Gons zegt even niets, Dan ontsteekt hij in woede.

'Dus *jij* bent dat akelige joch dat Sander in zijn gezicht heeft gespoten met gif. Hoe durf je! Sander heeft alles verteld, ook aan de dokter. Ik ga met de directrice praten. Je zult wel van school worden gestuurd, ellendeling. Daar zorg ik wel voor. Hoe durf je te bellen!'

Bam! Mijnheer Gons heeft de hoorn op de telefoon gegooid. Benji draait zich verdrietig om naar Antonio, die graag wil weten wat er aan de hand was.

Benji vertelt in horten en stoten het gesprek en zegt: 'O, nu wordt ik vast van school gestuurd.'

'Welnee,' zegt Antonio. 'Sander kan toch niet bewijzen dat je het hebt gedaan. Je moet gewoon blijven volhouden dat je van niets weet. Of kan de dokter dat spa. eh spla, plantspul in het bloed zien?'

'Splasjiplant. Nee, dat denk ik niet. Of misschien wel. O, ik weet het niet meer. Ik kan toch niet gaan liegen,' zegt Benji wanhopig.

'Dan wordt je van school gestuurd en je moet al je geheimen vertellen,' zegt Antonio. 'Ik zal zeggen dat ik op dat moment naar jullie keek, zag dat Sander zijn tong uitstak en hij toen raar ging doen en dat ik jou helemaal niets heb zien doen. Echt, Benji, dat is de enige manier.'

Benji bijt op zijn onderlip en zegt: 'Dat moet dan maar.'

De volgende dag ziet hij er vreselijk tegenop om naar school te gaan. Sander is weer terug op school. Zijn vader is er ook. Benji keert zijn hoofd snel af en duikt de klas in. Hij moet net doen of zijn neus bloedt. Sander komt de klas in en kijkt woedend naar Benji.

'Smeerlap,' zegt hij en hij wil Benji een klap in zijn gezicht geven. Juffrouw Simonis is hem te snel af.

'Sander toch?' vraagt ze. 'Wat is er? Ik ben blij dat je weer terug bent en dat je niets mankeert. Waarom wil jij Benji slaan?'

'Hij heeft het gedaan, hij heeft een of ander smerig goedje in mijn gezicht gespoten, waardoor ik naar het ziekenhuis moest.'

Benji loopt vuurrood aan en zegt: 'Dat is niet waar.'

'Wel, liegbeest,' schreeuwt Sander. 'Ik krijg je nog wel. Mijn vader gaat lekker met de directrice praten, zodat je van school wordt getrapt.'

'Jongens, jongens,' zegt juffrouw Simonis. 'In de pauze blijven jullie allebei even zitten, dan spreken we het uit. Sonja, wil jij even naar de docentenkamer gaan en melden dat ik in de pauze niet met de kinderen naar buiten kan en dat er even iemand moet invallen?'

Sonja knikt en loopt weg. De lessen beginnen en ieder moment verwacht Benji dat hij bij de directrice moet komen. Er gebeurt niets. De zaak loopt met een sisser af. Het is in de pauze Sanders ja tegen Benji's nee en het kost Benji de grootste moeite om zijn liegen vol te blijven houden. Hij neemt zich voor nooit meer splasjipillen te gebruiken. Benji blijft bij hoog en laag beweren dat hij nergens van weet. Omdat er geen schuldige aan te wijzen valt, lijkt het juffrouw Simonis verstandig om Benji een paar plaatsen achter Sander en Sandra te plaatsen. Zo is de rust wedergekeerd. Benji wordt niet van school afgestuurd. Antonio en Benji vieren dat, door samen een grote slagroompunt te kopen bij de bakker.

Die week komt er nog meer goed nieuws. De groepen zes van de school hebben één van de hoofdprijzen gewonnen in de Uitje-Bol wedstrijd; een paar dagen in het pretpark in de krokusvakantie. Juffrouw Klot is nog steeds ziek en juffrouw Simonis gaat de boel regelen. Er is plaats voor vijftig kinderen en vijfentwintig begeleiders. Leerkrachten en ouders mogen mee als begeleiders. Ze worden met de bus gebracht en gehaald. Niet ieder kind kan, want sommigen gaan weg in de krokusvakantie. Juffrouw Simonis heeft een lijstje opgesteld van de kinderen en ouders die mee kunnen. Tot zijn schrik hoort Benji dat Sander en Sandra en hun ouders ook meegaan. Hij wil graag dat Sven of Roos ook mee gaan. Roos is immers ook vrij. Helaas moet ze nog veel werk voor school doornemen, dus ze kan niet. Hij smeekt, samen met Antonio, of Sven dan mee gaat.

Sven kijkt hen aan en zegt: 'Ja, dat is wel een beetje raar hoor, want ik ben daar ontwerper.'

'Dat is nu juist leuk,' zegt Benji. 'Dan kunt u ons uitleggen hoe al die leuke dingen werken.'

Sven aarzelt even en pakt dan zijn agenda erbij.

Hij mompelt: 'Tja, tja, ik heb voor die dagen nog geen afspraken staan. Ik moet natuurlijk wel werken. Ik zou een paar nachten extra uren kunnen werken. Ja, goed, ik ga mee.'

De jongens springen een gat in de lucht. Nog anderhalve week, dan is het krokusvakantie. Ze verheugen zich er verschrikkelijk op. Uiteindelijk gaan er achtentwintig kinderen en zestien begeleiders mee.

Uitje-Bol

De ochtend dat de kinderen naar het pretpark gaan breekt aan. Alle robotjes zitten keurig in het koffertje opgeborgen. Benji laat ze echt niet thuis, al mag het niet opvallen dat hij ze meeneemt. Roos heeft hem een rugzak gegeven en hij probeert het koffertje erin te proppen. Dat lukt niet. De rugzak is te klein en zelfs als hij de koffer erin kan krijgen, kunnen er geen kleren meer bij. Hij denkt even na. Het is simpel. Hij loopt de slaapkamer van Roos en Sven in en ruilt zijn rugzak voor de grotere van Sven. Tevreden ziet hij dat daarin de koffer en al zijn kleren passen.

Nu is Sven ook niet gek en zodra hij de ruil ontdekt spreekt hij Benji streng toe. 'Jongen, wat neem jij allemaal mee?'

Hij pakt de grote rugzak en opent hem. Oei, hij zal vragen stellen over het koffertje. Tot nu toe heeft Benji zijn robotjes verborgen kunnen houden en hebben ze er nooit meer naar gevraagd.

Sven rommelt wat in de rugzak en zegt: 'een broek, nog een broek, een koffer. We gaan maar een paar dagen weg, hoor.'

'Wacht,' zegt Benji en hij trekt aan de rugzak. 'Ik zal er alles weer uithalen en hem teruggeven.'

'Dat is goed,' zegt Sven. 'Schiet je wel op, jij en Antonio moeten ook nog iets eten en we vertrekken over een uur.'

Benji slaakt een diepe zucht. Dat is op het nippertje. Hij haalt de robotjes en al hun onderdelen uit het koffertje en stopt deze onder in zijn rugzak. Nee, dat is geen veilige oplossing. Hij stopt de kleine onderdelen in sokken en vouwt kleding en handdoeken om de grotere stukken. Zo kan er niets kapot gaan. Zo vult hij zijn eigen rugzak en brengt de grotere naar Sven.

'Iedereen klaar,' roept Sven een tijdje later.

Benji propt nog snel de folder van Uitje-Bol in zijn rugzak en neemt een sprint naar beneden.

'Zo, jongens, op naar ons pretparkavontuur.'

Ze stappen in de auto en zwaaien Roos uit. Sven begint het Uitje-Bollied te zingen.

Wat hebben we een lol,
We gaan naar Uitje-Bol, Uitje-Bol
Naar de achtbaan, naar het labyrinth
Dat vinden wij zo tof
Met de monorail, met de trein
Dat vinden wij zo fijn

Het is helemaal te dol
We gaan naar Uitje-Bol, Uitje-Bol
In de speeltuin, in de kabelbaan
We laten ons dus gaan
In de bootjes, in het reuzenrad,
We zijn het nooit eens zat

We gaan in de toverbol
We zijn in Uitje-Bol, Uitje-Bol
In de tijdmachine, in het spookhuis
Beter dan voor de buis
In de soepkommen, in het vorstpaleis
Dit is echt te onwijs

We zien elfjes en een trol
We zijn in Uitje-Bol, Uitje-Bol
In de schatgrot, in enge spinnen
We zitten er middenin
In het reuzenhuis, in de grot
Alles komt aan bod

Benji begint te lachen. Wat zijn de mensen toch raar. Als ze
spreken klinkt het vlak. Zingen doen ze echter wel. Benji is
niet anders gewend dan zangerige stemmen op zijn eigen
planeet. Sven en Antonio zingen het hoogste lied.
'Kom, Benji, meezingen, zo moeilijk is het niet,' roept Sven.

Zachtjes begint Benji mee te zingen. Antonio slaat op zijn knie op de maat van de zang.

'We zijn er bijna,' zegt Sven.

'We zijn er bijhijna,' zingt Antonio.

'Nou, bijna bij school dan. We hebben nog een eindje te gaan met de bus,' zegt Sven. 'Hebben jullie er zin in?'

'Ikke wel. Benji is erg stil. Vind jij het wel leuk, Benji?' vraagt Antonio.

'Het is nieuw voor mij. Ik ben erg nieuwsgierig,' zegt Benji.

'Dat je vader je nooit de black hole achtbaan heeft laten zien. Nou, een speeltuin zal je wel bekend voorkomen,' zegt Sven. 'Dat is er ook, als we daar tijd voor hebben.'

Sven parkeert zijn auto bij school. Er staan al heel wat mensen te wachten. Ook de bus komt er al aan. De kinderen willen het liefst allemaal tegelijk in de bus stappen. De leraren houden hen tegen. In de bus is het een herrie van jewelste. Onderweg wordt nog een aantal keren het Uitje-Bol lied gezongen.

Na en uur rijden stopt de bus op de lege parkeerplaats van Uitje-Bol. Ze stappen uit en Benji kijkt verwonderd rond. Rondom de hoofdingang is een groot huis gebouwd.

'Dat is het sprookjeshotel,' zegt Sven. 'Elke kamer bevat een ander sprookje. Daar zijn ook de personeelsvertrekken. Iedereen die ons de komende dagen gaat helpen, slaapt daar. Wij slapen niet in het sprookjeshotel, maar op andere plekken. Straks krijgen we het programma van de directeur.'

Terwijl ze naar de ingang lopen kijkt Sven op zijn horloge.

'We zijn tamelijk vroeg. We wachten hier even.'

Benji kijkt naar de anderen. Joke Visser, Dinand Westerman, Astrid Akkerman, Saskia van Veen, Rob van der Vaart en Sonja Grevelmans met hun moeders, Vincent de Vries, Achmed Cecandor en Ismaël Mamoud met hun vaders, Sander en Sandra Gons met hun ouders. Esmée Konijn, Nigel van Dijk, Jan Benders, Selma Lagermans, Saskia van Veen, Ronald Rees, Janneke Overvecht, Ellen Koep, Lars Dijkmans, Tristan Tobbe, Shelby Landman, Renate Koopmans, Michiel Daniëls, Koos Steltman, Esther Groot,

Miranda Donker. Natuurlijk juffrouw Simonis, meester Furding, de gymleraar Vink, juffrouw Draft van de handenarbeid en de conciërge meester Puts.

Na enige tijd komt er een jongeman naar buiten.

'Zo, daar zijn jullie,' zegt hij 'Ik ben Bert Koene, parkmedewerker. Directeur Jansman zit al te wachten.'

Hij brengt ze naar de hal van het sprookjeshotel, waar de koffie en de limonade al klaar staan. Directeur Jansman is blij dat ze er zijn.

'Welkom, kinderen, leerkrachten en ouders. Het is fijn dat jullie er zijn,' zegt hij.

Op een tafeltje liggen sleutels, muntjes en papieren.

'Álle vertrekken zijn schoongemaakt en alles wat op de lijst staat, is grondig nagekeken en er zijn gisteren proefritten mee gedaan,' zegt de directeur. 'De leiders en ouders krijgen het programma mee en iedereen krijgt een formulier om in te vullen. Bert en Marco zijn hier altijd aanwezig. Ze helpen jullie. Als er verder nog iets is, kun je hen bellen. Als jullie hier na drie dagen plezier weggaan krijg je van hen ook nog een verrassing mee. Zijn er nog vragen?'

'Kunnen we zo beginnen met pret maken?' vraagt Sven.

'Bert of Marco gaat dadelijk met jullie mee in een rondrit met de trein. Het staat allemaal op het schema.'

De kinderen zijn door het dolle heen en moeten tot de orde worden geroepen. Na de koffie en de limonade worden ze door Bert naar de parktrein gebracht.

'Ook kinderachtig,' moppert Sander.

Het parktreintje is versierd met kabouters. Het dakje en de bankjes zijn rood met witte stippen, op de zijkanten zijn vrolijke kabouters geschilderd. Op de voorkant van de locomotief zit een kabouter, die rond zwaait wanneer de locomotief gaat rijden. Het treintje gaat het hele park door. Het is geen echte locomotief, want deze gaat elektrisch. Als het treintje tijdens het seizoen rijdt, gaat er vaak een verklede kabouter mee.

'Hij gaat wel het hele park door,' zegt Sven. 'Dan kan iedereen zien wat voor leuks we hier hebben.'

De stilte in het park vindt Antonio vreemd. Normaal gesproken krioelt het van de mensen. Het is behoorlijk fris en er wordt nog verwacht dat het gaat sneeuwen. Antonio rilt even en kijkt naar Benji. Hoe zal hij erop reageren? De trein zet zich in beweging, heel langzaam. Tuf tuf tuf. Bert is de gids.

'Hier komen we langs het Kabouterdorp. Bezoekers kunnen hier paddenstoelen huren, huisjes die eruit zien als paddenstoelen. Ze zijn niet erg groot, echter wel leuk. Het Kabouterdorp is vooral leuk voor mensen met kleine kinderen.'

'Hier komen we in Toverstad; de stad van de grote en kleine tovenaars. Hier zien jullie de toverhoed, een uitkijktoren. Je kunt met de trap of met de lift omhoog.'

Benji kijkt zijn ogen uit. Dit kent hij niet op zijn planeet. Het treintje tuft langs een groot meer met eilandjes en hij ziet een enorm groot huis. Hij ziet een grote schijf op een enorme lange paal. Bert vertelt dat dit de ufo-toren is. Ook hier kunnen mensen slapen. Benji krijgt een glans in zijn ogen van herkenning. Het treintje stopt op één van de kleine station-netjes.

'We zijn bij de Heksenhof, mensen,' zegt Bert. 'Uitstappen.'

Ze lopen naar het hotel. Daar, in het heksenhotel, moeten ze de eerste nacht doorbrengen.

'Wauw,' roept Benji.

Het hotel is een oud uitziend huis met scheve luiken. Bij de ingang hangen spinnenwebben. Allemaal namaak natuurlijk, met grote – net echte - spinnen in het web. Twee heksen van steen staan aan de zijkanten van de deur.

'Ik ben hier al eens geweest,' zegt Antonio. 'Je moet in de pot van de linkerheks roeren met de lepel, dan gaat de deur open.'

'Ha ha,' begint Sander 'en wat als je in de pot van de rech-terheks roert.'

'Jongens, rustig,' roept Bert die een grote sleutelbos in zijn hand heeft. 'Ik moet de deur eerst met de sleutel openen.'

Met een krakend geluid gaat de grote deur open. Bert steekt de lichten aan, hij zorgt dat de verwarming gaat branden en

hij stelt allerlei knopjes in. Hij wijst de leiding de keuken.
'Hier kunnen jullie je eten klaarmaken. Zorg dat je alles een beetje schoon achterlaat,' zegt Bert.
'Mijnheer, wat gebeurt er nu als ik in die rechterpot roer?' wil Sander weten.
'Probeer het, zou ik zeggen,' zegt Bert lachend.
Een groepje kinderen gaat nieuwsgierig naar buiten en laten Sander roeren. Antonio kan zijn lachen niet inhouden. Sander roert en roert en ziet niet wat er boven op de muur zit. Het is een zwarte kraan met een kraai erop. Langzaam wordt die kraan opengedraaid door het roeren van Sander.
'Kijk uit,' roept Sandra.
Te laat! Sander krijgt een ijskoude straal over zich heen.

De kinderen liggen in een deuk. Sander staat erbij als een verzopen katje.

'Ha ha,' roept Antonio. 'Als je hier in een kamer slaapt, wordt je altijd gewaarschuwd en dan zijn er nog kinderen die niet willen luisteren.'

'Niemand zegt iets!' briest Sander woedend. 'Jij ook niet, Antonio!'

Antonio en Benji liggen dubbel van het lachen. Sven maakt een einde aan de pret en roept de kinderen naar binnen. Een man met een gereedschapskist volgt hen, begroet Bert en loopt naar boven. Door Bert worden ze allemaal naar de kamers gebracht. Alle deuren staan op een kier en Benji werpt nieuwsgierig een blik naar binnen. Hij ziet een paar grote, donkere kamers met stapelbedden. In de lange gang staat de man met een gereedschapskist. Hij boort gaten in de muur. Hij hangt heksenpoppen aan de muur. Allemaal verschillende, vliegende op een bezemsteel. Benji blijft staan en volgt de arbeid van de man.

'Opschieten, jongens,' zegt Sven 'Jullie mogen even je spullen in de kamer zetten en je opfrissen en over tien minuten worden we verwacht in de zaal beneden.'

'Wauw,' roept Benji weer.

De kamers zijn donker, met grijze en zwarte muren. De gordijnen zijn bedrukt met kleine zwarte katten. Er staan twee kinderbedden in met metalen hoofd- en voeteneinden, waar een spinnenwebpatroon met spin is gemaakt. Ook staat er een tweepersoonsbed met hemel, die leunt op bezemstelen. Er is een open nephaard en er hangt een kookpot, allemaal voor de gein. Op een tafeltje staat een zogenaamde glazen bol en ligt er een toverboek. In de kast hangen verkleedkleren.

'Hoe bedenken jullie het. Toveren zo uit een boek,' zegt Benji.

'Dat is natuurlijk niet echt,' zegt Antonio, terwijl hij zich op het bed laat ploffen.

Benji denkt na. Als hij ooit, hoewel de kans klein is, weer op zijn eigen planeet terugkomt, dan zou hij zoiets na willen maken. Hij wil alles in Uitje-Bol zien. Alleen krijgen ze beperkt toegang tot sommige attracties. Hij kijkt uit het raam en ziet in de verte een grote, ronde attractie met allemaal bezemstelen Hij trekt zijn ogen tot spleetjes zodat hij nog scherper kan zien en ziet daar Bert lopen. Bert heeft naast de attractie een kastje geopend en hij ziet de sleutelbos. De attractie gaat draaien. Benji krijgt een idee. Hij moet dan wel aan metaal zien te komen. Hij kijkt naar de kookpot. Die is niet geschikt. Nee, het moet klein zijn. Sven is druk doende zijn kleding uit te pakken en in een smalle zwarte kast te hangen. Benji rommelt wat in zijn rugzak en stopt Trot en Dips in zijn jaszakken, zonder dat Sven het ziet. Dat kan misschien nog van pas komen.

'Paps, mag ik al in bad?' roept Antonio vanuit de badkamer. Benji loopt er meteen naar toe. Benji kijkt vol bewondering de badkamer rond. Dat is inderdaad een bijzondere badkamer. Het bad en het toilet zijn pikzwart en het douchegordijn is bedrukt met zwarte spinnen. Hij ziet de zwarte kranen. Die zijn van metaal. Ook veel te groot voor zijn plannetje.

Sven komt ook de badkamer in en zegt: 'Antonio is hier al eens geweest met ons, een tijd geleden. Het blijft leuk. Jullie gaan nog veel meer zien.'

De sleutels

'Kom, we gaan,' zegt Sven.

Hij sluit de deur af met een kaartje die hij door een gleuf haalt.

'Moet dat niet met een sleutel?' vraagt Benji.

'Nee,' zegt Sven. 'Dat is ouderwets. Dit heet een magneetsleutel.'

'Is dat overal zo hier?'

'Nee, hoor. Veel deuren worden hier nog ouderwets op slot gedaan en geopend met een sleutel.'

Benji knikt tevreden. Met Trot zou hij deze deur met de magneetsleutel gemakkelijk kunnen openen. Gewone sleutels moest hij eerst te pakken zien te krijgen. In de gang is de man klaar met het ophangen van de poppen. Hij zet zijn gereedschapskist in een gangkast. Benji volgt hem nauwlettend.

'Opschieten, Benji,' zegt Sven.

De traptreden kraken. Dat hoort zo. Het is immers een heksenhuis, dus het moet een beetje griezelig zijn. In de zaal beneden is het een drukte van jewelste.

'Stilte,' roept juffrouw Draft. 'We gaan zo dadelijk een paar ritjes in de bezemsteelrit maken met z'n allen. Daarna gaan we lopend naar de Feeënstad.'

'Ik wil de heksenrivier doen,' roept Sander.

'Nee, Sander, dat kan niet. Die wordt in de winter niet gebruikt. We gaan dus eerst wat doen in Feeënstad, daarna komen we hier terug en gaan naar het loopspookhuis. Vervolgens doen we hier een spannend spel. Goed opletten, jongens, want we moeten wel de vragenlijsten invullen,' zegt juffrouw Draft.

'Jammer dat we niet op de rivier kunnen,' mompelt Antonio. Daar is hij dol op, bloedrode rubberen bootjes die over een wildwaterrivier gaan. Eerst door een donkere grot vol springende, zwarte katten en mechanische heksen die een griezelig lied zingen. Daarna snel door een heksendorp, met heksen in allerlei soorten en maten. Dan moet men dus heel goed uitkijken voor de spreukheksen, want spreekt zo'n heks een spreuk uit, wat ze telkens doen als er een boot langskomt, dan kan men wel eens flink nat worden. In een rustiger gedeelte kan men vliegende heksen zien. De heksenrivier is echt cool, vindt Antonio.

'Voordat we gaan, nog even dit,' zegt Sven tegen de groep. 'Zo dadelijk gaan juffrouw Draft, meester Puts en ik eten uit de bus halen. Het is wel de bedoeling dat iedereen mee helpt met aardappelen schillen, opruimen en afwassen. Juffrouw Draft heeft een lijst gemaakt, die op het prikbord hangt. Daarop staat welke taken iedereen heeft. Dat noemen ze corvee.'

De kinderen staan nieuwsgierig op en rennen allemaal naar het prikbord. De opmerkingen zijn niet van de lucht.

'Bah, ik moet aardappelen schillen,' roept Astrid Akkerman.

'Getver, ik moet afwassen,' zegt Nigel van Dijk met een pruillip.

Benji moet samen met Ismaël Mamoud en Renate Koopmans de groenten schoonmaken en Antonio moet samen met Sandra Gons, Nigel van Dijk en Joke Visser afwassen. Een groep volwassenen doet de kooktaken. Anderen moeten de tafel dekken of de pompoenen voor de soep schoonmaken. De leiding brengt teiltjes vol aardappelen, groenten, mesjes en snijplanken naar de tafels.

'We maken heksenstoofpot,' zegt juffrouw Draft.

'Bah,' zegt Benji, kijkend naar de uien, paprika's en tomaten die in de teiltjes liggen.

Hij heeft het dan wel leren eten, maar hij vindt het echter nog steeds niet lekker. Hij zal wel stiekem wat foets in zijn bordje gooien, zoals hij altijd al doet. Ismaël snijdt de uien en huilt daarbij tranen met tuiten. Renate hakt de paprika's in blokjes en Benji snijdt de tomaten in plakken. Jan Benders, Saskia van Veen, Tristan Tobbe, Sonja Grevelmans en Sander Gons zitten samen met juffrouw Draft pompoenen uit te hollen. Er worden ogen en een mond uitgesneden. Er gaan theelichten in. De pitten worden er met een lepel uit gehaald. Het vlees van de vrucht wordt in stukjes gesneden en in een aparte schaal gelegd. Dat is voor de soep.

'Pffff, en dat noemen ze vakantie,' roept Sander.

Als ze klaar zijn, gaat het groepje volwassenen koken. Juffrouw Draft en Sven brengen het groepje kinderen, sommigen met hun ouders, naar de bezemsteelrit. Benji en Antonio lopen achter de Gonzen. Sandra en Sander lopen tussen hun ouders in. Antonio gniffelt. Sandra en Sander zijn even dik als hun vader en moeder. Vader en moeder Gons hebben ook rood haar en sproeten op hun gezicht. Zelfs de kleding is hetzelfde. Sandra en haar moeder hebben een roze trainingspak met een paars jack aan en Sander en zijn vader een blauw trainingspak met een zwart jack.

'Hi hi, moet je eens kijken,' zegt Antonio zacht. 'Acht dikke billen op een rijtje, blup, blup.'

Benji moet lachen, zeker als Antonio net zo gaat lopen als de familie Gons. Langzaam, lomp en waggelend als een eend. Benji ligt in een deuk. Plotseling draait mijnheer Gons zich om. Antonio stopt me-teen. Ook de rest van de familie draait zich om. Mijnheer Gons kijkt hem aan en kijkt dan naar Benji.

'O, dat is dat nare joch dat je gezicht heeft volgespoten, Sander,' zegt mijnheer Gons.

'Ja, hij pest me iedere keer,' zegt Sander.

Nu stapt mijnheer Gons met grote stappen op Benji af.

'Ik zal je een ding zeggen, ventje!' zegt hij boos. Hij heft zijn dikke vinger op. 'Als ik hoor dat je Sander pest, dan, dan...'

Zijn gezicht loopt vuurrood aan.

'Dan wat?' vraagt een bekende stem.

Het is Sven en hij heeft zijn hand op de schouder van mijnheer Gons gelegd.

'O, dan, dan …,' zegt mijnheer Gons. Nu begint hij heel vriendelijk te lachen en zegt tegen Sven: 'dan praten we het uit, toch, Sander?'

Sander knikt. Sven zegt tegen de jongens dat ze beter met hem mee kunnen lopen. Niet veel later komen ze aan bij de bezemsteelrit, waar Bert al staat te wachten.

'Jongens, veel plezier,' zegt Sven en loopt met de anderen naar de parkeerplaats.

Sommige kinderen nemen plaats op de bezemstelen, de anderen moeten op hun beurt wachten. Op een bezemsteel zit een breed plankje, waar je lekker kan zitten. Het plankje hangt aan vier brede kettingen. De bezemsteelrit is een zweefmolen. Dat is nog wel eens wat anders dan echte heksen doen; met hun dikke achterwerk op een dunne steel zitten. Bert loopt naar het kastje om de bezemsteelrit te bedienen. Benji ziet de sleutelbos, die Bert aan zijn broekriem heeft hangen. Die moet hij te pakken zien te krijgen. Voordat hij het goed en wel beseft gaan de bezemstelen draaien. Steeds harder en ze gaan op en neer. Het is heerlijk.

'Dit zouden we toch echt ook moeten hebben op mijn planeet,' denkt Benji.

De wind wappert door zijn haren en hij begint te lachen. Ineens beginnen de bezemstelen langzamer te draaien, steeds langzamer.

'Nu al afgelopen,' zegt Benji teleurgesteld.

'Supercool,' roept Antonio. 'We mogen nog een keer."

Dat is zo. Ze mogen nog een keer en Benji vindt het heerlijk. Hij moet echter wel denken aan de sleutelbos. Op het moment dat de attractie langzamer gaat draaien, doet hij de veiligheidsriem los. Dan, als hij vlakbij Bert is, springt bij eraf, zo tegen Bert op. Bert schrikt en wankelt en Benji maakt van die gelegenheid gebruik om de sleutelbos van zijn broekriem af te haken.

'Wat doe je nou?' roept Bert.

Benji zegt: 'Sorry, ik moet heel nodig naar het toilet.'

'Had je dit niet eerder kunnen zeggen?' vraagt Bert boos. 'Je mag niet van de bezemsteelrit springen! Dat is levensgevaarlijk. Ga nu snel naar het toilet.'

Bert wijst hem naar het dichtstbijzijnde toiletgebouw. Benji rent in de richting van het toiletgebouw, wijkt af en rent door naar het heksenhotel. Hij roert de lepel in de pot van de linkerheks en de deur gaat open. Hij kijkt vluchtig rond, niemand te zien. Logisch, want de meesten zijn bij de bezemsteelrit. De rest staat in de keuken. Hij ziet de keukendeur op een kier staan en ruikt de geur van eten. Snel rent hij de trap op naar de kamer. Door de kop van robot Trot voor de sleuf van de deur te houden en op een knopje te drukken opent de deur zich vanzelf. Het werkt. Vliegensvlug schiet hij de kamer in. Nu moet hij snel zijn. Hij grabbelt in zijn rugzak en haalt de onderdelen van robot Gurk eruit en zet hem in elkaar. Hij stelt hem in. Het duurt wel eventjes voordat hij heet genoeg is. Nu nog metaal. Hij rent de gang op, opent de kast en haalt de gereedschapskist eruit. Hierin zitten meer dan voldoende schroefjes en spijkers. Nu snel handelen. Hij haalt de sleutels los en drukt een sleutel in de sleuf aan de voorkant van de robot. In de open trechtervormige bovenkant van de kop stopt hij een handvol spijkers. Hij drukt op de knop. De robot begint te trillen en er komt stoom uit. Even later valt een duplicaat van de sleutel op de tafel. Hup, de volgende sleutel. Benji kijkt op zijn horloge. Hij moet opschieten, want ze zullen zich gaan afvragen waar hij blijft. De verse sleutels zijn gloeiend heet en hij heeft een handdoek gepakt om ze te pakken. Snel doet hij de echte sleutels terug aan de sleutelbos.

'Benji,' roept iemand.

Dat is op de gang. Hij herkent de stem van Antonio. Hij stopt vlug een nieuwe sleutel in Gurk. Hij heeft er al tien. Er wordt op de deur geklopt.

'Benji, ben jij hier?'

'Ja,' roept Benji. 'Ik zit op de wc. Ik kom zo!'

'Ze vragen zich af waar je blijft,' zegt Antonio. 'Doe even open.'

Klang, weer rolt er een sleutel uit. Benji stopt er weer een sleutel in en staat aarzelend op. Hij weet niet hoe Antonio reageert op zijn plan. Toch doet hij open.

'Wat ruikt het hier vreemd,' zegt Antonio terwijl hij binnen stapt. 'Wat is dat?'

Met grote ogen kijkt hij naar de wiebelende en sputterende robot.

'Wat ben jij nu aan het doen?'

'Ik maak de sleutels van Bert na. Dan kan ik alles op mijn gemak bekijken.'

'Je bent gek. De sleutelbos van Bert? Hij zoekt er al naar,' zegt Antonio.

'Toe, zeg niets. Hij krijgt hem wel terug. Ik wil alleen zo graag dingen onderzoeken,' smeekt Benji.

'Daar hebben we allemaal geen tijd voor. Schiet op, Benji. Kap ermee. Straks komen er nog andere mensen hierheen. Ik zeg niets. Hoe wil je dat doen met die sleutelbos?'

'Die gooi ik ergens neer. Dan denkt Bert dat hij hem daar heeft verloren.'

'Nou, schiet dan op.'

Benji knikt en haakt de laatste sleutel aan de bos. Hij verstopt de robot en de vers gemaakte sleutels onder het bed en de jongens lopen voorzichtig de trap af. Ze horen gelach in de keuken. Ze worden gelukkig door niemand gezien of gehoord. Ze rennen langs de snackbar. Snel werpt Benji de sleutelbos neer, niet ver van de bezemsteelrit. Ze rennen snel naar de anderen.

'Waar bleef je nou?' vraagt meester Furding. De bezemsteelrit staat stil. Sommige kinderen zitten ongeduldig te wachten, anderen staan er naast.

'Grote boodschap,' zegt Benji.

'Erg grote boodschap,' moppert meester Furding. 'De bezemsteelrit staat even stil, want Bert is op zoek naar zijn sleutelbos.'

'O,' zegt Benji onschuldig en werpt een blik op Antonio.

Als die nu maar niets verraadt. Antonio zegt gelukkig niets. Hij neemt Benji even apart en zegt met zachte stem: 'Hoe ben je in die kamer gekomen, eigenlijk?'

Benji glimlacht: 'Met Trot. Het is een magneetslot toch?'

In de verte komt Bert aan, met de sleutelbos in zijn handen.

Hij kijkt bedrukt en zegt: 'Ik heb hem weer gevonden. Alleen, alle sleutels hangen door elkaar. Er heeft iemand met zijn tengels aan gezeten.'

Hij kijkt naar Benji, die vuurrood wordt.

Lalp brult

'Ik heb dat gedaan,' zegt Antonio.

Benji kijkt op.

'Ja, het spijt mij vreselijk. Toen ik Benji ging zoeken, zag ik de sleutelbos liggen en ik wilde een geintje uithalen, dus ik heb de sleutels eraf gehaald en weer door elkaar aan de sleutelbos gedaan.'

'Wel alle, je wist toch dat ik de sleutelbos kwijt was,' zegt Bert woedend. 'Ik heb overal gezocht. Zelfs op de plek waar ik hem heb gevonden, was ik al eerder geweest.'

Meester Furding bemoeit zich ermee.

'Dat is niet zo fraai, Antonio. Met Bert's sleutelbos rommelen. Dat zijn geen leuke geintjes. Je vader komt eraan, zie ik. Laat die beslissen wat er met je moet gebeuren.'

Sven vindt het niet leuk als hij het hoort.

'Goed, Antonio. Jij doet dadelijk niet mee aan het spel en na het eten ga jij meteen naar je kamer.' zegt hij boos.

'Maar,' wil Benji zeggen.

Antonio kijkt hem aan en schudt zijn hoofd. Gelukkig mag hij wel mee naar Feeënstad. De twee jongens lopen achter het groepje.

'Waarom heb je de schuld op je genomen, Antonio?' vraagt Benji.

'Omdat ze er anders achter komen wat je hebt uitgehaald. Vrienden doen dit voor elkaar, Benji. Ik vind het niet erg om straf te krijgen,' zegt Antonio.

Benji glimlacht. Antonio is een echte vriend en hij geeft hem een klop op zijn schouder. Ze lopen langs een klein dorpje, bestaande uit kleine huisjes met kleine torentjes aan de zijkanten, die ze door de bomen kunnen zien. De muren zijn zacht geel en de daken lichtblauw en groen. Het zijn snoeperige huisjes.

'Dat zijn de feeënhuisjes,' zegt Antonio. 'Die kunnen de mensen ook huren. Daar gaan wij niet in en dat vind ik niet erg. Ik vind deze huisjes meer iets voor meisjes.'

Ze lopen langs de eenhoorncarroussel, met eenhoorns in

plaats van paarden. Het enorme reuzenrad is ook helemaal in feeënstijl. De blauwe en gele bakjes zijn versierd met glanzende stenen, die edelstenen moeten voorstellen en hebben de vorm van een pegasus, een gevleugeld paard. Ze lopen door en komen uit op een groot plein. In het midden staat een fontein met liggende feeën van brons met bekers in hun handen. In de zomer komt er water uit de bekers. Rondom het plein staan bollen, die 's avonds verlicht worden. Zo ziet het plein er sprookjesachtig uit. Het wordt ook gebruikt voor de parade in het park. Marco staat klaar bij de deur van een gebouw, waardoor de weg door een poort loopt. Het is de toegang tot een film. Ze moeten allemaal een brilletje opzetten. Antonio legt Benji de werking van de film uit.

'Met het brilletje op, kun je dingen heel dichtbij zien. Het is net echt. Dat noemen ze een 3-D film. Ik heb hem al eens gezien. Niets aan, echt iets voor meisjes,' zegt hij.

Dat is ook zo. Op het doek verschijnt een film over elfjes en feetjes, die bloemen en planten verzorgen. Zo nu en dan vliegt een elfje zo in beeld, dat het net lijkt of je haar kan grijpen. Of er vallen dauwdruppels naar voren. Net echt. Om het nog echter te maken, vallen er uit het plafond op iedere stoel een paar echte druppels. De film laat zien dat er wordt gegooid met dennenappels naar de elfen en een eenhoorn. Het lijkt net een onzichtbare hand die de dennenappels werpt. De kinderen zien ze op hen afkomen. De eenhoorn komt op de kijkers af en steekt zijn hoorn naar voren, zodat iedereen schrikt. Benji hoort Sandra en haar moeder gillen. Het is net echt. Benji vindt het een grappige en eenvoudige belevenis. Hij kent het wel, op een andere manier. Op zijn planeet wordt zoiets gedaan met hologrammen en sta je er middenin, met veel meer effecten, zoals geluid, geuren en tastbare dingen. Dan lijkt het alsof je het echt beleeft.

'Zo, nu gaan we naar het loopspookhuis,' roept Antonio. 'Dat is pas vet griezelig.'

Bert heeft alles ingeschakeld in het spookhuis, dat ook in de Heksenhof staat. De groep kinderen begint te rennen en meester Furding en juffrouw Simonis roepen hen tot de orde. 'Rustig jongens, de spoken lopen niet weg. We hebben alle tijd.'

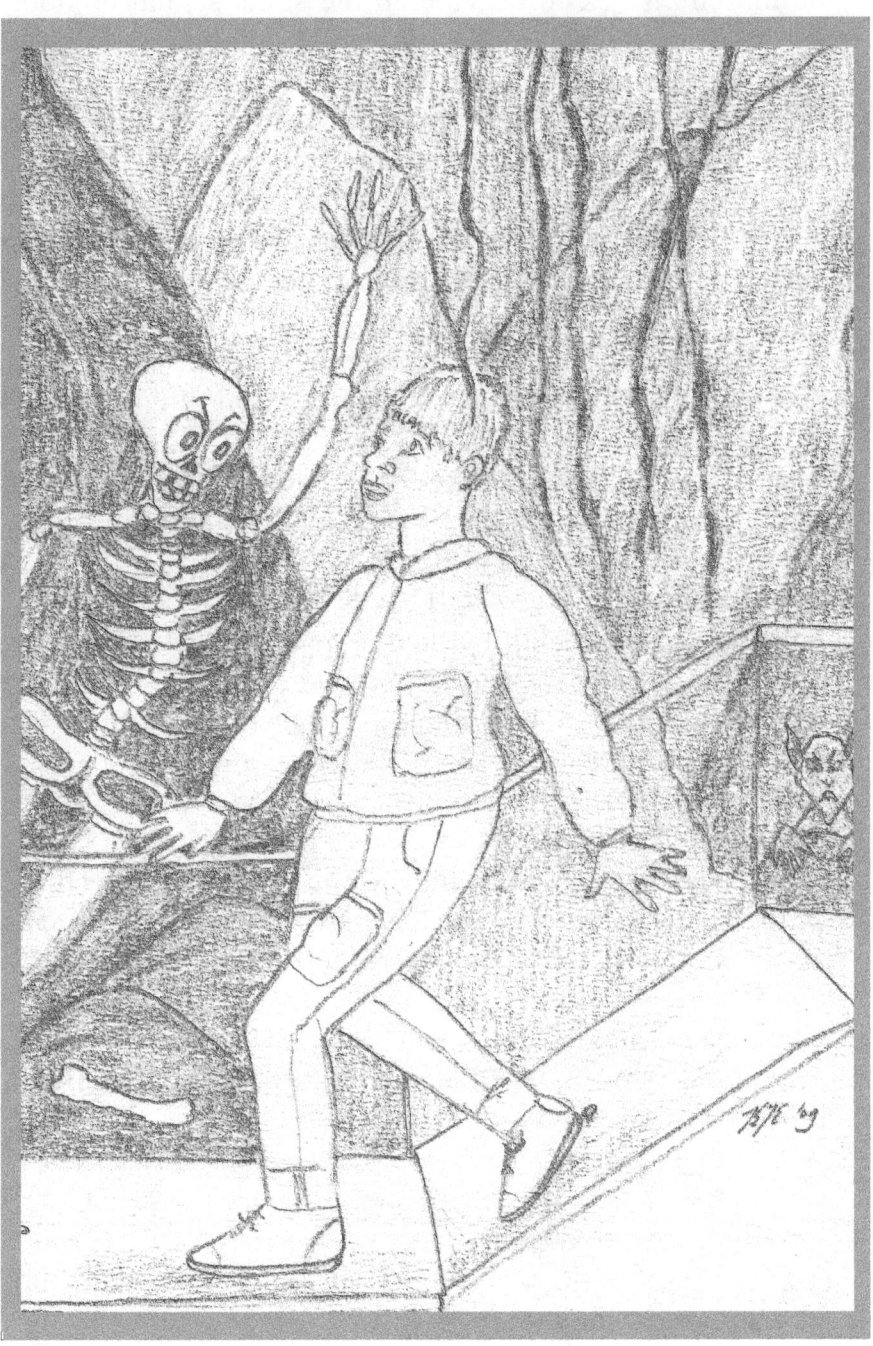

Dat is natuurlijk ook zo, want behalve deze groep is er niemand in het park. De droom van ieder kind, bijna een pretpark voor zichzelf. Het loopspookhuis is zeer griezelig. In de muren en ook in de vloeren die soms schuin omhoog en soms schuin omlaag lopen, zitten allerlei sensoren verborgen. Stap je daarop, dan komt er ineens een skelet, soms met lichtende ogen, tevoorschijn. Of een monster, een krijsende heks, een oude, lelijke tovenaar, een spook. Of er kriebelt ineens iets aan je gezicht of een benige hand krioelt in je haar. Als je het nog een keer wil beleven, ga je gewoon een paar stapjes terug. Plotseling hoort Benji een geluid uit zijn jaszak. Dat is Lalp en hij had gehoopt dat hij dit nooit meer zou horen. Het geluid is schril, een vreemd soort brullen.

'Geen mobieltjes hier of uitzetten,' hoort hij de stem van meester Furding.

'Wat is dat?' vraagt Antonio fluisterend. Hij is al die tijd in de buurt van Benji gebleven.

'Vertel ik je nog wel,' zegt Benji.

Dit geluid betekent gevaar. De Gigons zijn in de buurt. Het is ook een geluid dat hij niet kan stoppen. Angstig kijkt hij om zich heen en schrikt zich wezenloos van een zwarte schim met lange tanden die brullend tevoorschijn komt. Hij deinst achteruit en valt.

'Wie heeft hier zijn mobiel aanstaan? Zet hem uit!' roept Sven.

Het geluid stopt en Benji krabbelt overeind. Hij hijgt zenuwachtig. Waarom is het geluid gestopt? Zijn de Gigons verdwenen of is Lalp beschadigd door de val? Hij wil zo snel mogelijk naar buiten.

'De uitgang, ik wil eruit,' roept hij.

'Ha ha ha, Benji is bang,' hoort hij Sander zeggen. 'Benji, de schijtebroek!'

'Kap ermee, jongens,' roept meester Frans.

Ze horen elkaar wel. Ze kunnen alleen iets zien als er een spook oplicht, zo donker is het.

'Loop gewoon door, Benji. Dan kom je vanzelf bij de uitgang,' zegt Antonio.

Benji kijkt om zich heen. Hij ziet de gestaltes van de anderen beter dan een mens ze ziet. Hij is niet bang voor de spoken, wel voor de Gigons. Ze kunnen in de buurt zijn en hem elk moment grijpen. Gigons kunnen in het donker uitstekend zien, nog beter dan Efins. Hij gilt als hij een benige hand op zijn schouder voelt en begint wild om zich heen te slaan. Het tafereel wordt verlicht door een vampier met rode ogen.

'Benji, dat is niet echt,' roept Antonio.

Hij duwt Benji naar voren, de klapdeuren vliegen open.

'Zo, weer buiten,' zegt hij. 'Waarom ben je zo bang?'

'De Gigons,' zegt Benji met een schorre stem.

Zijn mond is kurkdroog en hij kijkt angstig naar de klapdeuren, alsof zijn vijanden er zo uit kunnen komen.

'Zijn die hier dan? Hoe weet je dat?' vraagt Antonio.

'Het alarm van Lalp,' zegt Benji. 'Ik ben niet bang voor die nepdingen. Als je echt monsters wil zien, dan zijn de Gigons dat. Ze zijn hier. Ze hebben me gevonden.'

Benji staart met angstige ogen naar de klapdeuren die langzaam open gaan.

De tweede brul van Lalp

'Ha, schijtebroek,' zegt Sander vrolijk, terwijl hij over de drempel van de deuropening stapt. Benji slaakt een zucht van opluchting.

'Hou toch eens op met dat gepest, Sander,' zegt Antonio boos. Nu verschijnen de anderen ook, stuk voor stuk. Eerst Sandra met vader en moeder Gons, dan nog wat ouders, leerkrachten, leerlingen. Er zijn kinderen die nog een keer willen. Benji wil niet. Ergens in dat spookhuis zijn de Gigons. Hij moet snel op zijn kamer zien te komen en Lalp nakijken. Dat gaat niet zo gemakkelijk. Eerst moet de groep eten. Alle kinderen hebben wel honger en stampen met hun bestek op tafel als de volwassenen de pannen binnen brengen. De pompoensoep is heerlijk, ook al lust niet iedereen het. Dampende pannen gevuld met varkensvlees, tomaten, paprika, ui en aardappelen en een apart pannetje voor de kinderen die geen varkensvlees mogen eten. Die krijgen kip. Het toetje bestaat uit groene appels. Bah, die zijn zuur. Dat is één van de weinige fruitsoorten die Benji niet lekker vindt en hij bestrooit het stiekem met foets. Ze moeten ook nog allemaal de vragenlijsten invullen. Hoe ze het allemaal hebben gevonden en of ze het buiten te koud hadden. Te koud? Welk kind vindt het nu te koud om lol te hebben? Na de afwas wordt Antonio naar de kamer gestuurd en Benji moet bij de groep blijven.

Hij zit een beetje te wippen op de stoel wanneer het spel begint. Het is een rollenspel en het heet Heksen in Heultjeprik. In het dorp Heultjeprik wonen drie heksen, die telkens iemand betoveren. Iedereen moet een briefje trekken waarop staat of je een inwoner van Heultjeprik, een heks of de burgemeester bent. Niemand mag iets zeggen. Ze moeten hun ogen gesloten houden als de nacht invalt. Eén van de heksen raakt iemand aan. Die verandert in een beeld. De heks gaat terug naar zijn of haar plek. Daarna moeten de kinderen hun ogen opendoen en dan raden wie de heks is. Het licht wordt door de leiding uit gedaan en het wordt stikdonker. Al snel wordt het heel griezelig. Geluiden van onweer, fluitende wind en klapperende luiken zorgen voor kippenvel bij de meeste kinderen, ook al komt het via de cd-speler. Benji vindt het een dom spel. Bovendien voelt hij zich helemaal niet op zijn gemak. Hij wil zo snel mogelijk naar zijn kamer.

'Nee, Benji. Je moet wachten tot iedereen klaar is,' zegt Sven streng.

'Paps, ik heb hoofdpijn. Ik wil vroeg naar bed.' zegt Benji.

'Nee, we gaan nog spelletjes doen,' zegt Sven. 'Bovendien, dan ga je samen met Antonio dollen.'

'Ik heb echt hoofdpijn,' zegt Benji met een diepe zucht.

Sven denkt even na en zegt dan: 'Nou, vooruit dan. Ik kom zo wel even kijken en wee je gebeente als je dan niet in je bed ligt.'

Opgelucht gaat Benji naar boven. Eindelijk kan hij even naar Lalp kijken. Antonio ligt op zijn bed te lezen en kijkt blij als hij Benji ziet.

'O, Benji, ik heb even je robot en de sleutels gepakt en verstopt.'

Hij tilt zijn kussen op.

'Het is goed. Ik berg ze meteen op. Ik moet wel meteen in bed, want ik heb gezegd dat ik hoofdpijn heb.'

Antonio geeft hem een handje sleutels.

'Heb je al gezien, dat overal een andere afbeelding in staat gegraveerd?' zegt Antonio. 'Zo heb ik er al eentje gezien van de achtbaan, het reuzenrad, het moeras en de reus.'

'Ik ga ze nog eens goed bekijken. Nu even niet, eerst Lalp,' zegt Benji, die de spullen snel in zijn rugzak stopt en daarna vliegensvlug zijn kleren uittrekt en zijn pyjama aan doet.

'Vertel me nou eens, waarom was je zo bang?' vraagt Antonio.

'Lalp gaat brullen wanneer er Gigons in de buurt zijn. Daar heb ik je al over verteld. Mijn vader had een alarm ontwikkeld, die naar de Efins in de bezette gebieden gesmokkeld werd. Mijn vader heeft mij dat alarm laten horen, daarom herken ik het. Hij heeft het alarm ook in Lalp gezet, zoals je hoorde. Alsof hij wist dat de Gigons uiteindelijk een ruimteschip zouden vinden en ermee naar de Aarde konden. Als dat zo is, dan hebben de Gigons onze plekken op Piron veroverd. Als ze hier zijn, dan ben ik in groot gevaar,' zegt Benji.

'Hoe zijn ze erachter gekomen waar je bent, Benji?' vraagt Antonio. 'Hoe weten ze van je bestaan af? Waarom willen ze jou vinden?'

'Ik weet het niet,' zegt Benji. 'Mijn vader is een belangrijke man. Hij kan van alles ontwerpen, ook wapens. Hij is beroemd bij de Efins en berucht bij de Gigons. Ze weten natuurlijk dat mijn vader een zoon heeft. Ik denk dat ze erachter zijn gekomen dat ik ben ontsnapt. Ze denken misschien dat ik formules heb die zij willen hebben. Mijn vader zegt natuurlijk niets. Of ze zijn bang dat ik de mensen waarschuw en dat de mensen dan mee gaan strijden. Hoe ze erachter zijn gekomen? Weet je nog die keer dat we in de stad waren met Zor Zebra? Die man die een foto van ons maakte voor dat krantje?'

'Zouden die Gigons achter het krantje zijn gekomen?' vraagt Antonio.

'Mogelijk,' zegt Benji, terwijl hij in bed stapt. 'Het enige dat ik kan doen is tante Fajel bellen. Misschien weet zij hier meer van.'

De telefoon van Fajel is helaas onbereikbaar. Benji pakt Lalp en controleert de lichtcellen. Die zijn nog goed opgeladen. Hij opent het vakje waar het alarm in zit en dat ziet er ook keurig uit. Tenslotte controleert hij met een staafje of de robot misschien kapot is. Ook dat is in orde. Het is dus waar wat hij vreest; de robot heeft echt alarm geslagen over de Gigons. Of er moet iets anders zijn, waardoor hij net zo reageert. Mogelijk iets in het spookhuis. Hij hoort een klik van de de deur en kruipt snel onder de lakens.

'Zo, je ligt in bed, Benji. Goed zo. Antonio, jij nu ook naar bed,' zegt Sven.

'Paps, ik wil nog even lezen.'

'Nee, Benji voelt zich niet zo lekker en tenslotte heb je straf. Schiet op, uitkleden en slapen.'

Mopperend doet Antonio wat hem is gezegd. Hij pakt zo dadelijk wel het zaklampje om onder de dekens te kunnen lezen.

'Welterusten,' zegt Sven en knipt het licht uit.

Zachtjes sluit hij de deur. Dan klappert een raamluik, onheilspellend en hard en klappert nog een keer.

'Er staat toch niet zoveel wind?' vraagt Benji.

'Welnee, op de gang zit een knopje, waarmee je de luiken kunt laten klapperen. Je vader denkt leuk te zijn,' zegt Antonio, 'en dat is niet alles, wacht af, morgenochtend.'

Benji kan de slaap niet vatten. Hij ligt te piekeren en terwijl Antonio al lang ligt te knorren en Sven uiteindelijk ook naar bed gaat, ligt hij nog wakker. Hij probeert het nare voorval in het spookhuis te vergeten. Naarmate de minuten verstrijken worden zijn gedachten leger.

Hij ziet een oranje lucht met twee ondergaande zonnen. Benji ziet zijn moeder. Ze rent en schreeuwt. 'Benji, vlucht,. vlucht,' roept ze. Ze wordt achtervolgd door twee Gigons. Hun lange, kromme benen zijn sneller dan die van zijn moeder. Hij ziet dat ze haar grijpen met hun even lange en kromme armen. Ze kan geen kant op, hoewel ze probeert te schoppen en te slaan. De lange Gigons zijn sterker. Ze hebben haar stevig vast. Haar kreet wordt gesmoord en ze snakt naar adem en Benji wordt gillend en badend in het zweet wakker.

Sven schrikt wakker. 'Benji, wat is er?'

'Niets, niets,' zegt Benji snel. 'Het was een nachtmerrie.'

Sven is al uit bed gestapt en gaat bezorgd op de rand van Benji's bed zitten. 'Wat was er zo vreselijk, Benji?'

Benji haalt zijn schouders op en mompelt: 'Niets bijzonders. Ik droomde gewoon over het spookhuis.'

Sven kijkt op de grote, zwarte klok. Het is vijf uur in de ochtend. Hij strijkt Benji over zijn natte voorhoofd.

'Nou, ga nog eventjes slapen. Voorlopig geen spookhuis voor jou. Morgen gaan we naar The Galaxy, het enige gebied in Uitje-Bol dat een engelse naam heeft. Dat is minder eng. Zelfs grappig. Welterusten, Benji.'

'Welterusten, paps.'

Benji probeert de slaap te vatten. Dat lukt niet. Hij blijft wakker tot de ochtend. Een krijsende en gemene lach van een heks klinkt hard door de kamer en maakt de anderen wakker. Benji ziet waar het vandaan komt. Een heksenhoofd aan de muur maakt het geluid; een echte heksenwekker. Na het inpakken van hun spullen en een stevig ontbijt gaat de groep lopend naar The Galaxy. Ze mogen logeren in de ufo-toren. Antonio kent het ook nog niet. Ze worden gesplitst in kleine groepjes en gaan met de lift naar boven,

'Dit zijn allemaal appartementen,' zegt Sven. 'Dat betekent dat we zelf kunnen koken, want er zit een keukentje in. De kinderen zonder hun ouders worden verdeeld in groepjes en bij de begeleiders en andere ouders gezet.'

'Ha, geen corvee,' roept Antonio.

'Nou, ik wil wel dat jullie een beetje mee helpen, Antonio,' zegt Sven. 'Je wilt je vader toch niet alles alleen laten doen. Ik heb een lekker pak spaghetti, een blikje gehaktballetjes en kaassaus bij me en een komkommer. In de bus ligt nog meer.'

'Geen lekker toetje?' vraagt Benji.

'Ja, lieverd, voor jou speciaal een groot blik tropisch fruit,' lacht Sven. 'Ik ben wel de blikopener vergeten. Die leen ik wel ergens.'

De lift stopt. Ze komen uit in een ronde ruimte met allemaal stalen deuren. Ook hier kan je erin met een speciale magneetkaart. De deur schuift geruisloos open.

'Dat is gaaf!' roept Antonio.

Er ligt een zachte, zilvergrijze vloerbedekking op de vloer, waar ook een zitkuil is met dezelfde kleur kussens. Boven de kuil hangt een grote lamp met drie bollen. De jongens rennen naar een raam. Wat een uitzicht. Er staan twee grote, halfronde bedden, die je met een knop kan laten bewegen, zodat ze in de wand verdwijnen. De keuken is heel modern met alle apparatuur die wenselijk is; een magnetron, een afwasmachine, een modern koffiezetapparaat. Dat alles in zilverachtige kleuren. Er hangt een elektrische blikopener aan de wand. Het bad is groot en rond. Het mooiste is natuurlijk het enorme, platte televisiescherm aan de muur.

'Jongens, wees voorzichtig met alle spulletjes. Dit is één van de duurste kamers in Uitje-Bol.' zegt Sven.

'Toch is het wel een beetje saai,' vindt Benji. 'Nogal kleurloos.'

'Ja, dat is nu eenmaal de ruimtestijl,' zegt Sven. 'Buitenaardse wezens wonen zo,'

Buitenaardse wezens wonen zo? Hij moest eens weten. Benji zegt wijselijk niets. Hij zou wel voor meer verrassingen komen te staan. Het eerste dat ze gaan bezoeken is de tijdmachine.

'Oja, Antonio en Benji, geen mobieltjes mee. Dat willen we niet hebben,' zegt Sven bij het weggaan.

'Ik was het niet,' zegt Antonio. 'Benji ook niet.'

'Dat doet er niet toe,' zegt Sven. 'We hebben gisteren besproken dat het niet meer mag. Punt uit!'

Benji heeft Lalp en Trot weer in zijn jaszakken gestopt. Niemand die daar iets van zal merken. Bert heeft de knoppen van de tijdmachine al ingesteld en staat op de groep te wachten. Twee personen nemen plaats in een zilver karretje. Middenin is een ronde schijf, waarin met grote, lichtgevende cijfers een jaartal verschijnt als het wagentje gaat rijden. Ze gaan naar de oertijd. Het wagentje verdwijnt tussen schuifdeuren. Rondom hen heen zien ze, veilig achter glas, een prachtig nagebootste voorstelling uit de prehistorie. Mensachtigen in berenvellen gehuld stoken een vuur, reusachtige dinosauriërs kijken hen gevaarlijk aan en bewegen. De cijfers op de tijdklok veranderen in het jaartal 900 voor Christus en het wagentje rijdt een andere ruimte in. Nu zien ze stoere Vikingen. Grote kerels bouwen een Vikingschip en aan de andere kant zijn kinderen voor een boerderij aan het spelen. De cijfers veranderen in het jaartal 1800 en het wagentje rijdt door. Ze zijn nu in het wilde westen en zien schietende cowboys en indianen en een deel van een echt wild-west stadje. Zo zien ze taferelen uit Egypte, Bethlehem ten tijde van de geboorte van Christus, de romeinse tijd, het victoriaanse Londen, de jaren zestig en de toekomst. Mensen die in vreemde pakken met een soort propellers rondvliegen en boodschappen doen en kinderen die in raketachtige autootjes naar school rijden. Ze mogen uiteraard nog een aantal keer, om het allemaal goed te kunnen zien.

'Ik wil naar the black hole,' roept Antonio. 'Die is zo vet.'

'Die is dicht in de winter,' zegt Sven. 'Dat zal zo blijven. We gaan zo dadelijk wel naar het ruimtemuseum.'

Ze gaan naar het ruimtemuseum. Daar heeft Sven al eerder over verteld. Benji is erg nieuwsgierig. Wat hebben de mensen daar nu bij verzonnen. Daar komt hij al snel achter. Het ruimtemuseum is een hoog, rond gebouw, bestaande uit tien verdiepingen. Met de lift stopt men op elke verdieping. Bert gaat mee om de rondleiding te doen.

'Tot de vijfde verdieping is het al ingericht,' vertelt Bert. 'Ieder jaar komt er weer een nieuwe verdieping bij. We vonden het idee van de robotklas erg leuk, vandaar dat jullie hebben gewonnen.'

Bij de eerste verdieping kan Benji zijn lachen al niet inhouden. Er is een grote, ronde ruimte en langs de wand is een halfronde vitrine. Deze bestaat uit twee gedeelten. In het eerste gedeelte is het landschap van de planeet Quork gebouwd. Een landschap met een groene lucht en veel vreemd gevormde bomen. In het tweede gedeelte een woonkamer van de bewoners van de planeet Quork. Alles hangt aan het plafond. Moderne meubels, een bed, een tafel, een poef. In het bed ligt een bewoner luid te snurken. Zijn huidskleur is blauw en zijn haren groen. Er staat ook een bewoner ondersteboven. Op hun vingers en voetzolen hebben ze zuignappen. Benji begint te brullen van het lachen.

'Vind je het leuk, Benji?' vraagt Sven. 'Dit is nu een ontwerp van mij.'

Benji begint nog harder te lachen en op z'n knieën te slaan van plezier.

'Dat kan helemaal niet,' roept Benji.

'Het is fantasie,' zegt Sven, die zich een beetje verlegen begint te voelen.

'Ja, jongens,' zegt Bert, 'we weten natuurlijk niet of de planeet Quork bestaat.'

'Hij zou kunnen bestaan. Ergens, in het oneindige heelal. Op die planeet hebben ze andere zwaartekrachtregels. Immers, een vlieg kan hier op Aarde ook tegen het plafond lopen. Wij mensen kunnen dat niet. Welnu, deze bewoners hebben al hun spullen op het plafond gezet en vinden het heel prettig om ondersteboven te leven. Zij vallen niet naar beneden,' gaat

145

Bert verder.

Na een tijdje stappen ze weer in de lift. Op de tweede verdieping komen ze bij de planeet Dulkia, een planeet met drie manen en een woest landschap vol spitse bergen. In het andere gedeelte zie je een straat. De huizen op de achtergrond zijn net piramides. Ze zijn spitser en de straten bestaan uit driehoekige tegels. De wezens die er rondlopen zijn lang en slungelig. Hun ogen zijn groot en ze hebben puntneuzen en een witte huid. Hun haren zijn lang en ravenzwart en ze lopen erbij alsof het zombies zijn. Juffrouw Draft vraagt of de groep voor dit tafereel gaat staan en maakt een foto.

Een flitslicht schiet door de ruimte en ze begint te mopperen: 'Nee, die flits moet uit, anders zie je het licht in het glas.'

Gelukkig heeft ze een goede camera en zo schiet ze wat fraaie plaatjes, die de kinderen meteen kunnen bewonderen op het schermpje.

'Komen die in de schoolkrant?' vraagt Sander en meteen zegt hij: 'Alleen die Benji staat er als een zoutzak bij.'

'Dat is niet waar,' zegt Benji. 'Moet je jezelf eens zien!'

Sander steekt treiterend zijn tong uit. Mijnheer Gons staat ernaast en zegt er niets van.

Dan zegt Sven: 'Jongens, ophouden nu. Kom, we gaan weer een verdieping hoger.'

Op de derde verdieping is de planeet Geander. Het landschap is dor en zandachtig. De lucht is vuurrood en er staat een enorme zon aan de hemel. Daar kan toch niemand leven? Toch, aan de andere kant van de ronde muur is een kamer te bewonderen. Ouders en kinderen van Geander zitten in kuipachtige stoelen en bekijken een rond scherm. De kinderen en ouders zien eruit als een soort hondachtige apen of aapachtige honden. Ze hebben puntoren en veel haar en ze zitten heerlijk lui in de stoelen.

'Zo wil ik ook wel tv kijken,' zegt Ismaël.

'Ja, mensen,' zegt Bert. 'Dat zouden we moeten doen. Deze kinderen leren namelijk thuis en op die manier heel goed.'

'Hoe weten jullie dat nou?' vraagt Benji. 'Wat weten jullie daar nu van?'

146

'Benji,' zucht Bert. 'Het is fantasie. Natuurlijk weten we het niet. Dit is toch leuk. Of vind je van niet?'

Benji haalt zijn schouders op en mompelt: 'Gaat wel.'

Hij vindt het gek. Op zijn planeet kunnen ze zoiets maken waarbij alles echt beweegt en net echt lijkt. De zon zal onder kunnen gaan en het zal kunnen regenen en stormen. Plotsklaps begint Lalp weer te brullen. Benji verstijft. Verschrikt kijkt hij om zich heen en hij wordt nog angstiger als iedereen naar hem kijkt. De Gigons zijn hier, maar waar?

'Benji,' roept Sven. 'Heb jij je mobieltje bij je? Ik zeg toch, geen mobieltjes of uitzetten.'

'Nee!' roept Benji.

'Geef hier, dan houd ik hem zolang bij me,' zegt Sven.

'Nee!' roept Benji weer, zijn hand angstvallig op zijn jaszak houdend.

Sven komt dichterbij. Benji rent naar voren, geeft hem een harde duw en rent naar de lift.

'Benji!' roept Sven woedend.

De lift, de lift. Die gaat te langzaam. Naast de lift is nog een deur. Benji gooit de deur open en ziet een trap. Dat is de brandtrap. Hij heeft nog nooit zo hard van een trap gerend.

'Benji,' hoort hij Sven roepen.

Lalp brult voor de derde keer

De brul klinkt onheilspellend in zijn oren. Ook mag Sven niet weten dat het geluid van Lalp komt. Benji komt in de benedenhal uit en ziet dat de lift naar beneden komt. Misschien Sven, of de Gigons. Inmiddels is Lalp gestopt met brullen. Benji rent naar buiten en zoekt naar een plek om zich te verstoppen. Hij vindt een plek achter een buxushaag en kijkt naar het gebouw. Gelukkig, het is Sven, die naar buiten komt.

'Benji, kom terug, vlegel,' roept Sven.

Benji verstopt Trot en Lalp onder de haag en komt tevoorschijn.

'Zo, daar ben je,' zegt Sven. 'Waarom doe je zo vervelend? Kom op met die mobiel of zet hem uit.'

'Ik heb helemaal geen mobiel,' zegt Benji.

Sven staat erop dat Benji zijn zakken leegt. Er is niets te vinden. Sven, ook niet gek, wil al naar de buxushaag lopen, hij wordt echter teruggeroepen door juffrouw Draft.

'Nou, laat ik het niet merken dat je de mobiel meeneemt. Kom, dan gaan we nog twee verdiepingen bekijken,' zegt Sven.

Benji wil niet, maar hij moet wel mee. Gelukkig is de groep al klaar met het bekijken van de verdiepingen en verlaten net het gebouw.

Antonio tikt hem aan en fluistert: 'Benji, zijn ze er weer?' Benji knikt.

De kinderen mogen vrij spelen in de kleine speeltuin die iets verderop staat. Ze lopen naar de speeltuin en Benji probeert het voorval weer uit zijn hoofd te zetten. Hij heeft de schrik goed te pakken. Sven, meester Puts en juffrouw Draft verzorgen de voorbereiding voor de speurtocht en meester Furding en een paar ouders blijven in de speeltuin. Op een onbewaakt moment verdwijnen Benji en Antonio uit de speeltuin. Ze halen snel de robots op bij de buxushaag en rennen terug naar de speeltuin. Achterom kijkend ziet Benji Sven uit de ufo-toren komen. Sven loopt meteen naar de buxushaag. Benji blijft staan en trekt Antonio aan zijn arm. Sven staat bij de buxushaag te zoeken.

'Kijk eens. Zie je wel, hij geeft niet op. Hij gaat net zo lang door totdat hij daar een mobieltje vindt,' zegt Benji. 'Die ligt lekker op de kamer, dus hij kan zoeken tot hij een ons weegt.'

'Een ons? Zeg maar een gram, ha ha ha. Kom, snel naar de speeltuin. Hij mag ons niet zien,' zegt Antonio.

Ze verdwijnen achter het gebouw en rennen vandaar uit door naar de speeltuin.

'Waar hebben jullie gezeten?' vraagt meester Furding.

'We zijn even naar het toilet gelopen,' zegt Antonio.

'Dan hadden jullie dat even moeten zeggen,' zegt de meester en kijkt ze met strenge blik aan.

Hij schudt met zijn hoofd als de twee jongens naar de glijbaan lopen. Precies zoals ze verwachten komt Sven later op de gebeurtenis terug. Sven, meester Puts en juffrouw Draft hebben alles voor de speurtocht geregeld en komen de kinderen ophalen.

'Benji, ik zou graag willen weten waar je mobieltje is,' zegt Sven streng. 'We moeten niet steeds de meest vreemde ringtones hebben. Dat geldt ook voor de andere kinderen. De mobieltjes moeten in de kamers worden gelaten, want het uitzetten werkt toch niet. Dat vergeten de meesten.'

'Ik heb geen mobiel bij me,' zegt Benji. 'Die ligt op de kamer. Ga kijken.'

Sven zegt: 'Hummm, ik zal zo dadelijk wel kijken.'

De groep zet zich in beweging naar de plek waar de speurtocht begint.

'Benji, stel dat Lalp weer brult,' zegt Antonio.

'Daar heb ik helemaal niet aan gedacht. Dom! Laten we hopen dat het niet gebeurt.'

'Het zal wel niet, het was vast vals.'

'Ze zijn er echt. Ik begrijp niet dat ik ze niet kon zien,' zegt Benji, 'en dat het gebrul stopte.'

'Misschien werkt Lalp toch niet goed meer,' zegt Antonio.

'Mogelijk niet,' zegt Benji. 'ik ben er niet gerust op.'

Tijdens de speurtocht waar ze allerlei vragen moeten

beantwoorden over van alles en nog wat, vooral over het park, vergeet Benji zijn ongerustheid even. De dag en de avond gaan voorbij zonder gebeurtenissen en Benji begint voorzichtig te hopen dat er echt niets aan de hand is. Toch probeert hij Fajel te bereiken, wat niet lukt. Hij begint steeds meer te geloven dat het gebrul van Lalp vals alarm was en hij valt rustig in slaap.

De volgende dag gaat het ploegje, weer te voet, naar het Reuzendorp. Bert en Marco zijn de hele ochtend bezig geweest om alles in orde te maken. Marco loopt hen tegemoet en brengt ze naar de schoenhuizen. Benji kijkt zijn ogen uit. Enorme schoenen staan in een veld en hier en daar staat een boom. Sven heeft de sleutels al bij zich; dit keer echte sleutels om het deurtje open te doen. Het is binnen erg klein en knus. Een bedstee in de hoek, een piepklein keukentje, een kleine ronde tafel met vier stoelen en een deur waarachter het toilet en de douche zit. Er is een smalle trap naar de zolder, waar nog twee bedden staan. Daar gaan Antonio en Benji slapen. Nadat ze hun bagage in het schoenhuisje hebben neergezet, maken ze ongedwongen plezier. Eerst is het reuzenhuis aan de beurt. Ze nemen plaats in de schoenenrit, waarvan de wagentjes er als een schoen uitzien. De wagentjes rijden via een rails rustig door het huis van de reus. Er staat een enorme tafel met de reus en de reuzin die zitten te eten. Grote borden en even grote kopjes. Er is een poppenhuis te zien. Er is een restaurant, waar gewone mensen kunnen eten. Aan de achterkant van het reuzenhuis steekt de ingang van dit restaurant uit. Zo kunnen mensen vanaf de straat het restaurant in. Mensen moeten er dan wel wat eten of drinken. Dan hebben ze ook uitzicht op de reuzenkamer en de schoenenrit. Ze serveren daar ook reuzenpannekoeken en de soep wordt ook al in grote kommen opgediend. Dan rijdt de rit naar de slaapkamer en de badkamer en vervolgens naar de kinderkamer om via het grote raam, met een noodgang naar beneden te roetsjen. Benji geniet ervan. De mensen hebben toch wel leuke dingen om zich te vermaken. Ze gaan van het reuzenhuis naar de reuzensoepkommen, die ronddraaien tot je duizelig wordt. In het midden staat een enorme reus die zogenaamd zout en peper over de pleziergangers strooit uit twee grote vaten. Sommigen gaan wel zeven keer in de soepkommen. Benji houdt het al snel voor gezien.

Ze lopen naar Toverstad. Eerst langs huisjes met enorme puntdaken, die ze door de struiken kunnen zien, dan naar het toverboek. Een gebouw dat er van de buitenkant uitziet als een enorm boek. Van binnen is het een cakewalk. De meeste kinderen vinden het geweldig. Benji vindt het eng. Al die bewegende trappen en wanden waartegen hij moet klimmen. Hij valt ook een paar keer. Trouwe Antonio helpt hem telkens weer.

Na dit avontuur gaan ze nog naar het trappendoolhof in Toverstad. Dat is heel bijzonder. Talloze trapjes, die altijd afgesloten zijn met hekjes en veilige leuningen. Ga je een trap op, dan is het afwachten of er een trap naar beneden gaat of dat de trap aan die kant of een zijkant wel een hek heeft, dat open kan. Sommige trappen lopen door tunneltjes. De kinderen blijven trappen op en af lopen en heen en weer om naar het midden te komen. Uiteindelijk is in het midden een piramide met trappen aan alle zijden. Op de top staat een prieel. Met het trappendoolhof zijn ze wel een uurtje zoet en aan het eind van de dag is iedereen moe.

Sven maakt het eten, alweer spaghetti, klaar. De spaghetti is tot pap gekookt en de kaassaus bevat klontjes. Toch zijn de kinderen zo hongerig, dat ze alles opeten.

'Zo, jongens, we gaan morgenochtend eerst naar Vazal, de reus, en dan naar huis. Vinden jullie het leuk?' vraagt Sven, terwijl hij een lepel spaghettiprut naar zijn mond brengt.

'Heel erg leuk,' zegt Benji.

'Ik vind het wel leuk Er is helaas zo weinig open,' moppert Antonio.

'Ja, de technische begeleiding is hier met z'n tweetjes,' zegt Sven. 'Overmorgen komt er weer een winnende groep, die andere dingen gaan doen. Toch, we hebben genoeg gedaan.'

Voor Antonio is het nog lang niet genoeg.

'Ik wil spanning, ik wil avontuur,' zegt hij met een ontevreden gezicht.

Hij kijkt naar Benji, die met veel geluid smakt. De kinderen gaan vroeg naar bed. Er is toch geen tv in het schoenhuisje. Benji probeert voor de zoveelste keer Fajel te bellen, vruchteloos. Benji vertelt Antonio over zijn belevenissen op Piron. Naarmate de tijd verstrijkt worden ze steeds slaperiger. Uiteindelijk is het stil en hoort Sven een zacht gesnurk in de kamer boven hem. Hij kijkt op zijn horloge. Het is voor hem ook tijd om naar bed te gaan. De hele dag met drukke kinderen optrekken is best wel vermoeiend.

Benji wordt wakker van een zacht gebrul. Dat komt onder zijn kussen vandaan, waar hij Lalp heeft verstopt. Hij drukt het kussen harder op de robot en maakt Antonio wakker.

'Antonio, Lalp brult weer!'

De jongen rekt zich slaperig uit en zegt:

'Wahaatttt.'

Ze horen gemorrel beneden aan de deur.

'Antonio, ze komen binnen. Ze komen binnen.'

'Wie?'

'De Gigons natuurlijk! Snel, weg.'

Benji is al uit bed gestapt en heeft het raam geopend. Hij heeft zijn jas en zijn schoenen aangetrokken en hij heeft Lalp in een trui gewikkeld en vervolgens in zijn rugzak gepropt, zodat het gebrul gesmoord wordt. Snel haalt hij de andere robots uit zijn jaszakken en stopt ze erbij. Hij hoort dat de deur beneden open gaat door de piepende scharnieren. Dan horen ze voetstappen.

'Schiet op!'

Antonio begrijpt het gevaar. Hij trekt snel zijn schoenen aan en grijpt zijn jas. Benji is de eerste die uit het smalle raamkozijn naar buiten glipt. Antonio hoort de geluiden ook en ziet vanuit het openstaande luik in de vloer schaduwen die in de richting van de trap komen. Hij weet niet hoe snel hij uit het raamkozijn moet kruipen. Benji staat al op de neus van de schoen. Antonio kan gemakkelijk uit het raamkozijn glijden en op de neus van de schoen roetsjen. Als de situatie niet zo spannend was, had hij het een leuk spelletje gevonden.

'Paps,' zegt Antonio.

'Paps slaapt er gewoon doorheen. Kom, we moeten vluchten. Ze zoeken mij,' zegt Benji. 'Daarheen.'

De jongens beginnen te rennen.

In Vazal

Ze rennen en rennen. Twee enorme voetzolen komen in zicht. 'We kunnen ons achter de liggende reus verschuilen,' roept Antonio.

'Nee, we gaan erin,' zegt Benji, angstvallig achterom kijkend. Er is niemand te zien.

Ze stoppen vlak voor deur, in het midden van het kruis van de reus.

'Benji, ik hoor geen gebrul meer,' zegt Antonio.

Benji opent zijn rugzak. Er is nog wel een zwak gebrul te horen. Hij grabbelt diep in de zak en zoekt naar de sleutels.

'Het gevaar is niet geweken,' zegt Benji. 'We moeten erin. Ons verstoppen.'

Hij heeft wat sleutels gevonden en kijkt ernaar. Hoewel het donker is, kan Benji goed zien welke tekeningen erop de sleutels staan. Hij heeft de sleutel van de reus met een nummer vijf erop in zijn handen en opent de deur. Terwijl ze de reus in gaan kijkt Benji nog een keer naar buiten. Nog niets te zien. Het gebrul klinkt nog steeds. Zwak en toch. Het betekent alleen dat de Gigons verder weg zijn. Wellicht nog steeds in het schoenhuis, op zoek naar Benji. Of ze hebben Sven te pakken en willen van hem weten waar Benji is. Benji maakt zich grote zorgen. Ze rennen door een pikdonkere gang.

'We kunnen toch hier niet blijven?' vraagt Antonio.

'Zolang het gebrul niet stopt, wel,' zegt Benji. 'Ze zullen ons hier niet zoeken. Mijn vader heeft deze functie in Lalp gezet vlak voordat hij gepakt werd en het reageert alleen op Gigons. Ze zullen mij niet kunnen vinden, hoop ik.'

Ze stoppen met rennen en gaan lopen. Ze betasten de wanden. De gang buigt af, gaat een stukje naar rechts en dan weer naar links. Dan volgt een gang met allerlei kronkelige bochten. Plotseling gaan er tientallen kleine lichtjes aan. Verschrikt kijken de jongens elkaar aan. Antonio drukt zich angstig tegen de wanden en drukt per ongeluk tegen een van de knopjes. Een luid gerommel is te horen.

'De darmen, we zitten in de darmen,' zegt Antonio hees.

'Hoe komt het licht aan?' vraagt Benji. 'Dat gaat niet automatisch.'

Ze blijven staan. Uit de rugzak van Benji komt nog steeds een zwak gebrul. Wat angstiger is, ze horen voetstappen.

'Er is iemand hier,' zegt Antonio.

'De Gigons!' zegt Benji. 'Kom, rennen!'

Ze rennen door de darmen heen, allemaal nauwe gangen met bochtjes. Ze horen in de verte gegiechel.

'Kom,' zegt Antonio. 'Via de oren zijn nog uitgangen. Niet voor de bezoekers, maar voor de mensen die hier werken. Ik weet alleen niet of de sleutel erop past. Hoe kan er iemand binnenkomen?'

'Ik ben de ingangsdeur vergeten af te sluiten,' zegt Benji. 'Dom van me.'

Ze rennen en komen in de maag terecht. Ze rennen langs de wanden. In het midden is water, dat is afgebakend met een hek. Er drijven etenswaren in het water en omdat het een vraatzuchtige reus is, bestaat het voedsel uit schapen, koeien en zelfs bomen. Nep natuurlijk. Het lijkt echter heel echt. Ze horen de darmen weer rommelen en dat betekent dat iemand op de knoppen drukt. Wie doet dat?

'Gauw verder,' roept Antonio. 'Naar de oren.'

'Hallo, Wat doen jullie hier?' galmt een stem.

Twee figuren komen door de darmengang in de maag. Ze herkennen de stem en zien ook aan wie die toebehoort. Het zijn Sander en Sandra. Wat doen die nu hier? De twee jongens blijven aarzelend staan. Sander en Sandra komen dichterbij. Net als Benji en Antonio hebben ze onder hun jassen nog hun pyjama's aan.

'Dat kunnen we beter aan jullie vragen,' zegt Benji.

Sander begint hard te lachen.

'Ha ha ha,' zegt hij. 'We werden wakker en gingen naar beneden. We zagen onze ouders niet meer en gingen buiten kijken. Toen zagen we twee figuurtjes rennen, naar de reus. Dat zijn jullie dus. Ik heb toen snel even mijn zaklantaarn gepakt en we zijn jullie achterna gegaan. We zagen jullie niet meer en gingen op onderzoek uit. Toen ontdekten wij dat de deur van de reus open was en zijn naar binnen gegaan. Ik knipte mijn lantaarn aan en zag daar het bedieningspaneel. Dat heb ik aangezet. Zo eenvoudig, gewoon een knop indrukken. Wat doen jullie hier?'

'We zijn op de vlucht voor …,' zegt Benji. Hij weet niet hoe hij dat moet uitleggen aan uitgerekend Sander en Sandra.

'boeven,' vult Antonio aan. 'Gevaarlijke boeven.'

'Boeven?' zegt Sander. 'Spannend!'

Sandra drukt op een knop en in het water beginnen sommige etenswaren met een geklots te schudden.

'Kijk eens, wat grappig.'

'Hoor, het gebrul wordt luider,' zegt Benji.

'Welk gebrul?' vraagt Sander nieuwsgierig. Het gebrul van Lalp zwelt aan en schalt steeds duidelijker door de ruimte.

'Van de reus natuurlijk,' zegt Antonio en hij trekt Benji mee. 'Snel, naar de oren.'

Ze verlaten de maag en rennen verder, gevolgd door Sander en Sandra. Het gebrul wordt steeds luider. Ze rennen door zeer smalle gangen en horen Sander en Sandra roepen en vragen stellen. Ze reageren hier niet op. Ze komen bij het hart terecht. Sander blijft staan en drukt op de knoppen. Het hart begint een tikkend geluid te maken, steeds harder. Het overstemt het gebrul.

'Sander, hou op,' roept Antonio.

De jongens rennen verder. Ze komen in een ruimte dat de keel en de mond moet voorstellen en zien twee gangen. Sander kan het niet nalaten op de knop te drukken en een luid gesnurk komt uit de speakers, terwijl aan het plafond de huig gaat trillen.

'Idioot. Zo weten ze precies waar we zitten!' roept Antonio.

Sander begint te springen op de tong, die zachtjes veert.

'Sander, kappen nou!' zegt Antonio.

'Welke gang moeten we nemen?' roept Benji.

'De gangen gaan naar de neusgaten. Het maakt niet uit,' roept Antonio.

Verder weg horen ze nog steeds de hartslagen dreunen. Lalps

gebrul klinkt nu luid en duidelijk. Sander en Sandra volgen de twee door de smalle gang. Ze zien een groot gat waar een raam in zit. Het is een van de neusgaten en snel volgen ze een gang die naar een oog leidt.

'Als we buiten zijn, moet dat gebrul af,' zegt Antonio. 'Ze zullen ons anders op het geluid vinden.'
'Je hebt gelijk, Antonio,' zegt Benji.
Zijn gedachten gaan snel. Er is een mogelijkheid en dat kost tijd. De iris van het oog lijkt een soort van glas-in-lood raam.
'Door dat oog zie je de wereld van een reus, een soort van film,' zegt Antonio.
'Het interesseert me niet,' zegt Benji.
Hij is op een bankje gaan zitten in de ronde ruimte, dat het oog moet voorstellen. Hij pakt Lalp en zoekt in zijn rugzak naar een ander onderdeel. Het is een kapje van kunststof. Dat kan het gebrul dempen. Het moet echter vastgeschroefd worden. Daar is geen tijd voor.
'Sandra, maak je staart eens los,' zegt hij. 'Ik heb het elastiek nodig.'

'Nee, dat doe ik niet,' zegt het meisje.

'Dan worden we gepakt door de boeven,' zegt Benji. 'Wil je dat?'

'Alleen in ruil voor snoep,' zegt Sandra eigenzinnig.

Nijdig voelt Benji in zijn jaszak. Hij vindt nog een zuurtje en geeft dit af.

'Ik wil meer,' zegt ze ontevreden.

'Schiet op, Sandra,' zegt Benji. 'We zijn echt in gevaar. Niet op knoppen drukken.'

Mopperend haalt ze het elastiek uit haar staart.

'Dan krijg ik wel een chocoladereep van je,' zegt ze.

'Dat beloof ik,' zegt Benji. 'Als we het overleven.'

Terwijl hij het kapje met het elastiek op het lijf van Lalp bindt, vragen de twee honderduit. Zowel Antonio als Benji blijven zwijgen. Het gebrul is gedempt, maar hoorbaar, zeker als het in de trui wordt gewikkeld, die Benji heeft meegenomen. Hij stopt het pakketje in zijn rugzak. Ze volgen snel de weg naar het oor. Ook hier kan Sander het niet nalaten op de knop te drukken.

Een bijzonder harde stem: 'Hallo, reus. Ik ben de oorarts. Wat zie ik daar in je oor!' klinkt door de ruimte.

Benji en Antonio kijken Sander nijdig aan.

'Daar, een deur,' roept Antonio.

Benji tast in zijn rugzak en zoekt de sleutel. Hij vindt er uiteindelijk een met nog een keer de tekening van de reus, met het nummer zes erop.

Terwijl hij deze in het slot steekt zegt hij: 'Het zou me niets verbazen als ze ons al opwachten, door Sanders domme gedrag.'

De deur gaat met een piepend geluid open en …

De Gonzen

Benji kijkt om zich heen. Er is niemand te zien. Het gesmoorde geluid van Lalp verraadt dat het gevaar nog niet geweken is. Ineens ziet hij twee schimmen in de verte. Omdat er mist hangt kan hij ze niet goed zien.

'Kom, snel jongens,' roept hij.

'Waarheen?' vraagt Antonio.

'Is er ergens een uitkijkpost, dan kan ik beter zien,' zegt Benji, 'en ze heel misschien uitschakelen.'

'De tovenaarshoed,' zegt Antonio. 'Kom mee, die kant op.'

De kinderen rennen in de richting van Toverstad. Het is een geluk dat Antonio het park op zijn duimpje kent.

'Kunnen we niet even stoppen,' hijgt Sander.

'Nee!' zegt Antonio en hij trekt Sander mee.

Ook al is Sander een vervelend joch en zijn zus mogelijk nog vervelender, hij kan ze niet achterlaten. De Gigons zijn te gevaarlijk, als hij op de verhalen van Benji afgaat. Benji rent harder dan de anderen en langs de toren, die tovenaarshoed wordt genoemd.

'Stop, Benji!' roept Antonio. 'Je bent er al.'

Benji stopt en kijkt naar de toren. Een smalle toren. Helemaal boven is een grote punthoed met een brede rand, als een dak. Snel grabbelt hij in zijn rugzak en pakt de sleutels. De torensleutel zit er ook bij, gelukkig. Hij steekt de sleutel in het slot. De anderen hebben intussen de toren bereikt. Antonio wil de lift in werking stellen. Het kastje gaat niet open.

'We hebben geen tijd om dat uit te zoeken,' zegt Benji. 'Is er een trap?'

Antonio wijst naar een deur.

'O nee,' kreunt Sander. Hij heeft helemaal geen zin om de trap te beklimmen.

Benji rent al naar boven, gevolgd door Antonio.

'Als ze de toren bereiken, zitten we als ratten in de val,' zegt Antonio.

Benji heeft nog wel iets in petto. Zijn robotjes kunnen wel

aanvallen als het nodig is. Hij ziet de toren als een vesting. Na wel honderden traptreden, bereiken ze de bovenste verdieping van de toren. Ze komen terecht in de rand van de tovenaarshoed. Door kleine openingen met tralies kunnen ze naar buiten turen. Benji pakt Trot en kijkt door de verrekijker in zijn kop naar buiten. Zo kan hij zien wie de twee figuurtjes zijn die aan komen lopen. Hij hoort het gehijg van Sander en Sandra niet eens die nu pas aankomen. Zijn mond valt open van verbazing.

'Nondeju,' zegt hij.

Het gebrul klinkt nog steeds. Gesmoord, maar onmiskenbaar. Antonio rukt de verrekijker uit zijn handen en kijkt ook.

'Ze zijn gewapend. O, dat zijn …,' zegt hij.

Benji laat hem zijn woorden niet uitspreken. Hij stoot hem aan.

'Of de Gigons kunnen van gedaante verwisselen,' zegt Benji, 'of - en dat heb ik wel eens gehoord dat ze dat soms kunnen - de Gigons hebben hen overgenomen. Ik kan, ik mag ze niet aanvallen. Niet zolang ik niet zeker weet wat er aan de hand is.'

Voordat hij het goed en wel beseft grijpt Sander de verrekijker en kijkt.

'Dat zijn papa en mama,' roept hij en hij stuift naar beneden, zijn zusje meetrekkend.

Benji en Antonio gaan er meteen achteraan.

'Nee, niet doen,' roept Benji. 'Het is niet wat het lijkt.'

Benji kan nog net Sandra grijpen, die zich probeert los te rukken. Ze lopen naar beneden en Benji houdt Sandra stevig vast. Sander is al hard naar beneden gerend en staat al buiten. Nog net ziet Benji dat hij naar zijn ouders rent en roept: 'Pap, mam!'

'Ik wil ook. Laat me los,' zegt Sandra woest en ze geeft Benji een harde trap.

Plotseling schiet de hand van Sanders vader omhoog. Hij heeft een staafvormig wapen in zijn hand, waaruit een straal mist lijkt te komen. Sander heeft zijn vader net bereikt als hij daardoor wordt geraakt en in elkaar zakt.

160

Sandra's mond valt open. 'Sander! Pap? Mam?'

'Zie je wel. Dit zijn je ouders niet. We hebben geen tijd,' zegt Benji. 'Meekomen.'

Hij trekt het meisje mee en de kinderen rennen verder, op de voet gevolgd door de Gigons, die zich voordoen als de Gonzen, of, nog erger, het lichaam van mijnheer en mevrouw Gons hebben gestolen. Vertwijfeld kijkt Benji rond. Waar moeten ze naartoe?

'Naar de wormtunnel,' zegt Antonio.

Sandra is gaan huilen en Benji trekt het onwillige kind mee.

'Mijn broertje.'

'Schiet nu op Sandra. Dadelijk gebeurt met jou hetzelfde.' zegt Benji. .

Ze bereiken het Kriebelwoud met de insectenspeeltuin en rennen langs een speeltuintje, waar vrolijke trapauto's in de vorm van slakken, een muggenwip, een duizend-pootschommel, een bijenkorf en een grote tent met botsauto's in de vorm van lieveheersbeestjes in de verlatenheid op spelende kinderen wachten. Ze rennen langs de libelle-glijbaan naar de wormtunnel.

'Hier kunnen ze niet in. We zitten hier veilig. Dit is voor kinderen,' zegt Antonio, die als eerste gaat.

Sandra heeft de zaklantaarn bij zich en zo kunnen ze iets zien. Zo kruipen ze door de kronkelige tunnel die iets omhoog loopt. Ze horen geschreeuw, een mannenstem. Het blijft een tijdje stil.

Ze kruipen door tot Benji zegt: 'Wacht, ik hoor iets.'

Hij hoort met zijn scherpe oren geschuifel.

'Ze zitten er wel in,' zegt hij.

'Ze blijven wel steken met hun dikke billen,' zegt Antonio.

'Mijn ouders hebben geen dikke billen,' zegt Sandra, die nog steeds aan het jammeren is.

'Water, ik moet dringend water hebben,' zegt Benji, die in zijn rugzak zit te graaien.

'Heb je dorst? Ik heb limonade bij me,' zegt Sandra.

'Geef op, dan. Erg belangrijk.'

Aarzelend tast ze in haar jaszak en haalt een klein blikje sinas tevoorschijn.

'Drink je niet alles op. Dan heb ik ook nog wat,' zegt ze.

Ze denkt dat Benji het meteen op zal drinken. Dat doet hij niet. Hij begint te mopperen en graait opnieuw in zijn rugzak. Hij trekt het lipje van het blikje open en gooit een gele pil in de limonade. Met moeite kruipt hij langs Sandra.

'Wat doe je?' vraagt Sandra verbijsterd.

Daar komt het hoofd van Sandra's vader tevoorschijn. Hij kan ternauwernood door de tunnel. Hij probeert Benji te grijpen. Op de achtergrond hoort hij gekreun uit de mond van mevrouw Gons. Dus zij zit ook in de tunnel. Het lukt mijnheer Gons om een been van Benji vast te grijpen. Benji weet zich los te rukken en gooit het blikje sinas leeg.

'O, mijn lekkere limonade,' roept Sandra en ziet nu haar vader ook. 'Paps! Wat is er aan de hand?'

'Schiet op, jongens, we kunnen hier niet blijven,' zegt Benji. Wat Sandra niet weet is dat Benji een soort supervette zeep van de limonade heeft gemaakt en dat de Gonzen met geen mogelijkheid nog vooruit kunnen komen. Lachend ziet hij de verwoede pogingen van mijnheer Gons om hen achterna te komen. Die glibbert telkens weg. Dit geeft de kinderen een voorsprong. Ze komen uit de tunnel op een kleine heuvel terecht en rennen verder.

'Wat is er toch aan de hand, Benji?' roept Sandra. 'Waarom doen mijn ouders zo gek?'

'Geen tijd voor uitleg, Sandra. Vlucht!'

'Benji, heb jij je mobiel bij je?' vraagt Antonio. Benji schudt zijn hoofd. Die heeft hij, stom genoeg, op zijn piepkleine nachtkastje in het schoenhuis laten liggen.

'Ik heb ook geen mobiel bij me, anders kunnen we Bert en Marco waarschuwen,' zegt Antonio. 'Het nummer heb ik in mijn mobiel gezet.'

'Ik wel,' zegt Sandra en pakt haar mobiel uit haar jaszak.

'Geef op!' zegt Benji en toetst een nummer in. Sandra kijkt vreemd op wanneer Benji in zijn eigen taal begint te praten.

'Hij is bijna leeg,' zegt Sandra.

Benji is uitgesproken en kijkt Antonio en Sandra aan.

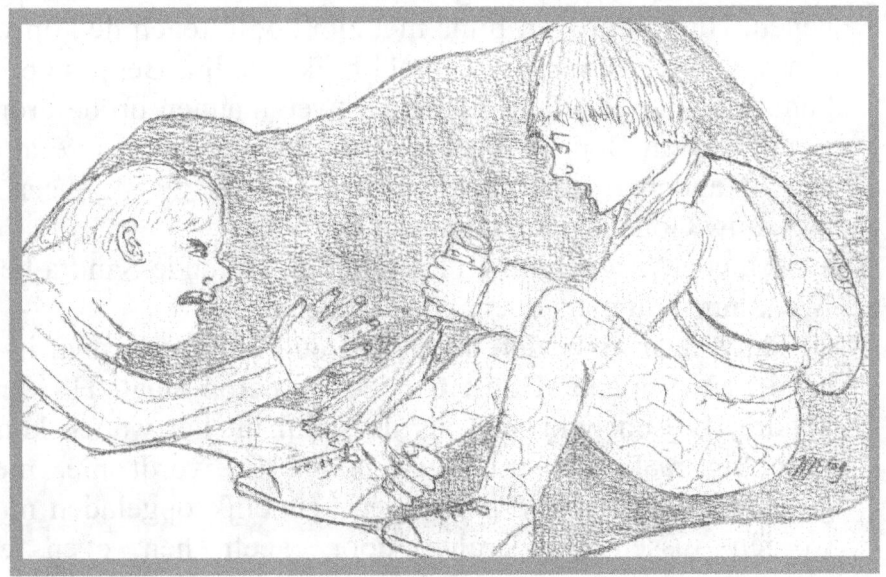

'Nu pas kreeg ik weer eens de voicemail van Fajel. Ik heb ingesproken en de situatie uitgelegd. Wie weet het nummer van Bert en Marco?'

'Het briefje waarop het staat zit in mijn jaszak,' zegt Sandra. Ze graait en overhandigd het briefje. Benji wil het nummer intoetsen, helaas, de mobiel is leeg.

'Fraai is dat,' moppert Antonio. 'Wacht eens even. Het sprookjeshotel waar Bert en Marco slapen is hier vlakbij, dus we kunnen er naar toe.'

Even later staan ze voor de deur van het hotel. Ze drukken op de bel en ze bonzen op de deur. Er komt geen teken van leven.

'Er is hier niemand,' zegt Benji. 'Laten we in vredesnaam terug gaan naar de anderen en ze waarschuwen.'

'Goed idee, kom, Benji,' zegt Antonio.

Ze rennen terug in de richting waar ze vandaan komen en bereiken net de spinnengrot in de speeltuin als ze mijnheer en mevrouw Gons weer zien. Deze kijken woedend en komen dreigend op de kinderen af.

'Andere kant,' zegt Antonio.

Ze rennen dwars door de speeltuin heen, in de richting van

het Trollenbos. Plotseling struikelt Antonio over een paar benen. Hij valt erover, bijna met zijn hoofd tegen de kop van een mier, wat een wipschommel blijkt te zijn. Benji stopt en Sandra begint te gillen. Er liggen twee mannen op de grond. Benji herkent Bert en Marco. Waarschijnlijk waren ze al op een of andere manier gealarmeerd en zijn ze mijnheer en mevrouw Gons tegengekomen.

'Opschieten,' zegt Benji en hij grijpt de huilende Sandra beet. 'We kunnen nu niets doen, alleen vluchten'.

Hij duwt haar voor zich uit en ziet de glimmende staaf in de hand van mijnheer Gons, die iets verderop staat. Hij duwt Sandra weg en bukt snel als de straal uit het wapen komt. Gelukkig raakt de straal een boom. Er wordt niet meer geschoten. De tijd die het wapen kennelijk opgeladen moet worden tussen de stralen door, geeft hen even een voorsprong. Ze rennen verder en bereiken het Trollenbos, waar mensen boomhutten kunnen huren en proberen de stralen te vermijden, die op hen worden afgeschoten.

'Daar is het trollenmoeras. Zoek de sleutel op. Snel,' roept Antonio.

Benji heeft dit al gedaan tijdens zijn vlucht. Ze verdwijnen in het gebouw en Benji sluit de deur, net als mijnheer Gons zijn wapen op slechts één meter afstand richt. Ze zien een modderige plas water. Het trollenmoeras.

Het trollenmoeras

'Ik hoor ze aan de deur morrelen,' zegt Antonio.

Benji spitst zijn oren. Het is zo, ze proberen binnen te komen.

'Dan gaan we naar de overkant,' zegt Benji. 'Aan de andere kant kunnen we eruit.'

Naast een deur voor het personeel zit het controlepaneel dat Antonio aanzet. Er liggen enorme groene handen in de modder, die hen naar de overkant zullen brengen, want langs de zijkanten kunnen ze niet. Die zijn afgesloten met hoge hekken. Er is bovendien geen tijd om te proberen erover heen te klimmen, want de geluiden die ze horen voorspellen niet veel goeds. De vijand is binnen.

'Geven ze nog niet op?' vraagt Sandra.

'Gigons geven nooit op,' zegt Benji. 'Niet zolang ze mij niet hebben. We gaan met die handen. Opschieten, jongens.'

Ze nemen elk plaats op een hand. Achter hen zijn beugels die naar voren moeten komen en zich automatisch moeten sluiten. Dat gebeurt echter niet.

'Waarvoor zijn die beugels?' vraagt Sandra.

'Dat zul je wel merken. Het zijn trollenhanden, dus hou je goed vast,' zegt Antonio.

De beugelbeveiliging werkt niet en de handen komen al in beweging. Ze kunnen er niet af, ook al zouden ze dat willen. De heer en mevrouw Gons hebben de ruimte al bereikt. Alle handen zijn in beweging. Ze draaiden heen en weer in de modder. Eerst langzaam, maar dan sneller, steeds sneller. De twee vijanden staan beteuterd te kijken. Het valt Benji op dat mijnheer Gons geen poging doet om stralen te schieten. Ze zijn woedend, dat wel. Ze kunnen niets doen. Hoewel, mijnheer Gons begint aan de zijkant van het hek te trekken en het lijkt erop dat hij een enorme kracht heeft. Het hek zwiept vervaarlijk heen en weer. De trollenhanden schieten ineens omhoog. Aan de onderkant van iedere hand zit een brede metalen staaf, waarmee ze omhoog zijn gekomen. Met een sneltreinvaart gaan ze weer omlaag en weer omhoog, terwijl de handen blijven draaien. Benji houdt zich stevig vast, zijn beiden handen rond de duim van de hand geklemd. Sandra begint te gillen. Wat een rotding. Net voordat ze de overkant bereiken verliest ze haar evenwicht en valt in de modder. Ze schreeuwt moord en brand. Benji ziet in elke draai mijnheer Gons, die het hekwerk al bijna omver heeft getrokken. Zijn vrouw staat aan de andere kant aan het hek te trekken. Het is een kwestie van minuten, van seconden zelfs, dan zijn de Gonzen bij hen. Tot Benji's opluchting zakken de handen naar beneden en met rustiger bewegingen bereiken ze de overkant. Sandra ligt nog steeds te spartelen. Benji zoekt en vindt Gurk en drukt op een knop op zijn rug. De voet schiet uit het linkerbeen van de robot. Er zit een touw aan. De voet heeft de vorm van een haak.

'Grijp het touw,' roept hij, angstvallig de Gonzen in de gaten houdend.

Het meisje heeft het touw te pakken en Benji trekt haar naar de kant. Gurk is de sterkste robot. Hij is toch bang dat het touw knapt.

'Schiet op, Benji,' roept Antonio nerveus. 'Ze zijn er bijna.'

'Trek eens mee. Ze is zwaar,' kreunt Benji, waarop Antonio ook aan het touw gaat trekken.

Ook mevrouw Gons is al aardig op dreef. Het meisje bereikt de kant en Benji trekt haar met zijn handen omhoog. Ze druipt van de modder. Dat is nu niet belangrijk. De Gonzen hebben het hekwerk weten te slopen en komen van beide kanten op hen af.

'Rennen,' roept Benji, in zijn rechterjaszak graaiend.

Op goed geluk grijpt hij een paar verschillende pillen, gooit deze in de modder en maakt dat hij weg komt. Naast een inktpil heeft hij ook een pil in het water geworpen, dat water in een dampende wolk kan veranderen. De kinderen rennen weg; de pil veroorzaakt een hevige bruine wolk, die stinkt naar een mengsel van rotte vis en koeienpoep. Het water sist en borrelt en de vieze wolk neemt de twee vijanden de adem en het zicht af. Ergens heeft Benji er spijt van niet meer pillen te hebben gegooid, want dit zal hen slechts tijdelijk tegenhouden.

Aan de andere kant; het zijn de lichamen van mensen, die misbruikt worden. De zwakkeren. Hij mag hun lichamen niet beschadigen. Het enige voordeel is dat ze, behalve hun kracht, verder niet de lichamelijke eigenschappen van de Gigons hebben, anders waren ze allang door hen gegrepen. De kinderen rennen naar de uitgang van het trollenmoeras en Benji opent de deur. Ze zijn voor eventjes veilig en hebben een voorsprong. Voor hoelang?

'Benji, wat is er toch aan de hand?' vraagt Sandra.

Benji kijkt haar aan en zegt: 'Er zijn wezens die mij willen grijpen,' zegt hij. 'Het is allemaal teveel om uit te leggen nu. Hun geest heeft zich verplaatst in die van je ouders.'

'Dat kan niet,' zegt Sandra vertwijfeld. 'Sander? Is hij …'

Benji zwijgt. Hij weet het niet. Hij weet dat het wapen dat mijnheer Gons heeft gebruikt voor hem dodelijk zou kunnen zijn, afhankelijk van de sterkte van de straal. Hij weet de sterkte van de straal niet en ook niet wat het doet bij mensen.

'We moeten terug naar de anderen,' zegt Antonio. 'De kortste weg is via het water. We nemen de drakenkabelbaan naar het Drakeneiland en vandaar uit de boot.'

Ze rennen in de richting van het meer, waar de drakenkabelbaan verlaten langs de oever ligt. De cabine, waar de kabelbaan wordt bestuurd is gesloten. Het duurt even een tijdje voor ze de sleutel hebben gevonden. Dan slaakt Sandra een gil.

Vlucht via de kabelbaan

'Daar komen ze weer!' zegt Sandra met een angstige trilling in haar stem.

Ze begrijpt eindelijk dat haar ouders haar ouders niet zijn. Ze kijken boosaardig en hun mond is vertrokken tot een woedende grijns.

'Snel, in de draak,' roept Benji.

'Wacht even,' zegt Antonio.

Hij drukt op de knoppen en de wagentjes komen piepend in beweging. De wagentjes zien eruit als draken. Elk drakenwagentje houdt zijn vleugels gebogen tegen elkaar. Daartussen zit de katrol van de kabel. Elk wagentje heeft een drakenkop van voren en een lange drakenstaart van achteren. Er kunnen vier mensen in een wagentje plaatsnemen. Antonio rent naar het wagentje en springt erin, gevolgd door Benji en Sandra. Ze zien de Gonzen rennen.

'Wat zullen ze doen? Als ze de kabelbaan stilzetten, zitten we gevangen boven het water,' zegt Antonio gespannen.

'Ze kunnen ons dan zo met die straal doodschieten,' zegt Sandra met trillende stem.

'Volgens mij doet dat wapen het niet meer,' zegt Benji, die de twee nauwgezet volgt.

'Ze stappen ook in een wagentje,' zegt Antonio. 'Ze achtervolgen ons. Sneller, sneller!'

Hij realiseert zich, dat de wagen niet sneller gaat dan hij kan. Hij zou willen dat hij het ding zelf kan besturen.

'Ze kunnen nu niets doen,' zegt Benji. 'We moeten toch van ze af.'

Hij haalt Gurk tevoorschijn en keert hem om. De rechtervoet van Gurk schiet omhoog. De haakvoet klauwt om de kabel. Aan de rechterhaakvoet zit een touw en deze is met metaal verstevigd. Benji pakt ook een plat pakketje.

'Wat ga je doen, Benji?' roept Antonio verschrikt.

'Proberen de wagen van de Gonzen tegen te houden,' zegt Benji.

Hij klimt via het touw omhoog. De anderen kijken angstvallig naar deze levensgevaarlijke stunt. Benji bereikt de kabel en met een hand klemt hij het pakketje om de kabel heen. Het is materiaal om kostbaarheden goed in te bewaren. Het kan nu uitstekend dienst doen als blokkade. Hij vouwt het materiaal om de kabel en drukt de onderzijde goed vast. Het kleeft vanzelf aan elkaar en zal wel een tijdje blijven zitten. Ziezo, dat is gelukt. Nu moet Benji nog terug naar de draak. Die is al een stuk verder. Hij zwaait met het touw heen en weer, terwijl hij naar beneden zakt.

'Benji, nee,' roept Antonio.

Dat zal hij nooit redden. Benji doet een greep en heeft de staart van de draak beet. Hij laat het touw los. Dat zit nog aan Gurk die hij in zijn jaszak heeft gestopt. Hij moet het touw binnen halen. Met een hand heeft hij de punt van de drakenstaart vast, met de andere hand voelt hij in zijn zak. Terwijl zijn hand om de drakenstaart de grip dreigt te verliezen, betast hij met zijn andere hand de robot in zijn zak. Het touw wordt nog een stukje uitgerekt. Het is echter niet oneindig. Hij wil de robot niet verliezen en kijkt naar beneden. Donker water in de diepte. Hij ziet de angstige gezichten van Antonio en Sandra. Ja, hij heeft de juiste knop bij Gurk te pakken en terwijl hij die indrukt, verliest hij zijn grip en valt. De haak is door de druk op de knop uit elkaar geklapt en heeft de kabel losgelaten. Het touw wordt automatisch weer ingehaald en dat terwijl Benji in de diepte valt. Antonio en Sandra beginnen te gillen. Ze horen een plons. Op hetzelfde moment horen ze een doffe klap en begint de kabel te trillen. De katrol van het wagentje van de Gonzen is vastgelopen op de blokkade.

'Benji?' roepen de kinderen.

Sandra schijnt met haar zaklantaarn op het water. Ze ziet niets. Het bereik is niet ver genoeg.

'Benji?' roept Antonio. Zijn ogen speuren het donkere water af. Hij ziet helemaal niets.

Antonio krijgt tranen in zijn ogen en woedend kijkt hij naar de Gonzen, die in hun wagen hangen.

De wagen van de kinderen zoeft langzaam voort en komt tot stilstand op het platform van het Drakeneiland. Gelaten stappen de kinderen uit. Antonio grijpt de rugzak van Benji, die hij heeft afgedaan voordat hij zijn halsbrekende toeren begon. In de verte zien ze de wagen van de Gonzen hangen. Sandra en Antonio lopen van het platform af via een smalle trap, dat uitkomt op een klein strandje. Antonio tuurt naar het water en tranen komen in zijn ogen. Hij is zijn lieve broertje kwijt en moet het vreselijke nieuws brengen aan zijn vader. Sven en Roos zullen het verschrikkelijk vinden, want ze hebben beloofd goed voor Benji te zorgen. Er zal gedregd worden. Hij ziet de onheilspellende taferelen levendig voor zich. Hij grabbelt in de rugzak van Benji. Al die onderdelen herkennen, dat lukt hem niet direct. Dan voelt hij twee bolle ogen. Dat is de kop van Trot, de verrekijker. Hij zet hem aan zijn ogen en kijkt over het water. Niets te zien. Hij geeft de verrekijker aan Sandra.

'Kijk jij eens of je iets ziet.'

Hij vreest het ergste. Het water is ijskoud en de val van Benji was diep. Door de tranen ziet hij het donkere water als een waas. Hij voelt een hand op zijn schouder.

'Volgens mij is hij verdronken,' zegt hij verdrietig en kijkt naar Sandra.

Dan merkt hij dat ze allebei haar handen om de kop van Trot heeft gesloten. Van wie is die hand op zijn schouder dan? Die ijskoude hand? Hij slaakt een kreet en springt naar voren. Met een ruk draait hij zich om. Voor hem staat een druipende jongen met een doodsbleek gezicht. Een geest?

'B, B?' Antonio kan niet uit zijn woorden komen.

Het druipende figuur begint te lachen.

'Nou, ik ben het. Ben je niet blij? Dan ga ik zo weer terug in het water.'

'B, Benji, je leeft,' zegt Antonio. Sandra ziet dat Antonio net zo bleek is als Benji.

'Natuurlijk leef ik,' zegt Benji, de druppels van zich af schuddend. 'Dat beetje water stelt toch niets voor. Ik kan toch zwemmen. Het is wel een eind zeg, van waar ik in het water ben gevallen tot hier. Ik zag jullie kijken en dacht: ik zal jullie even verrassen.'

'Je moet snel iets warms hebben. Het is koud, je bent nat,' zegt Sandra zorgzaam.

'Ik vind het niet zo koud en jij bent ook nat,' protesteert Benji. Sandra heeft liefdevol haar modderige jas over zijn schouders heen geslagen.

'Laten we naar het kasteel gaan. Daar is vast iets warms te vinden, wat kleding, iets te eten,' zegt Antonio.

'Een telefoon,' zegt Sandra.

'Ja, kom, we gaan,' zegt Benji.

Het kasteel staat op een heuvel en is te bereiken met een lange trap. Ook hier kunnen mensen logeren. Het kasteel wordt bewaakt door een zogenaamde draak. Die slaapt echt wel, als de jongelui arriveren. Het is een draak van steen, die een paar meter voor de deur van het kasteel ligt. Antonio weet dat de draak overdag zijn ogen opent. Ze lopen om de draak heen en bereiken de deur.

'Hier heb ik geen sleutel van,' zegt Benji. 'De vormenarm van Gurk heb je kapot gemaakt, Antonio.'

Antonio kijkt beschaamd naar de grond. Benji heeft nog wel een oplossing en haalt een druipnatte Gurk uit zijn jaszak.

'Ik hoop dat hij het nog doet,' zegt Benji.

Uit de linkerarm van Gurk klapt een bijzonder smal en vlijmscherp mes. Hiermee lukt het Benji, weliswaar met veel pijn en moeite, om de deur open te krijgen. Ze komen in een stille hal, in de zomermaanden gevuld met vrolijke mensen. Ze knippen het licht aan en kijken rond. Aan de met grove stenen gebouwde muren hangen reusachtige drakenkoppen met lichtgevende ogen. Aan het plafond hangt een enorme kroonluchter, waar half opgebrande kaarsen in staan.

'Wauw,' roept Antonio.

Hij heeft wel eens wat foto's gezien van het kasteelhotel. De hal heeft hij echter nooit gezien. Een telefoon. Ze zoeken en ze vinden er een op de balie van de receptie. Antonio toetst het nummer van zijn vader in. Er gebeurt niets, geen geluid, terwijl de stekker toch in het stopcontact zit.

'Is de telefoon afgesloten?' vraagt Benji.

'Ik denk het,' zegt Antonio. 'Buiten werking gesteld in de wintermaanden. Misschien zijn ze bang dat het schoonmaakpersoneel stiekem gaat bellen,' en omdat hij honger heeft gekregen, vervolgt hij: 'Laten we kijken of we een blikje soep kunnen vinden.'

Ze lopen door een gang, naar klapdeuren toe en Antonio opent deze. Het is inderdaad de keuken. Ze knippen het licht aan en inspecteren de kastjes. Plotseling blijft Benji stokstijf staan.

'Het gebrul van Lalp wordt luider,' zegt Benji. 'Al die tijd is het heel zacht geweest. Logisch, want de Gonzen hingen aan de kabelbaan. Hingen, want de Gonzen, of beter de Gigonzen, moeten hier dichtbij zijn.'

'Hoe kan dat nu?' vraagt Sandra.

'Wacht, laat me nadenken,' zegt Benji. 'We gaan zo naar boven, dan kan ik goed uit het raam kijken. Pak messen voor het geval dat.'

Ze openen de lades en grijpen messen. Vervolgens rennen ze de trap op. Op de eerste verdieping zet Benji de verrekijker, de kop van Trot, aan zijn ogen en tuurt. Dan lijkt het of zijn adem stilstaat. De drakenwagen van de Gonzen is weg. Hij kan niet goed op het platform kijken, want dat zit net achter de heuvel. Hij tuurt de omgeving af. Hij ziet geen Gonzen. Met een ernstig gezicht brengt hij het slechte nieuws over op de anderen.

'Wat nu?' vraagt Antonio.

Benji bukt zich en raapt een grote punaise op. Hij krijgt een idee.

'Dit,' zegt hij en houdt de punaise voor de gezichten van Antonio en Sandra.

Hij haalt Gurk tevoorschijn. Hij zou liever Trot willen gebruiken. Dat wapen zou de Gonzen ernstig kunnen beschadigen en dat mag niet. Hij opent het raam en kijkt of ze gemakkelijk kunnen ontsnappen, want hij heeft het gevoel dat de Gonzen wel eens door de deur zouden kunnen komen. De deur heeft hij zo vakkundig gesloopt, dat deze niet meer dicht kan. Hij zet de omvormfunctie van Gurk aan. Hopelijk doet dat het ook nog na het wateravontuur. Benji heeft gelijk; een zacht, piepend geluid in de hal kondigt het onaangename bezoek van de Gonzen aan. Hij hoort geroezemoes, een geluid dat op gegiechel lijkt. Hij scherpt zijn oren en kan verstaan wat ze zeggen.

'Denken die kinderen echt dat ik gek ben. Dit vette lijf kan nog wel wat. Hadden ze echt niet door dat ik op de drakenvleugel kon kruipen en zelf de kabel kon bereiken. Wisten ze echt niet dat ik ook een zakmes bij me heb en zo dat gekke prulding kon verwijderen? Denken ze echt dat ze aan ons kunnen ontsnappen?'

'Hi hi,' giechelt mevrouw Gons. 'Domme kinderen. Het straalwapen is nu voldoende opgeladen, dus we nemen ze te grazen. Hoor, ze zitten op de eerste verdieping.'

Hoewel de kinderen doodstil zijn, geeft Lalp een gesmoord gehoor en Gurk een zacht pruttelgeluid. Zijn warmte is voldoende geladen. Benji zet de sleuf verder open en stopt de punaise erin, zet hem op een vergrootstand en stopt het eerste mes deels in de bovenopening van de robot. Sandra zet grote ogen op. Met zijn hand in zijn nog natte jaszak, dat als handschoen kan dienen drukt hij het mes verder, zodra de onderkant gesmolten is. Verse, grote punaises rollen tussen Gurks benen uit.

'Ze kunnen zo komen,' zegt Benji. 'Kruip uit het raam via de regenpijp. Het is een kort stukje. Antonio, help Sandra. Ik kom eraan.'

'Benji,' zegt Sandra.

'Kom, Sandra, Benji weet wat hij doet,' zegt Antonio en grijpt de arm van het meisje beet.

Zij moet het eerst uit het raam klimmen. Daarna volgt Antonio. Benji strooit de punaises op de trap, terwijl hij telkens messen in de robot duwt. Aan de voet van de trap verschijnen de Gonzen. Ze willen naar boven komen en trappen in de punaises. Aangezien zij hun pantoffels dragen, dringen de grote en vlijmscherpe punaises gemakkelijk door de zolen heen.

Mijnheer Gons heeft zijn straalwapen al in de aanslag en drukt woedend op de knop. Hij mist Benji, die net opzij springt. Benji maakt van de gelegenheid gebruik om met zijn jas als handdoek de gloeiendhete Gurk te pakken en de robot naar buiten te gooien. Hij gaat er snel achteraan. Hij hoort de Gonzen schelden. Die moeten eerst de punaises verwijderen en dat geeft de kinderen weer een voorsprong. Voor hoelang? De anderen zijn beneden blijven wachten. Benji pakt, weer met zijn jas, de robot beet en stopt hem, met jas en al, in de rugzak.

'Benji, heb je het niet koud. Je bent nog steeds nat,' zegt Sandra bezorgd en ze wil haar jas alweer uittrekken.

'Nee, ik heb het niet koud. Belangrijker is dat het wapen van de Gonzen weer werkt. Het zal niet lang duren voordat ze ons achterna komen,' zegt hij.

'Het drakenlabyrinth,' zegt Antonio. 'Daar kunnen ze ons niet zo gemakkelijk raken. Als we eruit zijn, dan kunnen we meteen de boot pakken. We moeten wel even doorrennen.'

Het drakenlabyrinth

De kinderen volgen de weg die Antonio wijst. Hij is al op dit eiland geweest en kent de weg op zijn duimpje. Ze rennen langs de woeste drakenrit, waar Sven zo trots op is en langs het theater, waar in de zomer veel shows worden gegeven. Daar is het labyrinth, bestaande uit dichte heggen en veel verrassingen. Twee sierlijke drakenfiguren vormen een mysterieuze poort. In het duisternis betreden ze het labyrinth. Sandra wil haar zaklantaarn aan doen. Benji vindt dit echter geen goed idee. Licht zou de Gonzen kunnen alarmeren. Het gedempte gebrul van Lalp is nog steeds even hard als in het kasteel. Dit heeft met de afstand te maken. Hij kan nu niet merken hoe dicht ze nabij zijn. Hij neemt aan dat ze hen al lopen te zoeken. Antonio beweert de weg in het labyrinth heel goed te kennen. Toch, hij heeft er nu moeite mee, zo in het donker. Dat is toch heel anders dan overdag in het licht.

'Nu naar rechts en de volgende naar links,' zegt Antonio. Ze betastten de heggen om in het pikkedonker niet te struikelen.

'In het midden is een kleine speeltuin,' zegt Antonio.

'Net of we nu behoefte hebben om te spelen,' zegt Benji.

Hij had nooit kunnen denken ooit nog in zo'n avontuur te belanden. Plotseling gaat het licht aan. Kleine lampjes verscholen in de heggen stralen als sterretjes door de bladeren. Benji houdt zijn adem in.

'De Gigonzen,' zegt hij, nauwelijks hoorbaar. 'Snel, Antonio.'

Ze horen vreemde geluiden, een gezoem, een geborrel.

'Volgens mij is het niet alleen het licht, dat ze aan hebben gezet,' zegt Benji.

Antonio loopt snel door en passeert een poortje met een drakenkop. Meteen klettert er water uit.

'Je hebt gelijk,' zegt Antonio.

'Ik ga niet daaronder. Ik wil niet nat worden,' zegt Sandra angstig.

'Je bent nog nat van de modder,' zegt Benji.

Hij geeft haar een duw en ze krijgt het water over zich heen. Ze slaakt een gil. Modder spoelt van haar kleren.

'Ze hebben ons nu gehoord,' zegt Benji boos.

Er zijn meer onaangename verrassingen. Antonio mag dan wel de weg weten, maar hij is vergeten waar de vele verrassingen verborgen zitten. Zo komen ze een rooster tegen, waaronder een draak ligt die lucht blaast. Meisjes met rokken vinden dat niet leuk. Een draak verstopt in de hek die water spuit en iets verderop een draak in de heg die een wolk blaast. Zo nu en dan verschijnen er kleine, brullende draakjes met felrode ogen. Na een tijdje houdt het spuiten en blazen wel op. Daar kunnen ze echter niet op wachten. Ze moeten de ongemakken accepteren en doorlopen. Sandra blijft bij elke hindernis toch wachten en het is Benji die haar telkens aan haar armen trekt. Ze komen op een piepklein pleintje terecht, waar in het midden een draak staat. Op zijn buik zit een grote doorzichtige bol, gevuld met dropjes en pepermuntjes. Sandra heeft hiervan gehoord van een vriendinnetje, dat al eerder is geweest. Als je er vijftig eurocent in stopt spuwt de draak uit zijn bek een handvol snoep. Ze zoekt en vindt in haar jaszak geld, want ze heeft wel trek in snoep. De jongens zijn al een stukje doorgelopen en Sandra stopt het muntje in de geldgleuf van de draak.

'Waar is Sandra nu weer?' vraagt Benji.

Hij loopt terug, kijkt om de hoek van de heg en ziet nog net hoe ze neervalt en de dropjes en pepermuntjes in het rond vliegen.

Mijnheer Gons staat, nog steeds met zijn wapen in de aanslag, te grijnzen en zegt: 'Bingo, weer eentje. Nog steeds niet die we moeten hebben.'

Pijn omsluit het hart van Benji. Hij is Sandra toch wel aardig gaan vinden. Er is geen tijd om te treuren en bang te zijn. Hij zet het op het rennen. Antonio is op hem blijven wachten.

'Rennen, Antonio, de Gonzen.'

Ze naderen de speeltuin, waar in het midden een uitkijkplatform staat. Het dak is versierd met draken en er zijn verschillende trapjes. Ze rennen een trapje op en kunnen zien dat de Gonzen verkeerd lopen, rennen het platform van een ander trapje af en duiken weer het labyrinth in. Benji blijft stil staan en zijn ogen staan verdrietig.

'Kom, Benji, we moeten verder,' zegt Antonio.

'Ik breng zoveel leed teweeg. Ik geef me over,' zegt Benji.

'Nee, niet doen. Jij kan er niets aan doen,' zegt Antonio. 'Kom nu mee, voordat ze ons te pakken krijgen. Denk ook aan mij.'

'Ja, ik moet aan jou denken,' zegt Benji. 'Ik kan wel iets doen. Ik weet niet of het werkt. Maak snel een foto van mij.'
Hij geeft Trot aan Antonio.
'Hoe moet ik dat doen, waarom?' vraagt Antonio.
'Gewoon doen,' zegt Benji. 'Aan de achterkant van de kop zit een schermpje, dat naar de neus loopt. Daardoor kun je mij zien, met het zwarte knopje kun je een foto maken. Flitslicht heeft het niet, dus de Gonzen zien niets. Let erop dat ik helemaal op de foto sta. Ik hoop dat het werkt.'
Antonio doet een paar stappen achteruit en staat bijna weer onder een waterspuwende draak. Hij kan nog net opzij stappen. Hij ziet het hele beeld van Benji door het schermpje, die boos en verdrietig tegelijk kijkt en drukt af. Daarna kijkt hij angstvallig naar de hoek om de heg, alsof daar ieder moment mijnheer Gons kan komen. Benji plaatst een klein vierkant blokje in de mondholte van Trot. Het past precies. Hij drukt op tientallen knopjes.
'Wat doe je, Benji?' vraagt Antonio.
'Wacht af. Even kijken; automatisch driedimensionale vorm, rotatie, langzaam lopend, bron volgend, klaar.'
'Ik hoop dat het werkt,' zegt hij.
Hij haalt het blokje uit Trot en drukt iets in. Daar verschijnt, eerst heel zwak, daarna steeds sterker, Benji, in levende lijve.
'Allemachtig,' zegt Antonio. Zijn mond valt open. 'Dat is een hologram. Ik sta paf!'
'Hologram? Wij noemen het een duplicaat. Het heeft niets met holografie te maken, ook al lijkt het erop. Het blokje moet ik ingedrukt houden. Als ik hier op druk, loopt hij, of als ik wil, dan draait hij zich om. Dit houdt ze wel even bezig.'
Ze lopen in sneltreinvaart door, terwijl het duplicaat van Benji langzaam achter hen aan sloft. Benji houdt het blokje stevig ingedrukt.
'Zouden ze er in trappen, Benji?'
'Ik hoop het, ik hoop het,' zegt Benji. 'In het gunstigste geval schiet Gons zijn wapen leeg op mijn duplicaat en is het gevaar voor ons minder groot.'
'Bukken, anders kunnen ze ons zien,' zegt Benji.

Bukkend rennen ze verder, zich niets aantrekkend van de water- en windspuitende draken, die her en der onverwachts opduiken. Ze zien een straal mist uit de richting van het platform komen en het raakt het duplicaat. Dat loopt rustig door.

'Het werkt!' zegt Benji.

De miststralen worden volkomen nutteloos met een hoge snelheid naar het duplicaat geschoten. De jongens bereiken de uitgang van het labyrinth. Benji is blij dat Antonio de weg kent. Ze rennen door en bereiken een kleine haven met een paar boten. Een grote radarboot waarmee moonlight-cruises worden gemaakt, een kleinere boot en een paar roeibootjes liggen in het kabbelende water.

'We nemen een boot,' zegt Antonio. 'in de grote boten zit vast geen benzine.'

'Een roeiboot is goed,' zegt Benji. 'Even nog iets doen.'

Hij stelt Trot in en hoopt dat ook die functie het doet. In het ruimteschip heeft hij weliswaar veel dingen uitgeprobeerd, maar dit niet. Een rood lichtje op het voorhoofd van Trot gaat branden en hij richt dit op de radarboot. Een dunne, rode straal raakt de zijwand en slaat er een fors gat in. Hetzelfde doet Benji met de kleine boot en enkele roeiboten.

'Wat doe je nu? Je vernielt de boten,' zegt Antonio verschrikt, terwijl hij een roeiboot loskoppelt.

'Wil je dat ze ons achtervolgen?' zegt Benji. 'Trouwens, daar zijn ze al.'

De Gonzen rennen naar hen toe en snel stappen de jongens in de enige roeiboot die nog heel is. De Gonzen hebben de oever bereikt. Ze gebruiken hun wapen niet. Benji's list is geslaagd. Hij heeft de knop van het blokje intussen los gelaten, zodat zijn duplicaat op kan lossen. Hij ziet hem lopen bij de uitgang van het labyrinth en ziet dat hij langzaam vervaagt. De Gonzen rennen snel naar een andere roeiboot. Ze komen er al heel snel achter dat de boot lek is. Benji en Antonio moeten hard lachen. Ze zijn er nog niet, want ze zien dat de Gonzen weer terugrennen naar de andere kant van het eiland.

'Wij zijn veel eerder aan de andere kant dan die twee

dikkerds,' zegt Antonio.

'Wat is dat?' vraagt Benji.

Aan de kant ligt een groepje vreemd gevormde vaartuigen. Ze hebben de vorm van draken met aan de achterkant een lange, sierlijke staart. In het midden ervan kun je zitten.

'Helemaal vergeten,' zegt Antonio. 'Dat zijn waterfietsen. Als de Gonzen terugkomen, nemen ze die en halen ze ons vast in.'

'Dan doen we daar wat aan,' zegt Benji en hij pakt Trot weer. Elke waterfiets krijgt een volle laag van de vernietigende straal van Trot. Ze roeien verder en kijken telkens angstvallig naar het water om te zien of de Gonzen hen achterna komen. In de verte zien ze de geraakte boten zinken.

'De Gigons zijn wellicht in de buurt zijn van hun gastheren, de Gonzen dus,' zegt Benji 'mogelijk ergens hier in het park. Ze kunnen slecht tegen de warmte.'

'Nou, het is hier anders erg koud,' rilt Antonio. Ze zijn natuurlijk erg nat en de wind is snijdend. Antonio heeft er meer last van dan Benji.

'Ja, het is lekker fris,' zegt Benji vrolijk. 'Gigons houden wel van ijskoud. Dan zijn ze het allersterkst. Hoe kouder, hoe sterker. Waar zouden hun lichamen verborgen kunnen zijn?'

'Ha ha, misschien wel in een vrieskist in een of ander hotel hier, of in het vorstpaleis.' zegt Antonio.

'Het vorstpaleis?' vraagt Benji.

'Ja, dat is vlak bij het kerstdorp. Daar woont de ijsprinses. Het is daar ijs- en ijskoud. Net een vrieskist. De hele winter door en de zomer ook,' legt Antonio uit.

'Dan gaan we daar heen,' zegt Benji.

'We zouden toch naar papa gaan?' zegt Antonio.

'Ook dan zijn we niet veilig,' zegt Benji. 'We gaan eerst naar het vorstpaleis,' zegt Benji. 'Als ze daar inderdaad zijn kunnen we ze gemakkelijk doden, want ze liggen daar voor dood, als het goed is.'

'Dat durf ik niet, hoor, Benji. Welk wapen wil je ervoor gebruiken?'

'Ik gebruik Gurk, met zijn scherpe mes. Precies tussen de ogen. Het moet!' zegt Benji.

Hij huivert bij het idee en stilletjes hoopt hij de griezels niet aan te treffen. Aan de andere kant, het moet. Sven zal hen niet geloven en ze zijn nog steeds in gevaar. Intussen hebben ze de oever bereikt en stappen uit het wiebelende roeibootje.

Het vorstpaleis

Ze lopen tussen de Heksenhof en The Galaxy door naar het Sneeuwland, naar het kerstdorp. Nu ligt het er verlaten bij en is er niet veel bijzonders te zien. Kleurige huisjes, die bezoekers kunnen huren. De daken zijn zo gemaakt dat ze besneeuwd lijken. Aan iedere kant van de deuren staat een grote groene bak met een dennenboompje. Ze kunnen tussen de bomen door gluren. Daarnaast is een groot plein met in het midden een kerstboom. In de kerstperiode worden de boom, de huizen en de dennenboompjes rijkelijk versierd en staan er op het plein overal kraampjes, die kerstspulletjes en gepofte kastanjes aan de man proberen te brengen. Er rijdt dan een kerstman rond in een heuse arrenslee met rendieren en mensen kunnen dan een ritje maken in de slee. Als er echte sneeuw valt is het helemaal geweldig. Anders kan de slee voorzien worden van wieltjes, die verstopt zitten achter de ijzers van het voertuig. Er is bovendien iets verderop, hoog in de lucht, een heuse kerstmankabelbaan met slee en rendieren. Er staat ook het huis van de Kerstman, waar bezoekers, het hele seizoen door, een kijkje kunnen nemen. Ze kunnen de slaapvertrekken zien, de woonkamer van de kerstman en ook de elfenfabriek, waar de elfjes het speelgoed maken. Er is eveneens een winkeltje, helemaal volgestouwd met de mooiste spulletjes. Antonio praat honderduit. Benji luistert niet echt. Voor dit alles hebben ze nu geen tijd. Haastig lopen ze door naar het vorstpaleis en kijken telkens achterom. Benji is bang, ondanks dat hij Lalp niet meer hoort brullen. Ze passeren eerst nog een groot gebouw waar een indoor ijsbaan en sneeuwlandschap is aangelegd. Voor de sportieve bezoekers. Er is van alles te doen bij Uitje-Bol en Benji neemt zich voor, als hij dit avontuur overleeft, nog een keer te gaan. Achter de indoor ijsbaan ligt het vorstpaleis. Een werkelijk prachtig gebouw, opgetrokken uit glinsterende brokken blauw steen en romantische, sprookjesachtige torens. 'Hebben we daar eigenlijk een sleutel van?' vraagt Antonio. Benji grabbelt in zijn jaszak en haalt diverse sleutels tevoorschijn.

'Ja,' zegt hij, terwijl hij een sleutel tevoorschijn haalt met de afbeelding van het vorstpaleis. 'Dit is het, toch?'

Antonio knikt en zegt: 'Lets go!'

Met moeite opent Benji de deur, die fors klemt. Een wolk die de bijna volle maan bedekt, schuift weg en werpt een bundel licht naar binnen. Ze zien een eindeloos lijkende sneeuwwitte gang met aan de zijkanten pinguïns met een speer tussen hun vleugels. Ze staan op ijspilaren als wachters. Kennelijk was automatisch de verlichting aan gegaan met het openen van de deur, want aan de wanden hangen ontelbare kleine lichtjes, die mysterieuze twinkelingen over de pinguïnbeelden werpen. Ze stappen naar binnen en Benji wil net de deur afsluiten, of deze wordt ruw open geduwd. Benji deinst achteruit en staat oog in oog met een ziedend uitziende mijnheer Gons. Waarschijnlijk zijn ze met de kabelbaan terug gegaan en hebben hen al lopend weer opgespoord. Eerder dan ze hoopten en verwacht hadden. Waarom brult Lalp niet? Benji duwt de deur half dicht. Mijnheer Gons heeft zijn dikke lijf er al tussen gewrongen.

'Rennen, Antonio,' roept hij.

Benji rent achter hem aan en maalt woest zijn armen tegen de pinguïns, die omvallen en de Gonzen hopelijk tegen zullen houden. Hijgend kijkt hij achterom. De Gonzen stappen over de pinguïns - waarvan er velen kapot zijn gevallen - heen, dus het helpt niet veel. Tot zijn grote schrik ziet Benji dat mijnheer Gons zijn wapen weer tevoorschijn haalt. Hier, in deze lange gang zijn ze een gemakkelijk doelwit. Angstig zoekt hij naar een uitweg. Hij vindt die niet. Aan het eind van de gang is een ronde poort, waar twee beelden van ijsberen de wacht houden. Nog tien meter. Antonio is er al bijna. Hij kijkt over zijn schouder en ziet hoe mijnheer Gons het wapen op hem richt. Hij is verloren en grijpt in zijn wanhoop een kleine speer van een pinguïn en gooit die richting mijnheer Gons. Die wordt niet geraakt en begint te grijnzen. Plotsklaps betrekt het gezicht van mijnheer Gons. Benji hoort mevrouw Gons kreunen. Mijnheer Gons begint te wankelen, zijn arm zakt naar beneden en hij laat zijn wapen op de grond kletteren. Mevrouw Gons zakt ineen. Mijnheer Gons blijft nog even wankelen, valt tegen een ijspilaar en zakt op de vloer.

'Hoe kan dat?' vraagt Antonio die al bij de poort is.

'Ik weet het niet,' zegt Benji. 'In elk geval, we kunnen doorlopen.'

'Moeten we ze niet helpen? Misschien hebben ze een hartaanval gekregen. Moeten we niet de ambulance bellen?' vraagt Antonio.

Benji kijkt hem aan en tegelijkertijd beseft Antonio dat hij wel erg domme vragen stelt. Telefoon hebben ze immers niet. Hij herstelt zich en zegt: 'We kunnen nu terug naar de schoenhuizen en onze vader wakker maken, want de Gonzen zijn uitgeschakeld.'

Benji denkt even na en zegt opgelucht: "Dat zou kunnen. Laten we dat doen.'

Op hetzelfde moment horen ze een akelig geluid; alsof er iemand zucht, vanuit het allerdiepste der aarde.

'Wat is dat?' vraagt Antonio met angstige ogen.

Weer klinkt het angstaanjagende geluid. Het komt uit de richting van de poortdeur.

Benji denkt na. 'We zullen toch nu verder moeten gaan, Antonio. Als de lichamen van de Gigons hier zijn, dan zullen we NU moeten handelen.'

Antonio kijkt Benji aan. Hij heeft helemaal geen zin meer in dit avontuur, hij wil terug naar huis, terug in zijn warme bedje.

'Je kunt toch straks de politie bellen, Benji,' vindt hij.

'De politie weet niet hoe ze Gigons moeten bestrijden,' zegt Benji. 'Stel je voor dat ze het verkeerd doen. Dat is levensgevaarlijk voor de mensen. Wij zijn nu in de gelegenheid er iets aan te doen. Een uniek moment. Als je terug wil, mag je van mij. Ik ga erop af!'

Hij loopt door en Antonio volgt hem toch. Ze moeten weer door een eindeloze, schaars verlichte gang, waar glazen pegels aan het plafond hangen, waar het steeds kouder wordt.

Antonio weet dat er in de grote zaal echte ijsbeelden staan en de ruimte is daarom altijd gekoeld. Angstvallig heeft Benji zijn oren gespitst gehouden, om te luisteren of de Gonzen niet wakker zijn geworden en of hij de griezelige geluiden niet meer hoort. Er is geen geluid meer te horen, behalve dan die van hun voetstappen. Ze naderen de grote zaal.

'O,' zegt Benji als hij deze ziet.

Het is een enorme ronde zaal. Ook hier is het plafond bedekt met glazen pegels. De pegels in het midden zijn het langst en schijnen een mystiek blauwgroen licht. In het midden van een bevroren cirkel zit het beeld van de ijsprinses op een sneeuwwitte troon. Haar gewaad is spierwit, met gouden ijskristallen erop geborduurd en ze kijkt star en ijskoud voor zich uit. Rondom bevinden zich tribunes, waar bezoekers kunnen kijken naar een wervelende ijsshow met dansende schaatsers in pinguïn- en ijsbeerkostuums, terwijl de ijsprinses in kunstmatige beweging wordt gezet. Dat trekt de aandacht van Benji niet. Waar Benji naar kijkt zijn de twee lange lichamen die voor de ijsprinses op de bevroren cirkel liggen. Doodstil liggen ze daar, hun lange benige handen rusten vredig op hun buiken. De ogen zijn gesloten en het lijkt alsof ze dood zijn. Benji ziet geen ademhaling, geen enkel teken van leven. Hij weet dat dit schijn is. Antonio's mond is wagenwijd opengevallen. Hij ziet de Gigons voor het eerst en ze zien er nog griezeliger uit dan Benji heeft beschreven. Benji pakt Gurk en haalt het mes en een reservemes tevoorschijn en geeft er een aan Antonio.

Hij fluistert: 'Ieder eentje. Durf je het aan? Tussen de ogen.'

Antonio knikt en staat te trillen op zijn benen. Langzaam, bijna op hun tenen, lopen ze naar de ijscirkel. Antonio krijgt de koude rillingen. Benji heeft de rechter Gigon al bereikt en kijkt hem angstvallig aan. Het is alsof ze ieder moment tot leven kunnen komen, al ziet hij ook nu geen ademhaling. Gelukkig slapen ze, dus het zal een makkie zijn om hen uit te schakelen. Hij kijkt Antonio betekenisvol aan, terwijl die met angstige ogen naast de linker Gigon gaat staan.

'In een keer raak steken,' fluistert Benji, terwijl hij zijn arm opheft, waar hij het vlijmscherpe mes mee vasthoudt.

Plotseling gaan de ogen van de Gigon open en kijken hem aan. Rode puntjes in de pupillen gloeien gevaarlijk. Benji deinst achteruit. Ineens begrijpt hij wat die zuchten betekenden. De Gigons zijn al eerder wakker geworden. Ze hebben zich slapend gehouden. Natuurlijk; de Gonzen hebben hen gezien en de geesten van de Gigons hebben hen ogenblikkelijk verlaten en zijn teruggaan naar hun lichaam, omdat ze weten wat Benji van plan is. De Gonzen waren zo uitgeput, dat ze terstond neervielen. Het is nu te laat; de Gigons zijn wakker. De andere Gigon heeft ook zijn ogen open gedaan en zich opgericht en Antonio is van schrik doodstil blijven staan met zijn mond wijd open om te gillen. Er komt geen geluid uit zijn mond. De Gigon naast Benji heeft zich opgericht en zijn mond open gedaan. Zijn keelgat lijkt een draaikolk en zijn messcherpe tanden maken een dreigend gebaar. De Gigon begint te brullen en Benji ziet de kolk draaiende bewegingen maken. Het gebrul galmt luid en onheilspellend door de zaal.

'Vlucht, Antonio,' roept Benji.

De Gigon is opgestaan en heeft zijn rug gebogen. Dreigend kijkt hij Antonio aan. Benji aarzelt geen moment, springt vooruit en weet Antonio op de grond te duwen, net voor de Gigon hem wil grijpen. De beide Gigons staan nu en hoewel ze uiterst traag zijn, lijkt het alsof de jongens toch niet aan hen kunnen ontsnappen. Ze krabbelen overeind en de voorste Gigon heeft hen op een meter afstand genaderd, strekt zijn arm uit en grijpt Antonio bij zijn arm; een ijzeren greep. Benji begint de Gigon te schoppen. Dat helpt niet tegen zijn gepantserde huid. De Gigon is twee meter lang en Benji kan hem dus ook niet tussen de ogen bereiken. Nu niet meer. Antonio gilt het uit van de pijn; het lijkt wel of de Gigon zijn arm wil vermorzelen en hij verzet zich niet langer meer. Benji is achteruit gedeinsd als deze Gigon hem ook wil grijpen en kijkt snel rond, op zoek naar een wapen. Op dat moment wordt hij van achteren gegrepen door de andere Gigon.

Deze heeft hem gegrepen bij beide armen en tilt hem hoog en met een oorverdovend gebrul in de lucht.

'Jiro veli kamico,' roept Benji, wat betekent: 'laat me los.'

De Gigon begint in de efinse taal terug te brullen en Benji verbleekt. De Gigons zijn van plan hem mee te nemen en Antonio te doden. Hij geeft de andere Gigon opdracht Antonio te molesteren.

'Nee!' gilt Benji.

De Gigon die Antonio beet heeft grijnst en zijn vrije hand omsluit de keel van de arme jongen om hem te wurgen. De Gigon draait zijn nek en hoofd helemaal om en grijnst gemeen. Antonio spartelt. Hij kan niet aan de dodelijke greep ontsnappen. Ineens verschijnt er een gat tussen de ogen van de Gigon en spuit er blauw bloed uit. Zijn hoofd en nek draaien terug en zijn greep wordt losser. Antonio valt op de grond. De Gigon zakt in elkaar en valt met een luide bons op het ijs. De andere Gigon schrikt en laat daardoor Benji los, die van grote hoogte naar beneden valt en pijnlijk terecht komt. Hij vertrekt zijn gezicht en voelt aan zijn enkel, terwijl hij ziet dat de levende Gigon zijn mond opentrekt en zo hard brult dat een aantal glaspegels spontaan afbreken en naar beneden vallen. Een van die pegels mist Benji's hoofd op een haar na. De Gigon heeft het gekraak gehoord en richt zijn hoofd al brullend naar het plafond. Een kleine, vlijmscherpe pegel breekt af en plant zich precies tussen zijn ogen. Blauw bloed spuit in het rond. Benji kruipt snel weg, als hij ziet dat de Gigon zijn richting op valt en met een luide klap neerkomt. Een stilte volgt. Benji kijkt verdwaasd rond. Antonio ligt te kreunen en hij probeert weer overeind te krabbelen. Zijn arm doet vreselijk zeer. Hoe kan die eerste Gigon een wond tussen zijn ogen hebben gekregen? Plotseling ziet hij iemand achterin de zaal, naast een tribune staan. De persoon komt dichterbij en nu ziet hij ook wie het is. Ze draagt geen mantelpakje, maar een strakke broek en jasje. Haar bruine haren hangen los langs haar gezicht.

'Fajel?' roept hij.

In haar hand heeft ze een blaaspijp, die op zijn planeet wordt gebruikt door scherpschutters om de Gigons te kunnen verslaan, alleen deze is kleiner van formaat.

'Als ik er toch niet was. Als ik toch niet mijn voicemail had afgeluisterd,' zegt ze, al hoofdschuddend.

'O, wat ben ik blij dat je dat hebt gedaan, Fajel,' zegt Benji. Hij vertelt haar wat er allemaal is gebeurd, in horten en stoten, zo snel wil hij het kwijt. Ze luistert aandachtig, terwijl ze naar Antonio loopt, die nog kreunt, probeert overeind te krabbelen en naar zijn pijnlijke arm en hals grijpt.

Ze reikt hem de hand en zegt: 'Ik was ook net op tijd. Zo, nu weet Antonio ook dat er iets meer aan de hand is. Dat is een ongewenste ontwikkeling.'

'Fajel,' zegt Benji. 'Ik heb Antonio al verteld wie ik ben. Hij zal niets verraden. Ze wilden mij meenemen en Antonio doden.'

Fajel zegt niets. Ze hurkt bij de Gigon die de ijspegel tussen zijn ogen heeft gekregen. Met enige moeite trekt ze de pegel uit de nog altijd bloedende wond. Ze haalt uit een heuptasje een apparaat met twee lange draden met dopjes aan de uiteinden. Het ene legt ze op de wond bij de Gigon, het andere plakt ze op haar voorhoofd. Het doet Benji denken aan de pironse contactbox, een soort mobiele telefoon, maar dan is een van de dopjes een plat scherm en het andere dopje gaat op het voorhoofd. Na een tijdje haalt Fajel de draden weg en richt zich op.

'Ik hoopte zo nog iets te weten te komen met de gedachtenverbinder,' zegt Fajel. 'Het duurt nog even voordat een Gigon echt hersendood is. Zelfs dan kan hij besluiten zijn gedachten af te sluiten voor gedachtenverbinders. Toch ben ik wel iets wijzer geworden. Mijn gedachtevraag was hoe de Gigons op Aarde zijn gekomen. Welnu, ze hebben hulp van een Efin. Die heeft hen geholpen aan een ruimteschip. Wie die Efin is, kwam ik niet te weten. Dat is het moment waarop de Gigon zijn gedachten afsloot. Ze zijn dus met een ruimteschip naar de Aarde gekomen en dat is een zeer ongewenste ontwikkeling.'

'Waarom zitten ze achter mij aan?' vraagt Benji.

'Ook dat heb ik gevraagd,' zegt Fajel. 'Ik kreeg daarop geen direct antwoord. Ik heb begrepen dat je moeder, die ze gevangen hebben genomen, hen heeft gezegd waar op de Aarde jij ongeveer was.'

'WAT?!!!' roept Benji nu. 'Dus die, die ... heeft mijn moeder gepakt.'

Benji loopt naar de Gigon toe en begint hem te schoppen met zijn gezonde been. Hij voelt in de woede zijn zere enkel niet meer.

'Stop Benji. Dat heeft geen nut!' zegt Fajel en ze trekt hem aan zijn arm. 'Laat me liever zeggen wat ik nog meer weet.'

Benji krijgt tranen in zijn ogen en begint te huilen. Moedeloos gaat hij zitten en probeert zijn snikken te onderdrukken. Fajel gaat naast hem zitten en slaat zijn arm om hem heen.

'Ze gingen dus met hun ruimteschip naar Aarde. Het is een sigaarvormig ruimteschip, anders dan de schepen die wij gebruiken. Het schip blijft van binnen koud. Ergens in de buurt waar jij woont, zijn ze in een meer in gevlogen. Dit omdat het beter is voor de koelte in het schip en om het goed te verbergen. Ze hebben iemand uitgezocht, die ze konden 'overnemen'. Een krantenjongen. Zo kwamen ze aan de krant, waar jij in stond met een stoplichtrobot. De krantenjongen, die nu een Gigon was, kwam erachter waar je op school zat en dat jullie naar Uitje-Bol gingen. De Gigons besloten dat ze je daar konden pakken. Alleen hadden ze de pech, dat de koelfunctie van hun ruimteschip kapot ging, vlak voordat ze Uitje-Bol bereikten. Ze hebben het schip verborgen in een sloot en hebben zich verborgen in het vorstpaleis. Zo waren ze weer aangewezen om mensen te gebruiken. De Gonzen waren het gemakkelijkst over te nemen. Ze probeerden eerst uit wie ze eenvoudig konden overnemen, vandaar dat Lalp brulde in het loopspookhuis en het ruimtemuseum. Dat waren de Gigons, die de Gonzen tijdelijk overnamen. Omdat de Gigons in de koude nacht heel even naar buiten konden, hebben ze bij mijnheer Gons het straalwapen neer kunnen leggen. Ze zijn weer terug gegaan naar het vorstpaleis en namen de Gonzen over, die op jacht gingen naar jou. Ze hadden je liever met hun ruimteschip willen laten opstralen op een onbewaakt moment.'

'Opstralen? Met die functie was papa bezig,' zegt Benji. 'Waar is mama nu, en papa?'

'Ik heb verder niets meer uit hem kunnen krijgen,' zegt Fajel met spijt in haar stem. 'Ook weet ik niet waar ze het kapotte ruimteschip hebben gelaten. Heb jij iets van je vader meegenomen en weten ze dat?'

'Ik weet het niet,' zegt Benji. 'De robotjes heb ik meegenomen en het amulet met het wapen van Sulsar.'

'Kijk eens goed na, misschien heeft je vader er een weetschijfje in gestopt. Het betekent in elk geval dat de Gigons al beschikking hebben over ruimteschepen. Wie is hier nog meer van op de hoogte, behalve Antonio?'

'Niemand, echt niemand,' zegt Benji. 'Papa zal nooit iets zeggen tegen die Gigons, dat weet ik zeker. Mama ook niet.'

Fajel kijkt hem scherp aan.

Dan zegt ze: 'Goed. Ik moet zeer binnenkort terug naar Piron. De Gigons hebben hun meest akelige strategie ingezet. Ze verbranden sommigen uit hun midden en daardoor ontstaan er ziekten, die de Efins uitschakelen. Er zijn wel medicijnen tegen. Een aantal van onze grondstoffen zijn uitgeput. We, de Efins die hier onderzoek doen, hebben ontdekt dat een aantal planten hier op Aarde dezelfde eigenschappen hebben als de grondstoffen bij ons. We hebben ze gedroogd en er extracten van gebrouwen en gaan dit brengen met een ploeg en helpen waar we helpen kunnen. Later moeten we dat kapotte ruimteschip gaan zoeken, dan komen we meer te weten van wie het ontwerp komt.'

'Fajel, de Gigons waren in het lichaam van de heer en mevrouw Gons, de Gigonzen, de ouders van twee van de leerlingen, gekropen en die hebben mensen hier met een straal beschoten. Ik weet niet of ze nog in leven zijn,' zegt Benji.

'Beschoten ze jou er ook mee?' vraagt Fajel en Benji knikt.

'Mmmm, ze wilden je levend meenemen, dus er is een kans

dat ze bewusteloos zijn. Zo dadelijk gaan jullie terug en dan moet je mij aanwijzen waar ze zijn, dan ga ik wel kijken. Leuke woordspeling trouwens, Gigonzen, ' zegt Fajel.

'Fajel, wat moeten we met de Gigons?' vraagt Benji.

'Ik keer later wel terug en ruim ze op met de verpulver,' zegt Fajel.

'De Gonzen dan?' vraagt Benji.

'Die zijn compleet leeggezogen,' zegt Fajel nuchter. 'Ze komen er wel bovenop na een paar dagen flinke rust.'

Ze keren terug. Benji strompelt, omdat hij last van zijn enkel heeft en Antonio wrijft nog steeds over zijn hals en zijn pijnlijke arm en zien de lichamen van de Gonzen in de lange gang. Ze kreunen zachtjes en bewegen.

'Zie je?' zegt Fajel.

Ze buigt zich over hen en mevrouw Gons slaat haar ogen halfopen en kreunt: 'Wat is er gebeurd, waar ben ik?'

Ze weten werkelijk niet meer wat ze de hele nacht hebben uitgespookt.

'Ik ben zo moe, ik ben gebroken,' kreunt ze verder. 'Ik werd wakker. Mijn man had een wapen in zijn hand en vanaf dat moment weet ik niets meer.'

'Sta rustig op met uw man,' zegt Fajel 'en ga terug naar uw slaapplaats. Doe rustig aan.'

Naast mijnheer Gons ligt het wapen, wat Fajel oppakt en bekijkt.

'Hummm, een Efins straalwapen, die sommigen van onze agenten ook gebruiken,' zegt ze zachtjes.

Benji wijst buiten de plaatsen op een bord aan waar de slachtoffers liggen; bij de insectenspeeltuin; bij de toverhoed en in het drakenlabyrinth.

'Goed,' zegt Fajel. 'Ik heb een spray bij me, waarmee ik ze wel bij kan laten komen, hoop ik.'

Ze kijkt bedenkelijk, want helemaal zeker is ze er niet van. Ze heeft op het wapen kunnen lezen dat de straal behoorlijk sterk staat afgesteld, niet dodelijk voor Efins. Voldoende om te verdoven, wat doet het echter met mensen? Ze wil Benji en Antonio niet ongerust maken en gaat op zoek.

Verwarring

De jongens lopen met gemengde gevoelens terug naar de schoenhuizen.

'Jij hebt toch wel rood bloed, Benji?' vraagt Antonio.

Benji begint te lachen.

'Natuurlijk. Ik ben geen Gigon.'

Dan kijkt hij weer ernstig en denkt na. Benji kan zich niet voorstellen dat zijn vader iets aan de Gigons heeft losgelaten, zelfs niet onder dwang. De ochtendschemering is al doorgekomen. Niemand weet wat de kinderen die nacht hebben beleefd en ze verwachten dat iedereen nog slaapt. Dat klopt dan ook; iedereen is nog in diepe slaap. Benji en Antonio klimmen via de neus van de schoen terug naar hun kamer, want een sleutel van de deur hebben ze niet. Antonio struikelt en valt met een harde plof op de vloer. Oei, daar zal zijn vader wel wakker van worden. Snel kruipen ze in bed. Ze horen echter helemaal niets. Hun vader slaapt als een roosje. Fajel heeft beloofd terug te keren als ze meer weet en het wachten is op haar. Benji kijkt uit het raam en ziet de Gonzen sjokken en ze zien eruit alsof ze net de marathon hebben gelopen.

'Oei, als ze straks in hun huisje komen, zullen ze de kinderen wel missen,' zegt Benji.

'Welnee,' zegt Antonio, die ook uit zijn bed is gekropen. 'Die zijn zo verschrikkelijk moe, die gaan meteen slapen.'

Ineens zien ze in de verte Fajel met Sander en Sandra achter haar aanlopen. Benji's hart maakt een vreugdesprongetje. Het is dus gelukkig een verdoving. Hij ziet dat de twee kinderen telkens naar hun voorhoofd grijpen en pijnlijk kijken. Zijn ze zo hard gevallen of is het de uitwerking van de verdovingsstof? Fajel wijst de kinderen naar hun schoenhuisje en langzaam sjokken ze er naartoe. Het lijken wel pa en ma Gons, maar dan in het klein.

'Nu zullen hun ouders wel weten dat ze weg waren. Wat als ze alles vertellen?' vraagt Antonio zich af.

Fajel heeft het schoenhuis bereikt en Benji heeft het raam

open gedaan. Intussen horen ze hier en daar deuren en stemmen. Natuurlijk, er was afgesproken dat iedereen vroeg op zou staan, om nog zoveel mogelijk aan de dag te hebben en het was al half acht.

'Het is allemaal in orde,' zegt Fajel. 'De twee mannen zijn in het sprookjeshotel. Het is alleen zeer spijtig dat ik ze met de geheugenwisser moest behandelen, want daardoor hebben ze de hele dag hoofdpijn.'

'Geheugenwisser?' vraagt Benji nieuwsgierig. 'Sander en Sandra ook? Die weten nu ook dat ik anders ben.'

Fajel begint te lachen. 'Ja, die ook en hun ouders voor alle zekerheid ook. Morgen gaat het een stuk beter met ze. Wat een toestand. Is je vader al wakker?'

'Ik hoor hem nog niet,' zegt Benji.

Ineens horen ze een luide kreet, iets verderop. Fajel gaat kijken en Benji en Antonio rennen de trap af en openen de deur. Meester Furding, de vader van Ismaël en Ismaël zelf en nog enkele anderen staan te wijzen en te kijken. De Gigon met het pijltje van het blaaspijpje tussen zijn ogen loopt met grote, wankelende stappen op hen af, zijn armen uitgestrekt en met een ongekende woede op zijn gezicht.

'Hoe kan dat?' vraagt Benji geschrokken. 'Hij is toch dood?'

'Mijn blaaspijp was niet sterk genoeg,' zegt Fajel geschrokken. 'Mensen, uit de weg!'

Fajel rent naar de Gigon toe, met haar blaaspijp in de aanslag en de mensen kijken verbaasd.

'Hee, leuk, nog een show erbij ook op de vroege ochtend,' hoort Benji iemand zeggen.

Ze hebben werkelijk geen idee. Fajel wil net blazen, als de Gigon kreunend en zuchtend in elkaar zakt. Voorzichtig nadert ze hem, niet zeker wetend of hij nu echt dood is. Ze blijft op een meter afstand staan en kijkt naar het groepje mensen. Bah, nu moet ze weer de geheugenwisser gebruiken. Snel rent ze terug naar Benji en Antonio en roept tegen de mensen dat ze niet dichter bij moeten komen. De mensen begrijpen er niets van.

'Benji, hier,' zegt ze. Ze geeft hem twee dopjes, die ze uit haar broekzak plukt en pakt er voor haarzelf ook twee.

'Stop die in je oren, ik moet de geheugenwisser weer gebruiken,' zegt ze.

'Antonio dan?' vraagt Benji.

Fajel denkt na. De geheugenwisser kan alleen wissen wat er de afgelopen tien uur is gebeurd en Antonio schijnt alles al te weten. Aarzelend pakt ze nog twee dopjes en geeft die aan Antonio. Dan zet ze de wisser aan. Een voor mensenoren niet hoorbare toon zet zich in en de trillingen bereiken de hersenen van de mensen en veroorzaakt geheugenverlies en een heftige hoofdpijn. Zo erg, dat ze allemaal naar binnen gaan. Opgelucht haalt Fajel adem.

'Oei, nu heeft paps ook hoofdpijn,' zegt Benji.

'Is hij nog niet wakker?' vraagt Fajel bezorgd. 'Die Gonzen zijn eerst beneden bij jullie binnen geweest. Wacht, ik ga even met jullie mee.'

Inderdaad, hun vader ligt nog in bed en slaapt heel vast.

'Ik denk dat hij ook verdoofd is,' zegt Fajel. 'Geef hem een beetje van de spray, in zijn mond. Ik ga de Gigons opruimen; verpulveren. Er is straks niets meer van ze te vinden, behalve een hoopje stof en dat veeg ik weg.'

Ze pakt de bezem, die in de keukenhoek staat en loopt snel de deur uit.

Ze keert zich nog eenmaal om: 'Benji, we zien elkaar niet meer. Voorlopig niet. Pas goed op jezelf en Antonio. Mondje dicht, he? Je begrijpt nu wel hoe gevaarlijk het allemaal is.'

Antonio knikt. Het is allemaal zo snel gegaan. In zijn stoutste dromen had hij niet durven denken dat hij ooit in zo'n merkwaardig avontuur verzeild zou raken.

'Fajel,' zegt Benji. 'Als je terug komt, neem dan wat foets mee.'

'Zal ik doen,' belooft ze en ze verdwijnt voorlopig uit het leven van de jongens.

Iedereen heeft barstende hoofdpijn en de pijnstillers zijn niet aan te slepen. Bert en Marco zijn, ook met hoofdpijn, naar ze toe gekomen en zeggen dat ze liever op bed willen gaan liggen. Ze zeggen dat de groep zich moet vermaken in de insectenspeeltuin. Ze denken allemaal dat er een griepje heeft toegeslagen. De laatste dag is vreselijk om door te komen. Niemand heeft zin om nog iets leuks te gaan doen. De bus komt echter pas om drie uur. Sjokkend en kreunend proberen enkelen zich nog een klein beetje te vermaken. De meesten blijven in hun huisje. Benji en Antonio doen net alsof ze ook hoofdpijn hebben, anders valt het te veel op. Benji heeft de sleutels en wijst naar Vazal, de liggende reus. Het groepje gaat de reus in. Zodra ze op de knoppen drukken die geluiden maken, horen Benji en Antonio gezucht en gekreun van alle kanten. Juist geluid maakt de hoofdpijn veel erger. Ze doorlopen de reus snel, zonder op knoppen te drukken en buiten gaan de meesten op een bankje of op het grasveld zitten. Sommigen gaan terug naar hun huisje. Gelukkig wordt de hoofdpijn langzaam aan minder. Benji en Antonio heeft nog nooit zo'n stel chagrijnen bij elkaar gezien.

Ze zijn dan ook opgelucht als het bijna drie uur is en het gezelschap naar de bus sloft. Ook in de bus is iedereen uitzonderlijk stil. Sven zegt ook niet veel, behalve dat de hoofdpijn al een stuk minder is. Hij is degene die steeds naar de anderen loopt om te vragen hoe het met hen gaat. Zo nodig zou hij een arts bellen. Iedereen begint al wat op te knappen. Gelukkig maar.

'Ja, dat is een behoorlijke domper, jongens,' zegt hij tegen zijn zoons.

Benji en Antonio moeten hun uiterste best doen om hun rol vol te blijven houden.

De familie Gons zit een paar stoelen verder en ze horen mevrouw Gons mopperen op Sandra: 'Hoe kom je toch aan die vieze modderkleren? Zelfs je pyjamabroek is vies.'

'Ik weet het niet, mam, echt niet,' horen ze Sandra zeggen.

Als ze thuis zijn en Roos graag wil dat ze van wal steken, zeggen ze alle drie dat ze hoofdpijn hebben en liever even in hun warme bed kruipen.

'Nou, goed dan. Zal ik soep voor jullie maken voor straks?' vraagt ze en zonder het antwoord af te wachten zegt ze tegen

Benji, die de trap al op loopt. 'O, Benji, ach, laat maar. Dat vertel ik je dadelijk wel.'

Benji loopt naar zijn kamer en geeft Antonio een knipoog. Uiteraard gaan de jongens niet slapen. Benji haalt zijn koffer tevoorschijn en bekijkt alles van top tot teen nauwkeurig of hij iets bijzonders kan vinden, waar de Gigons naar hebben gezocht. Hij ziet helemaal niets. Antonio op zijn beurt ligt lekker op zijn bed en maakt aantekeningen van zijn avonturen. Als ze worden geroepen voor de soep blijven ze wachten tot ze Sven horen. Hij klinkt al een stuk vrolijker. Daarna gaan ze ook naar beneden. Een pan kippensoep staat te dampen op de tafel.

'Hoe is het met jullie hoofdpijn?' vraagt Roos.

'Het is al een stuk beter,' zegt Sven. 'Het zal wel oververmoeidheid zijn geweest. Drie dagen op stap, in de kou. Dat is niet niks.' en hij schept een diep bord vol.

'Oja, Benji, wat ik vragen wil, wat is dat ding in je kast?' vraagt Roos.

Benji heeft net een lepel in zijn mond gestopt en verslikt zich bijna.

'W, wat bedoel je?'

'Dat gekke, grote ding in de kast. Moest je dat van school maken?'

Benji knikt en ziet dat Sven nieuwsgierig kijkt en er gelukkig niet verder naar vraagt. Daar is hij ook nog een beetje te suf voor. Sven besluit vroeg naar bed te gaan en Benji spreekt Roos aan.

'Het is een cadeau voor paps verjaardag,' zegt hij.

'Owww,' zegt Roos. 'Dan heb ik niets gezegd.'

De dagen verstrijken. De school begint weer. Vruchteloos heeft Benji telkens proberen te zoeken naar datgene dat de Gigons mogelijk zoeken. Hij begrijpt ook niet dat Lalp het in het vorstpaleis liet afweten met zijn gebrul en neemt zich voor de robot eens helemaal na te kijken. Terwijl hij tijdens de les, weer bij juffrouw Klot, die beter is, hierover zit na te denken, verschijnt de directrice van school in de klas en een dikke man. De kinderen herkennen hem. Het is de directeur van Uitje-Bol, Jansman. De gezichten van Jansman en de directrice voorspellen niets goeds. Ook juffrouw Klot kijkt kwaad. Wat is er aan de hand?

'Leerlingen,' zegt de directrice, 'de leerlingen die naar Uitje-Bol zijn geweest.'

'O ja, we krijgen nog een verrassing,' zegt Nigel van Dijk. Juffrouw Klot kijkt hem met een boze blik aan en zegt: 'Stilte!'

'Dus de leerlingen die naar Uitje-Bol zijn geweest, luister goed. De heer Jansman wil jullie iets zeggen en vragen,' zegt de directrice.

Jansman stapt naar voren en slaakt een diepe zucht. Zijn gezicht staat boos en verdrietig tegelijk.

'Helaas hebben wij moeten zien, dat er na jullie komst grote vernielingen in het park zijn aangericht!'

Geroezemoes in de klas. Leerlingen kijken elkaar aan. Sven en Benji krijgen een rode blos op hun wangen.

'STILTE!' roept juffrouw Klot.

'Onze radarboot, een kleine boot, roeiboten en drakenwaterfietsen zijn beschadigd en gezonken. In het vorstpaleis zijn grote vernielingen aangericht. De mooie beelden zijn kapot, de glazen pegels in de zaal afgebroken. Het lijkt wel of daar een aardbeving is geweest. In de wormtunnel vonden we slijmerig, kleverig spul. De deur van het kasteelhotel was vernietigd, er zijn messen verdwenen uit de keuken en op de trap vonden we grote punaises. In het labyrinth vonden we allemaal dropjes en pepermuntjes bij onze snoepdraak. Ook waren er veel attracties in gebruik. Bert en Marco weten van niets. Ik weet niet wanneer het gebeurd is en ik weet ook niet wie het heeft gedaan.'

'Nu kunnen we wel naar onze verrassing fluiten,' zegt Nigel zacht.

'NIGEL VAN DIJK, de gang op. NU!' zegt juffrouw Klot woedend.

Als Nigel opstaat, beginnen de kinderen te praten.

'Sandra had modder op haar kleren,' roept iemand. 'Dat

hoorde ik in de bus.'
'STILTE!'
Juffrouw Klot brult nu. De kinderen zwijgen en Jansman begint weer te praten.
'De schade is groot, honderdduizenden euro's als het niet meer is. De andere groep kinderen, die zou komen, hebben we moeten afzeggen. Jullie worden dadelijk stuk voor stuk opgeroepen om met mij en de directrice te praten. Mogelijk komen we erachter wie het gedaan heeft.'
Weer geroezemoes in de klas. De kinderen kijken elkaar weer aan en ze wijzen naar Sandra, die verlegen naar beneden kijkt. Die middag moeten de kinderen bij de directrice en Jansman komen. Benji heeft er moeite mee. Hij heeft moeite met liegen. Hij denkt ook aan Sandra, die wellicht de schuld krijgt. De directrice en Jansman onderwerpen hem aan een kruisverhoor. Ze blijven hem aankijken en vragen honderduit. O, als hij maar niets verklapt. Hij voelt dat zijn wangen rood en warm worden en hij kijkt vaak verlegen een andere kant op. Soms stottert hij. Ze denken vast dat hij het heeft gedaan. Als hij, na een half uur, weer terugkomt in de klas, is Antonio aan de beurt. Hij hoopt dat Antonio ook niets zegt en is opgelucht als deze terugkomt en zijn duim opsteekt. Na al deze verhoren komt de directrice weer in de klas.
Ze kijkt de leerlingen aan en zegt: 'Er is onder jullie niemand die mogelijk ergens van afweet. We houden er rekening mee dat onbekenden in het park zijn geweest. De zaak wordt aan de politie overgedragen. Wel mag ik jullie verklappen dat er een dikke envelop bij Uitje-Bol werd bezorgd met daarin voldoende geld om de schade te vergoeden.'
Verrassende geluiden komen uit de kelen van de kinderen. Benji zet grote ogen op. Hoe kan dat nu? Zou Fajel dit hebben geregeld? Benji en Antonio zijn opgelucht dat ze niets hebben gezegd. In de weken daarna horen ze er ook niets meer van. Sven weet ook van de zaak en denkt dat vandalen van buiten Uitje-Bol daar de boel hebben vernietigd. Er was immers ook een hekwerk vernield aan de buitenkant, ter hoogte van de elfhuisjes, vlak bij het vorstpaleis. De politie

doet wel onderzoek. Ze vinden zoveel verschillende vingerafdrukken, ook nog van bezoekers, dat ze niet ver komen.

Die week krijgen Sven en Roos eindelijk iets van Kees Jakar Opsporing en Onderzoek te horen. Ze hebben een heel verslag gemaakt. Ze hebben mensen ondervraagd, ze hebben advertenties geplaatst op internet in de hele wereld. Er zijn geen resultaten. Aurek Bruntel is en blijft zoek. Benji had niet anders verwacht en toch is hij bedroefd. Zou zijn vader nog wel leven en zijn moeder? Die nacht slaapt hij niet. Hij denkt aan het lot van zijn ouders. De dagen erna probeert hij het, zo goed als het hem lukt, uit zijn hoofd te zetten.

De grote dag van de verjaardag van Sven breekt aan en Antonio en Benji slepen samen de robot naar de slaapkamer. Sven wrijft zijn ogen uit, nog slaperig en kijkt naar de robot.
'Hee, dat is geinig,' zegt hij. 'Net een surprise.'
Het is geen surprise en dat blijkt al snel, later op de dag, als Zor Zebra beneden staat en alle handelingen doet met de afstandsbediening. Sven is er verrukt van. Hij ziet meteen een verkeerstuin voor zich vol bewegende en ook pratende stoplichtrobots.
'Wat knap, zeg. Ik wist niet dat je zo technisch was, Benji,' zegt hij.
'We hebben hem samen gemaakt,' zegt Antonio.
'Nou, ik denk dat ik hem inderdaad als voorbeeld ga gebruiken voor het ontwerpen van een nieuwe verkeerstuin. Als het mag van jullie, natuurlijk. Hij is geweldig, jongens.'
Hij aait ze allebei over hun bol en wijst naar de tafel, waar een feestelijke taart klaar staat. Het wordt een gezellige dag en iedereen vermaakt zich met Zor Zebra, die na afloop voorzichtig naar de werkkamer van Sven wordt gebracht.
Benji is moe en gaat naar zijn kamer. Hij kijkt uit het raam en denkt met heimwee terug aan Piron als hij de maan ziet. De straatlantaarn werpt een bundel licht op het bureau waar het amulet met het wapen van Sulsar ligt.

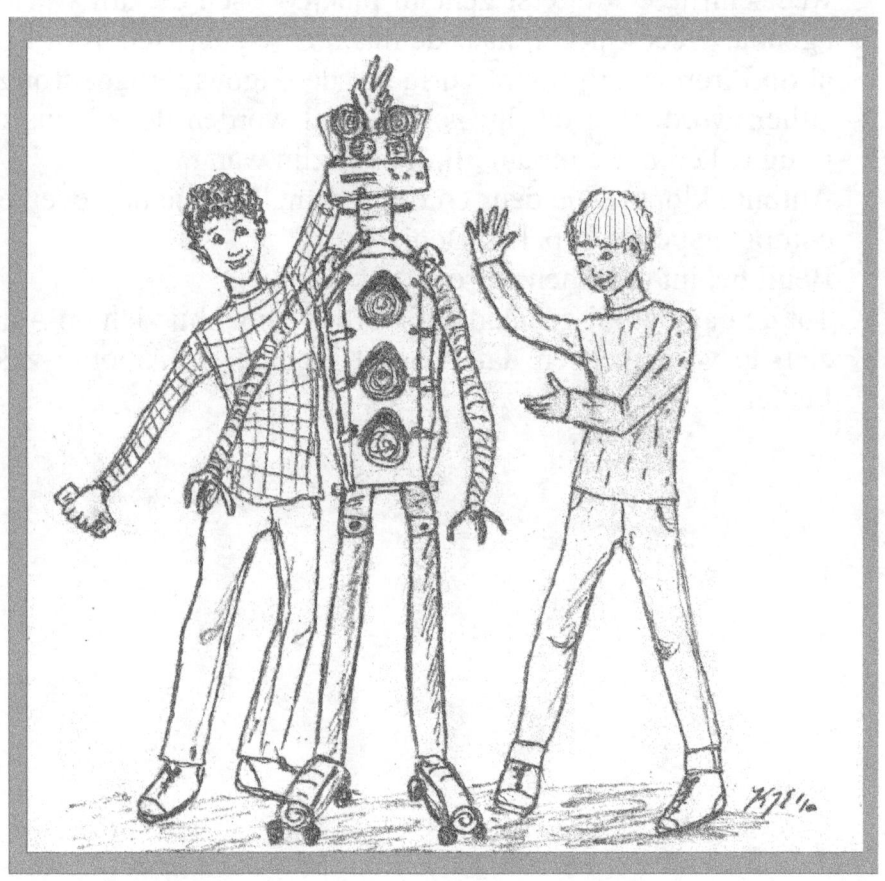

Benji draagt het bijna nooit. Hij kijkt er elke dag naar. Hij loopt naar het bureau en pakt het amulet op. Het is werkelijk een mooi werkstukje. Het wapen, bestaande uit twee naar elkaar kijkende Irdanse dansvogels, delen ervan zijn op elkaar gelegd, deels gegraveerd en deels ingelegd met edelstenen. Aan de achterkant een rond, bol schijfje van edelmetaal. Het betekent het verbond tussen de verschillende families. Ineens gaat hem een licht op. Het ronde bolle schijfje. Hij pakt Gurk en klapt het mes uit de arm. Met het uiterst sterke en superdunne lemmet wipt hij het schijfje los, hoewel hij het zonde vindt van het amulet, dat uit elkaar valt. Bingo; er valt iets op de grond. Uiterst klein, maar dat is het. Het weetschijfje met de geheimen van zijn vader. Hij realiseert zich dat dit nooit gevonden mag worden en hij geeft het weetschijfje een uiterst geheim plekje tussen de kaft van zijn agenda. Weer kijkt hij naar de maan en vraagt zich af of Fajel al op Piron is. Hij hoopt vurig dat de Gigons teruggedrongen zullen worden en dat hij gehaald zal worden door Efins om terug te keren. Een traan glijdt over zijn wang.

Antonio klopt op de deur en roept hem. 'Kom je nog even een computerspelletje spelen, Benji?'

Benji begint te lachen en roept: 'Ik kom zo.'

Tot de dag dat hij gehaald zal worden, moet hij zich op Aarde zien te vermaken en dat zal met iemand als Antonio zeker lukken.

De robots van Benji en hun mogelijkheden

DIPS

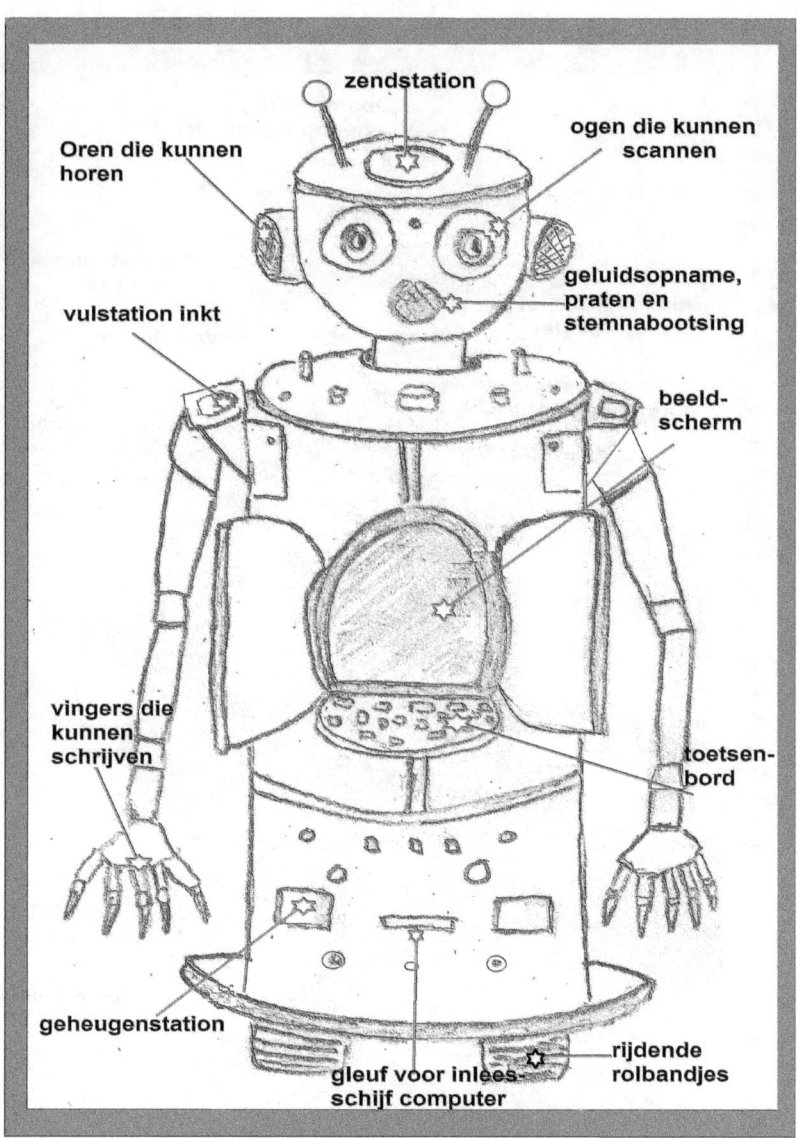

TROT

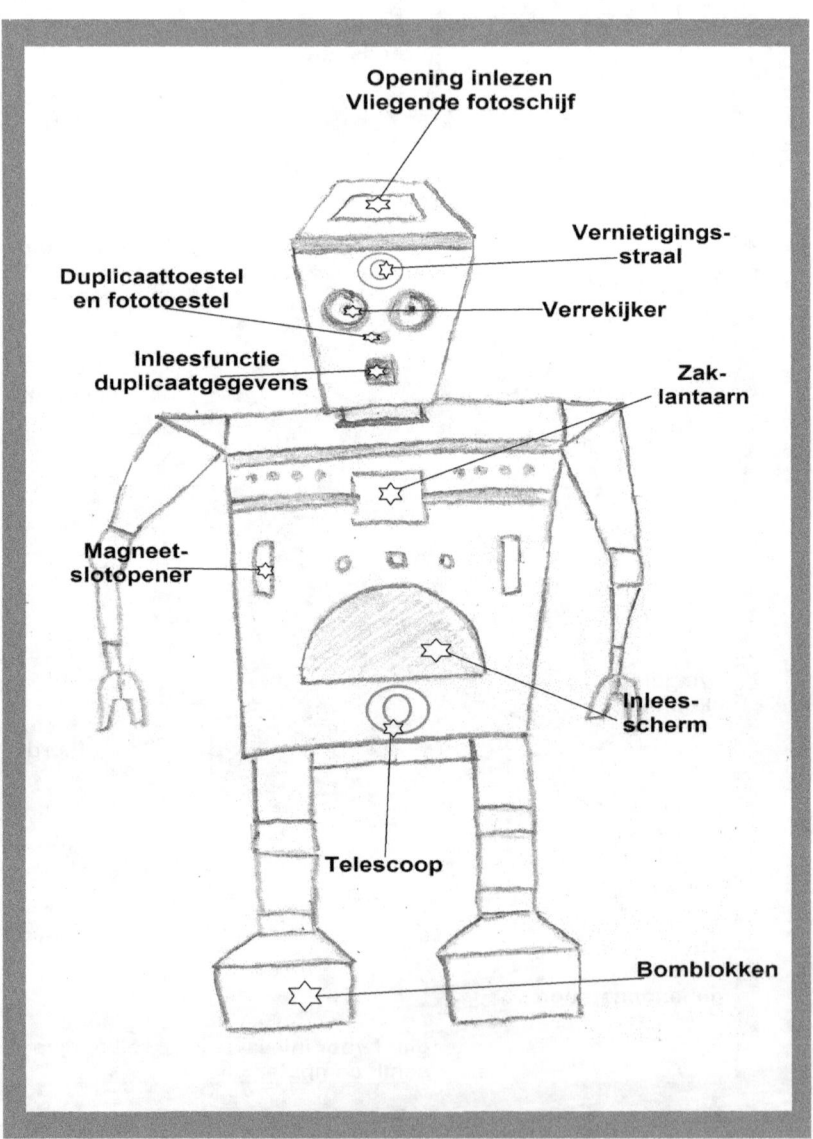

Opening inlezen
Vliegende fotoschijf

Vernietigings-
straal

Duplicaattoestel
en fototoestel

Verrekijker

Inleesfunctie
duplicaatgegevens

Zak-
lantaarn

Magneet-
slotopener

Inlees-
scherm

Telescoop

Bomblokken

GURK

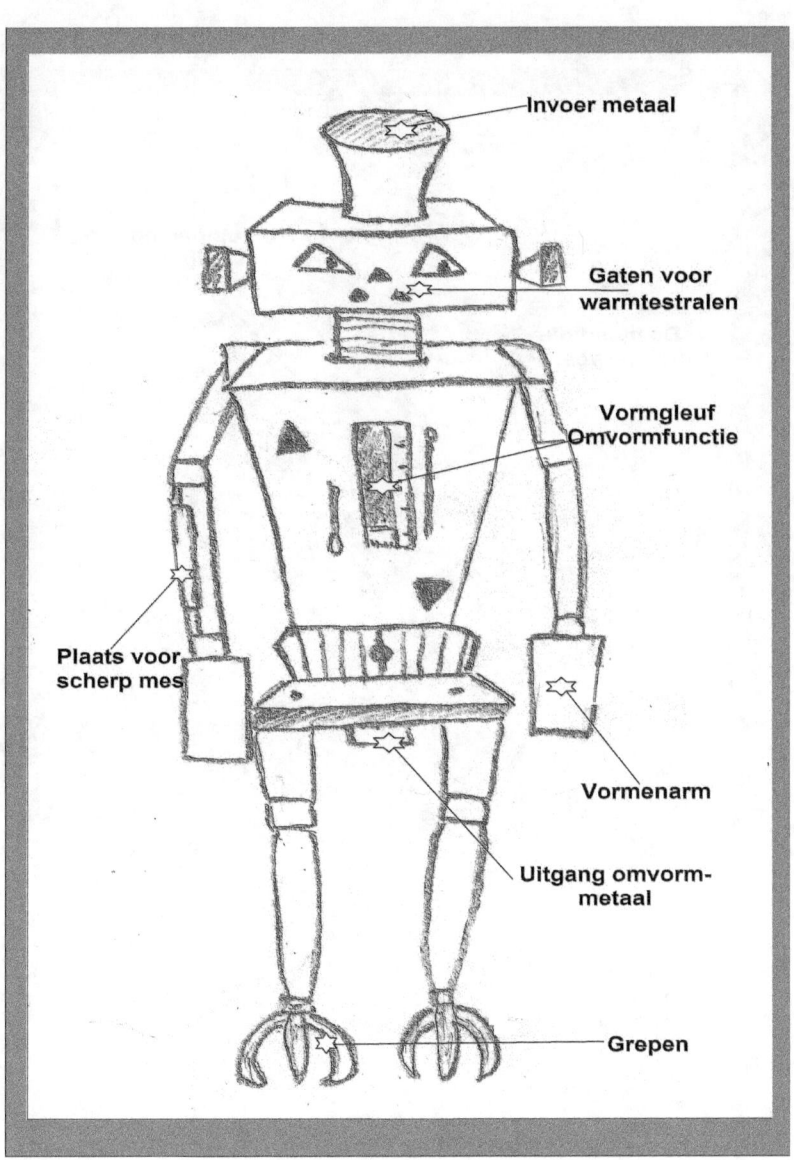

Invoer metaal

Gaten voor warmtestralen

Vormgleuf
Omvormfunctie

Plaats voor scherp mes

Vormenarm

Uitgang omvorm-metaal

Grepen

LALP

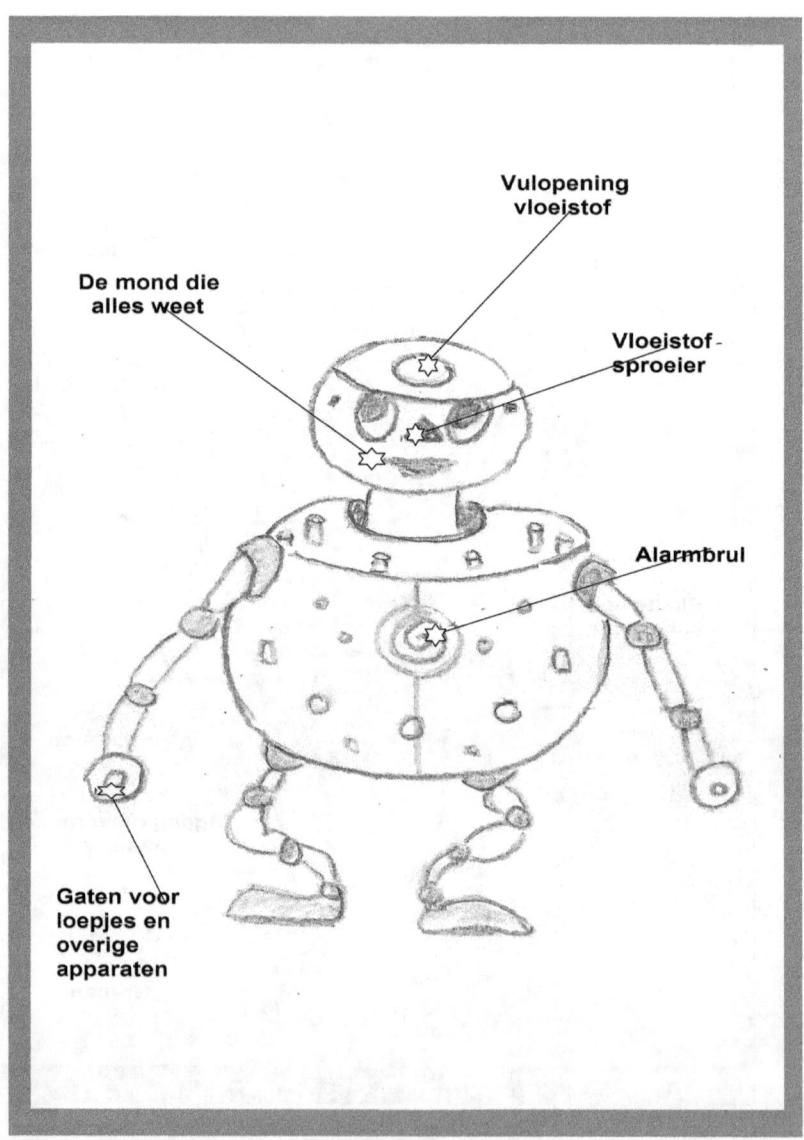

Vulopening vloeistof

De mond die alles weet

Vloeistof-sproeier

Alarmbrul

Gaten voor loepjes en overige apparaten

www.ingramcontent.com/pod-product-compliance
Lightning Source LLC
Chambersburg PA
CBHW050359030726
47503CB00006B/1934